2021

제66회

現代文學賞
수상소설집

안규철, 「두 개의 빈 의자」, 드로잉

| 현대문학상 기념조각 |

안규철

책은 양면적인 요소들이 중첩되어 있는 물건이다.
책에는 왼쪽과 오른쪽 페이지가 있고, 보이는 앞면과 보이지 않는 뒷면이 있다.
안과 밖이 있고, 시작과 끝이 있다. 흰 종이와 검은 잉크가 있고,
드러난 것과 숨겨진 것이 있으며, 저자와 독자가 있다.
서로 상반되면서 동시에 상호 의존적인 이런 요소들은 책이 닫혀 있을 때는 드러나지 않는다.
책은 상자와 같아서, 책장이 펼쳐지기 전에 그것은 무뚝뚝한 한 덩이 종이 뭉치에 불과하다.
책을 열면 이렇게 하나였던 것이 둘이 된다. 왼쪽과 오른쪽이, 안과 밖이, 저자와 독자가 거기서 생겨난다.
그리고 그 둘 사이에서, 낯선 한 세계의 지평선이 떠오른다.
마술사의 손바닥에서 피어나는 꽃처럼, 작은 책갈피 속에서 세계 하나가 온전한 윤곽을 드러낸다.
문학작품 앞에서 늘 그것이 경이롭다.

제66회 現代文學賞 수상소설집

최은미

여기 우리 마주 외

현대문학

심사평

수상소감

수상작

여기 우리 마주

최은미

수상작가 자선작

보내는 이

최은미

여기 우리 마주

ⓒ이천희

1978년 강원도 인제 출생.
2008년 『현대문학』 등단.
소설집 『너무 아름다운 꿈』 『목련정전目連正傳』.
중편소설 『어제는 봄』. 장편소설 『아홉번째 파도』.
〈대산문학상〉 수상.

여기 우리 마주

은채 학교에 갔다 오던 날은 비가 내렸다. 4월 초였고 학생들은 학교에 출입할 수 없었다. 아이 보호자들도 서로 만나서 갈 수 없었다. 공지받은 교과서 수령 시간에 좀 늦은 채로 나는 학교에 도착했고 중앙 출입구에서 열을 쟀다. 발자국 스티커가 붙어 있는 계단을 5층까지 걸어 올라가는 동안 누구와도 마주치지 않았다. 계단을 돌 때마다 복도를 보았다. 조용하고 어둑한. 지난봄을 생각하면 그 텅 빈 복도들이 먼저 떠오른다. 물론 꽃도 떠오른다. 그 봄에도 나는 꽃이 필 때마다 종류별로 사진을 찍어대곤 했다. 벚꽃. 목련. 라일락. 흔하고 예쁜 꽃들. 그것들이 언제 피고 언제 졌는지 이상하리만치 기억이 잘 나지만, 가능하면 꽃 얘기는 자제하고 싶다. 불과 두 달 전이라는 게 잘 믿기지 않는다. 학교 복도의 신발장 선반마다 교과서가 층을 지어 놓여 있던 때, 4월 초, 수령 명부에 내 이름을 적고 아이와의 관계란에 '모'라고 적은 뒤, 나는 가져간 에코백 두 개에 교과서 열다섯 권을 나눠 담았다. 돌아오는 길에 상가건물 앞에 세워져 있는 수미의 자전거를 보았다. 그때쯤엔 비가 꽤 내리고 있었기에 이렇게 생각했던 기억이 난다. 수미 자전거가 비를 맞고 있네.

주민센터에 갔다 오던 날도 비가 내렸다. 그땐 4월 중순이었다. 아이 교과서를 가져올 때 피기 시작한 목련이 한창 지고 있었다. 그날은 수미의 자전거가 아니라 진짜로 수미를 보았다. 사거리 빵집 앞에 수미가 서 있었다. 비가 오는데도 선 캡을 쓰고. 우산도 쓰고. 마스크도 당연히 쓰고. 딱 봐도 수미이길래 나는 수미를 불렀다.

"언니!"

수미가 나를 보았고, 빵집에서 어떤 남자가 나와 수미 옆에 섰다. 트레이닝복을 입은 보통 체격의 남자였다. 은채 어머니 아니냐고, 남자가 나한테 알은체를 했다. 마스크 때문에 몰라볼 뻔했는데 그는 수미의 남편이었다. 안녕하시냐고, 나도 수미의 남편한테 인사했다. 물론 초면은 아니었다. 수미네 단지 쪽에 있는 맥줏집에서 넷이 술을 먹은 적이 있었다. 나와 수미, 내 남편과 수미의 남편. 마스크 없이 사람들을 아무 때나 보던 게 오래전처럼 느껴진다. 수미의 딸도 내 딸도 '귀여운' 어린이였던 때가 아주 옛날인 것만 같다. 이런 하나 마나 한 생각을 자꾸 하는 건 시간이 많아서일까? 사람들을 못 만나서일까? 보건소에서 내게, 내 얼굴보다 큰 부채를 갖다주고 동원참치와 씻어 나온 쌀을 주고 간 뒤부터 지난 4월이, 그리고 5월이 매일같이 반복된다. 수미는 시에서 주는 재난지원금 카드를 받아오는 길이라고 했다. 4월 중순, 봄비가 내리는 빵집 앞, 나는 농담처럼, 어쩌면 호객행위처럼, 수미한테 말했다. 그 카드 나한테 와서 쓰라고.

그리고 병원이 있다.

병원에 가던 날은 비가 내리지 않았다. 그땐 5월이었다. 4월도 황금연휴도 다 지난 5월. 병원까지는 자차로 8분이 걸렸다. 마스크 중에는 아에르 마스크가 제일 답답해서 손이 가지 않았다. 병원으로 출발하기 전, 나는 숨 쉴 만한 마스크를 벗어놓고 아에르 마스크를 썼다. 종합병원 앞 사거리, 병원 지하주차장, 병원 엘리베이터, 발열 체크대, 로비에서 웅성이던 사람들. 지금도 나는 그 봄에 내가 받았던 질문들을, 혹은 받지 않아도 됐던 질문들을 떠올린다. 어디서부터였을까. 아이들 교과서가 일제히 학교에서 집으로 보내지던 때, 우리의 봄이 시작된 건 그때부터였을까? 아니면 수미의 딸이 새경프라자에 와서 울던 그날부터?

수미는 자신의 재난지원금을 나에게 와서 썼다.

그리고 나는 지금 수미를 만날 수 없다.

*

은채의 열세 살 생일을 며칠 앞둔 날에 나는 상가 임대차 계약서를 썼다. 그날을 축하하고 싶어 부동산에서 돌아오는 길에 작은 케이크도 샀다. 시작은 은채 아토피 때문에 만들어 쓰던 천연 비누였다. 지인들한테도 하나둘 만들어주다 사업자등록을 하고 이른바 홈 공방을 시작한 게 은채가 네 살 때였다. 그때로부터 9년이었다. 홈 공방에서 '홈'을 떼어내기까지 9년이 걸렸다. 2020년 2월, 집으로 되어 있던 사업자등록증의 주소를 '새경프라자 304호'로 변경하면서 나는 2020이 내게 각별한 숫자가 될 거라고 생각했다.

공방 이사를 앞두고는 밥을 먹으면서도 계산기를 두드렸다. 클래스별로 커리큘럼을 추가하고 방산시장과 양초 쇼핑몰을 오가면서 새로 구입할 것들의 목록을 만들었다. 계약한 상가는 동네의 로데오 거리로 통하는 번화가에 있었는데도 시세보다 월세가 쌌다. 그게 내가 새경프라자 304호를 계약한 결정적인 이유이긴 했다. 오랫동안 공실이었던 곳이라서 벽 페인트칠을 새로 했고 세제 한 통을 다 풀 정도로 바닥 청소를 했다. 열 평 남짓한 곳을 수업 공간과 재료실과 포토 존으로 구분해줄 소가구들도 고심해 골랐다. 그 커튼, 수미가 좋아했던 그 가림막용 광목 커튼도 그때 골랐다. 내 이름으로 된 SNS를 모두 동원해 겨우내 일의 '확장'을 알렸다. 상호 스티커 손보기/단골들한테 개인 문자 돌리기/3월과 함께 시작될 공방 이전 기념 할인 이벤트! 말 그대로 화장실 갈 틈이 없었다. 노트북에 띄워놓은 인터넷 창들과 휴대폰에 띄워놓은 사파리 창들. 점검. 재점검. 최종 점검. 슬래시 기호가 없었다면 나는 아직도 그때 열어놓은 창들을 닫지 못했을지도 모른다. 지난겨울에도—그리고 그뒤에 찾아온 봄에도— 나는 슬래시 기호를 사랑했고, 오직 슬래시 기호에 의지해 일들을 하나씩 해치웠다.

은채의 겨울방학 동안 집안 물건들도 대대적으로 정리했다. 9년 동안 뒤섞여 있던 집안 살림과 공방 살림을 분리하면서 그간 버리지 못했던 은채의 유아기 때 물건들도 다 버렸다. 쓸 만한 것들은 맘카페에 중고로 올렸다. '택배 안 됨/에누리 안 됨/예민맘 사절'을 조건으로 달고. 중고로 샀던 걸 다시 중고로 내놨는데도 전집 몇 질은 금세 나갔다. 22인치 자전거는 3학년 아이와 함께 온 여자가 가져갔고 인라인스케이트는 아이가 곧 초등학교에 입학한다는 여자가 가져갔다. 모두 은채보다 어린 아이를 키우는 여자들이었다. 내놓기가 제일 망설여졌던 건 은채가 어려서부터 쓰던 한샘 수납장이었다. 수납 박스 열 개가 들어가는 5단 수납장이었는데 박스마다 은채가 해놓은 낙서가 많았다. 홈 공방을 시작하고 2년쯤 되었을 때였다. 낮에는 동네 엄마들과 아이들을 대상으로 비누 클래스를 열고 밤에는 캔들 지도사 자격증 준비를 했다. 캔들 용품이 늘어나면서 집 안은 갈수록 비좁아졌다. 거실은 수업용 8인 탁자로 꽉 찼고 싱크대 수납공간도 점점 공방 용품이 차지했다. 어느 순간부터 나는 냄비보다 스테인리스 비커를 자주 썼기 때문에 손 닿는 가장 좋은 공간에 그것들을 놓는 게 편했다. 혼수로 샀던 그릇 세트의 반을 치우고 그 자리에 캔들 용기를 채워 넣던 날은 남편이랑 좀 다퉜던 것 같다. 팔려고 내놓은 식기를 보고는 남편이 기운 없는 목소리로 말했다. 소파가 있던 거실이 그립다고. 오일 향 때문에 머리가 아프다고.

"집에 와도 쉬는 기분이 안 들어."

그때까지만 해도 나는 남편한테 미안한 마음이 있었다. 실제로는 쉬면서도 쉬는 '기분'이 안 든다면 그건 진정으로 쉬는 게 아니지 않은 거 아닐까? 나는 남편이랑 얘기를 하면서도 머릿속으로 슬래시를 돌리는 버릇이 있었는데 그때도 그랬을 것이다. 비누 베이스 추가 주문/공기청정기 연락/양파/두부/우유/지퍼백/은채 이비인후과/싱크대 하수구 검색/비누 설거지 전에 저녁 설거지 끝내기/남편 쉬는 기분 들게 해주기.

그렇게 슬래시를 돌리고 있었을 뿐인데 남편은 내가 자기 말을 귓등으로 듣는다고 생각했었나 보다. 그동안 너무 궁금했었다는 듯, 남편이 나한테 이런 질문을 연이어 하는 것이었다. 자기야, 자기 혹시 캔들 왁스 젓던 주걱으로 애 볶음밥 해주는 거 아니야? 자기야, 실리콘 몰드 데우던 헤어드라이어로 애 머리 말리면 해로운 거 아니야? 자기야, 가성소다 풀면 연기가 막 나는데 애 호흡기에 안 좋은 거 아니야? 나는 적극적으로 남편을 안심시켰다. 자기야! 걱정 붙들어 매! 안 해로워, 안 해로워! 니가 묻혀오는 니코틴이 백배는 더 해롭지!

다음날 유치원에서 돌아온 은채가 자기 수납 박스를 꺼내기 시작했다. 인형을 넣어두던 박스 하나를 비우더니 그 위에 '우리 엄마꺼'라고 썼다. 여섯 살 은채가 나에게 내준 공간이었고, 나는 실제로 그 안에 스포이트와 작은 몰드들을 넣어두곤 했다. 그 수납장도 결국엔 중고로 내놨다. 낙서가 많아서 안 팔릴 줄 알았는데. 막상 팔렸을 땐 내놓은 걸 후회했다. 나는 그걸 사간 여자의 전화번호를 저장해두었고 지난 몇 달간 틈날 때마다 그 수납장의 안부를 궁금해했다. 은채는 오래전 물건들에 미련이 없어 보였다. 처음 젓가락을 배울 때 쓰던 에디슨 젓가락도, 볼록한 배 아래로 입고 다니던 튜튜 스커트도 다 버려도 된다고 했다. 열세 살이 된 것이다. 수납 박스를 내어주던 그 '사랑스러운' 아이는 어딘가로 가버렸고, 휴대폰 허용 시간을 늘려보려고 나를 간 보고, 여기저기 비밀번호를 걸어놓는 열세 살이.

2월 초 은채의 생일엔 아이들 넷이 왔다. 서하도 왔다. 파스타집에서 나온 아이들을 방 탈출 카페로 데려다주면서 나는 키가 거의 나만 해진 서하와 잠깐이나마 나란히 걸었다. 막 계약을 한 새경프라자 304호에 있다가 간 길이었다. 그때만 해도, 그러니까 2월 초만 해도, 다들 마스크는 쓰고 다녔지만 방 탈출 카페 같은 밀폐된 공간에 갈 수 있었다. 지금은 그런 델 가면 욕을 먹는다.

마스크를 쓰고 걷는 모습을 보고 있으니 서하가 수미의 어디를 닮았는지 더 알 것 같았다. 이제 중학생이네? 했더니 서하가 네, 했다. 2, 3년 전만 해도 은채나 서하나 고만고만한 초등 여자아이들이었는데. 열네 살이 되어서일까. 서하는 열세 살 아이들과 뭔가 달라 보였다. 은채와 은채 친구들은 아직 어린이용 교통카드를 쓰지만 이제 서하는 청소년 용 교통카드를 쓰는 것이다.

아이들이 한참 더 어렸을 때, 여름이 되면 수미와 나는 취사 가능한 야외 수영장을 찾아다니곤 했다. 은채와 서하가 물놀이를 하는 동안 우리는 그 옆에서 고기를 구워 먹고 컵라면을 끓여 먹고 맥주를 마셨 다. 수영장은 엄마들이 아이들한테서 단 한시도 눈을 떼면 안 되는 곳 이었기에 어르신들한테 말도 종종 들었다. 그땐 어디서 뭘 해도 쉽게 비난을 들었기 때문에 내 소원은 아이 앞에서만이라도 최소한의 존중 을 받는 것이었다. 소원이 제일 안 이루어지는 곳이 도로 위였다. 서너 살 된 은채를 차에 태우고 다니던 초보운전 시절에 나는 은채가 보는 앞에서 모르는 남자한테 쌍욕을 듣곤 했다. 어떤 남자는 신호 대기 중 인 내 옆 차선으로 와서는 내게 죽고 싶은 거냐고 물었다. (그럴 리가 요!) 내게 똑바로 살라고 했다. (그러고 싶답니다!) 그때마다 나는 은 채가 잠들어 있길 바라는 마음으로 반사적으로 룸 미러를 보았다. 상 담을 핑계로 수미를 불러내 하소연을 하기도 했다. 수미는 내가 아는 사람 중에 유일하게 1종 대형면허까지 갖고 있었던 것이다.

수미는 중소 학원 운영자들이 어떻게든 오래 잡아두고 싶어 하는 그 '여자 기사님'이었다. 차량 승하차 도우미를 따로 두기 싫은 학원들 은 기사와 차량 보조 둘 다 해주길 바라는 마음으로 여자 기사를 찾았 다. 수미는 늘 여러 탕을 뛰었다. 서하를 내 홈 공방으로 처음 보내던 무렵에 수미는 은채가 다니는 미술학원의 차량 기사를 하고 있었다. 그때도 수미는 선 캡을 쓰고 있었다. 한겨울을 빼고 수미는 늘 선 캡을 쓰고 다녔다. 각도를 조금만 조정해도 코까지 빠르게 가려버리는 선 캡. 들키기 싫으면 고개만 살짝 숙여도 되는 선 캡. 자기는 편할지 몰라도 주위 사람들은 속 터지게 만드는 선 캡. 정수리가 뻥 뚫린 선 캡을 쓰고 어딘가를 빠르게 걸어가는 깡마르고 키 큰 여자가 보인다면 그건 아마도 수미일 것이다. 12인승 스타렉스에 아이들을 태우고 사거리에서 좌회전을 하는 여자가 선 캡을 쓰고 있다면 그건 아마도 수미일 것이다. 진료소에 갈 때도 수미는, 선 캡을 썼을 것이다.

사람들이 코로나 봄이라고 불렀던 지난봄에, 그 계절의 마지막 클래스가 될 줄 몰랐던 마지막 클래스 때, 나는 수미가 만들던 젤 캔들 안에 나만 아는 무언가를 떼어 넣었다. 그 봄에 나는 초6 학모였고 수미는 중1 학모였다. 나는 캔들 샘이었고 수미는 차량 샘이자 기사 샘이었다. 2020년 봄에, 우리는 10대 딸아이를 키우는 40대 여자들이었다. 방 탈출 카페에 아이들을 들여보내고 다시 새경프라자로 걸어가면서 나는 수미한테 메시지를 보냈다.

'언니! 애들 잘 놀고 있어!'

알고 지내온 시간 동안 우리가 숱하게 주고받았던 말, 아이들이 잘 놀고 있다는 말. 나는 그게 수미를 얼마나 안심시키는 말인지 알고 있다. 수미가 얼마나 원하는 말인지도 알고 있다. 탈홈 공방을 축하한다는 말과 함께 수미가 나한테 주었던 햇살장미를 나는 봄 내내 가림막용 광목 커튼에 달아두고 말렸다. 일을 마치고 공방 바닥을 쓸다 보면 마스크 고리가 꼭 하나씩은 나왔다. 문이 있는 건물 어디에서나 에탄올 냄새가 떠돌았다. 휴대폰 사진함에 등본을 넣어두고 어느 때보다도 자주, 내가 등록된 주민임을 증명했다. 그 봄에 나는 불특정 다수의 방문을 원했고 불특정 다수 모두를 의심했다. 그들과 접촉했다.

수미와 나는 그 말을 다시 주고받을 수 있을까. 그 봄에 우리가 꿈꾸던 안전은, 우리가 겪었던 시국은, 같은 것이었을까. 봄 내내 내가 열고 내가 닫았지만 지금은 갈 수 없는 그 공방은 나리공방이고 기정로 349번길 25, 새경프라자 304호에 있다.

*

여자들 넷의 클래스 문의가 온 건 등교 개학이 네 번째로 연기되고 고강도 사회적 거리두기가 한창이던 3월 말이었다. 2월 말부터 시작된 감염 폭풍이 한차례 지나갔지만 공공도서관도 공공 체육시설도 모두 닫혀 있었다. 시청 채널에서는 공원 출입을 자제하라는 알림이 왔고 카페 한쪽에는 거리두기를 위해 걷어낸 테이블과 의자들이 거꾸로 쌓여 있었다. 온라인 개학 얘기가 나오면서 거의 시간 단위로 학모들 휴대폰에 설문과 링크가 도착하던 때였다. 양육자들이 아이들과 집에서 지내기 시작한 지 한 달이 넘어서고 있었고 맞벌이 부모를 둔 아이들이 한낮에 로데오 거리를 배회하는 게 눈에 띄었다. 나는 상가 진출한 달 차였다. 2020년 3월에 맞춰 9년 만의 탈홈 공방을 계획했던 내 심정을, 일일이 다 말하기는 힘들 것 같다. 감염병 위기 경보가 경계에서 심각으로 격상되면서 예약되어 있던 대부분의 클래스가 취소되었다. 근처 회사 동호회로 첫 출강을 나가기로 한 날이 3월 23일이었는데, 날짜를 기억하고 있는 건 사회적 거리두기가 시행된 게 3월 22일부터였기 때문이다. 모임이 무기한 연기되면서 동호회 인원수대로 준비했던 캔들 재료도 그대로 남았다.

문제는 그 모든 어쩔 수 없음에도 불구하고 월세와 관리비가 계속 빠져나간다는 것이었다. 코로나 때문에 남편 급여도 30퍼센트가 감봉된 상황이었기 때문에 나는 여러모로 죄인이 된 기분이 들었다. 일을 벌였는데 일을 하지 못하고 있다는 압박감이 너무도 커서, 나는 은채와 집에 있으면서는 공방 생각만을 하고, 공방에 나가서는 아이를 혼자 두고 나와서도 멍하게 앉아만 있다는 괴로움으로 시간을 보냈다. 이도 저도 아니라는 것. 어느 것도 제대로 하고 있지 못하다는 것. 일 때문에 가족들한테 민폐를 끼치는 것 같은 그 기분. 일을 잘하려고 하면 할수록 수렁에 빠지는 그 기분. 그건 육아와 일을 병행하는 동안 지긋지긋하게 반복됐던 감정이었고 10년 가까운 시간 동안 경험과 체념이 쌓이면서 조금씩 뭉개가던 감정이기도 했다. 어쩌면 맞춰가고 있다고 믿었던 일과 가사와 육아의 균형을 2020년 봄은 다시 원점으로, 원점 그 이전으로 밀고 가고 있었다.

　남편의 걱정병은 코로나 시국을 타고 정당성을 얻어 정체불명의 사람들이 오가는 상가에 대한 잔소리가 끊이지 않았다. 퇴근을 하면 남편은 말했다. 자기야, 괜찮을까? 다음날도 남편은 말했다. 자기야, 괜찮을까? 남편은 알지 모르겠지만 내가 새경프라자에 일터를 마련하는 걸 남편이 못마땅해한 건 코로나가 터지기 전부터였다. 새경프라자 지하에 노래 주점이 있긴 했다. 하지만 거긴 어쨌든 한밤에 호황인 곳이 아닌가? 새경프라자 1층엔 신혼 때부터 우리가 배달시켜 먹던 족발집도 있었다. 2층에는 태국 마사지 숍이 있었는데 거긴 남편의 평소 주장에 따르면 건전 마사지 숍이 아니던가? 미용실과 네일 숍도 있었고 레이싱 게임방과 당구장도 있었다. 7층에는 20대 여성 매니저를 상시 모집 중인 대화 카페라는 데도 있었다. 입간판에 써놓은 대로 거기가 '데이트 카페'가 맞는다면 젊은 연인들이 데이트를 하고 내려오다 공방에도 한번 들르고 그럴 수 있는 거 아닌가?

내가 상가 공방을 내면서 꿈꾸던 게 그런 것이었다. 아이들이나 아이 엄마들이 아닌 사람들도 내 공방에 오는 것. 사려 깊게 데이트 코스를 검색하는 연인들이 내 공방에 찾아와 예쁜 것들을 만들면서 한두 시간 머물다 가는 것. 보살피고 의탁하는 관계들이 아니라 대등한 존재들끼리 친밀감을 나누는 걸 보고 사는 것. 실제로 3월 중순부터 오기 시작한 방문객들은 여가 액티비티 앱으로 클래스 신청을 하고 온 연인들이었다. 남녀 연인이 오기도 했고 여자친구 선물을 만든다면서 남자 둘이 온 날도 있었다. 나는 그들이 너무 고마워서, 남자친구분이 너무 센스 있으세요! 색 조합이 너무 좋은데요? 마스크를 쓴 채 외치다 화장실요? 출입문 나가서 오른쪽요! 휴지는 가져가셔야 되고요! 내 손님들이 이 오래된 상가의 화장실을 싫어하지 않길 바라는 마음으로 어둑한 상가 복도를 내다보곤 했다. 그렇게 찾아오는 사람들은 대부분 원데이 클래스를 들었기 때문에 여러 회차로 진행되는 취미반이나 자격증반을 돌리지 않으면 유지가 어려웠다. 그래서 나는 다시 인근에 사는 여자들을 기다리게 되었던 것이다.

넷이 함께하는 취미반 클래스를 문의한 사람은 여러 차례에 걸쳐 공방의 안전과 주변 혼잡도를 세심하게 따졌다. 비누와 캔들을 만들려는 목적보단 넷의 비밀 모임 장소를 찾는 게 아닐까 싶을 정도로 깐깐했다. 그 시국엔 그럴 수 있었다. 그 시국엔 그럴 수 있는 게 많았다. 그 봄엔 그래도 되는 게 아주 많았다. 나는 내 딸을 감시하기 위해 거실장 위에 공룡알처럼 생긴 홈 카메라를 놓아두었다. 몇 해 전 통신사를 바꾸면서 사은품으로 받았던 가정용 CCTV였다. 언젠간 쓰게 될 수도 있다고 생각해 보관해두었지만 정말로 쓰게 될 거라곤 생각하지 않았다. 나는 공방에 나와 앉아 홈 카메라 앱을 열고는 카메라가 비추는 내 집 거실을 멍하니 쳐다보곤 했다. 그러다 정신을 차린 듯 스피커 기능을 켜고 말했다. 은채야! 바닥에 저거 뭐니! 잼 먹었으면 뚜껑 닫아 냉장고에 넣어야지! 4월로 넘어가면서 나는 은채가 집에서 '그냥 있는' 걸 보는 게 힘이 들기 시작했다. 온라인 학습과 학원 숙제를 다 끝낸 뒤여도 마찬가지였다. 아이가 멍때리고 있는 게 이상하게 싫었다. 나는 원래 그런 모가 아니었다. 2020년 봄이 되기 전까지 나는 내가 아이의 빈둥거림을 괜찮아하는 모라고 믿어왔지만 그 봄엔 밑에서부터 무언가가 흔들렸다. 은채는 냉동밥을 레인지에 돌려 혼자서 점심을 먹을 수 있는 나이였지만 감정을 숨기는 법도 터득한 나이였다. 놀이터보다 휴대폰을 더 좋아하는 나이였다. 아이와 오랜 기간 대화와 협상을 거치며 맞춰온 규칙과 생활방식을 새로운 상황 속에서 새롭게 조정하는 건 아이가 저학년일 때보다 몇 배 더 많은 에너지가 들었다.

은채의 표정이 좋지 않으면 남편은 딱 한 마디를 하고 지나갔다. 우리 딸 사춘기인가! 남편은 은채가 열 살일 때도 그 말을 했다. 우리 딸 사춘기인가! 하하하! 기분이 좀 좋은 날이면 남편은 서점에 들러 초등 고학년 딸이 엄마와 갈등을 겪다 서로를 이해하는 내용의 아동소설을 사 왔다. 그는 한 번도 부녀 관계에 대한 책은 사보지 않았다. 에어컨 바람이 주방까지 오지 않아 땀을 흘리며 음식을 만들고 있으면 그는 바람을 주방까지 보내주려고 선풍기를 끌어와 이리저리 돌리며 애를 썼다. 하지만 자신이 주방으로 와서 저녁을 만들진 않았다. 아이들 교과서를 모두 집으로 보낸 뒤 학교에서는 정기적으로 아동학대 예방 안내문을 보내왔다. 그 안내문은 학부들의 휴대폰에는 가닿지 않았다. 학교는 계속 물었고, 주 2회 등교를 할지 주 3회 등교를 할지 택하라

했고, 내게 방역의 주체가 되라고 했다. 매일매일 감염을 걱정했지만 그 봄에, 남편은 은채와 내가 밀접하게 체감해야 했던 또 다른 시국에 대해서는 말을 하지 않았다. 자신을 방어하는 말 외에는.

　그녀들이 실제로 공방에 온 건 처음 문의를 하고도 3주가 조금 더 지난 4월 하순이었다. 그녀들의 제안에 맞춰 수강 날짜와 시간과 커리큘럼을 조정하는 동안 흔하고 예쁜 꽃들이 지고, 또다른 흔하고 예쁜 꽃들이 피었다. 은채의 학교에 다녀오다 수미의 자전거를 본 4월 초순이 지났고, 주민센터에 다녀오다 수미네 부부를 만난 4월 중순이 지났다. 나는 깨끗한 꽃잎들을 주워와 공방 한쪽에 펴놓고 말렸다. 그녀들의 첫 수업이 2020년 4월 22일이었던 걸 기억하는 건 여자들 중에 수미가 있었기 때문이다.

*

　보건소에서 보내준 구호품 중 각 티슈 통엔 눈을 감고 있는 코알라가 그려져 있다. 세 통이 왔는데 한 통을 거의 다 써간다. 코를 푼 것도 아닌데. 사실 나는 휴지를 헤프게 쓰는 편이다. 햇반과 양반김은 은채 먹으라고 주었고 초코파이는 내가 먹었다. 진라면은 세 개 / 비비고 찌개 세트는 두 개가 남았다. 비티크린액 500ml / 주노 손 세정제 100ml / 초록색 도트가 촘촘한 일회용 체온계 / '감염 주의'라고 쓰인 폐기물 봉투에 내게서 나온 쓰레기를 넣고 비티크린액 마구 뿌리기 / 봉투 배출은 금지 / 1일 2회 / 아직 발열은 없다.

　증상은 있다. 증상은 원래도 있었다. 보건소에서 연락을 받았을 때 나는 은채한테 제일 먼저 이 말을 했다. 친구들한테 말하지 마, 은채야. 아무한테도 말하지 마. 진단 키트가 든 보건소 종이 가방을 들고 누군가 초인종을 누른다. 나를 부른다. 이나리 님! 이나리 님! 자가 격리 중인 이나리 님! 나는 울 것 같은 목소리로 말한다. 좀만 작게 불러주시면 안 될까요. 앞집 윗집 아랫집에서 다 들을 것 같아요.

눈을 뜨면 제일 먼저 시청 채널에 접속해 코로나19 현황을 확인한다. 기정시 70번 확진자는 구산시 93번 확진자 접촉자. 기정시 71번 확진자는 기정시 70번 확진자 가족. 기정시 68번 확진자는 자가 격리 중 확진이 되었다. 기정시 66번 확진자는 여전히 감염 경로가 밝혀지지 않았다.

그래도 하루 중 많은 시간에 나는 내가 몇 년에 걸쳐 포스팅을 쌓아온 블로그와 몇 주 전까지도 업데이트를 거르지 않았던 나리공방의 인스타그램에 들어가본다. 그곳엔 내 초보 시절 작품이 남아 있다. 비누 자투리를 들고 있는 은채의 조막만 한 손도 있고 아홉 살 서하가 만든 마카롱 캔들도 있다. 오랜 시간 찾아와준 수강생들의 작품도 차곡차곡 쌓여 있다. 그곳에 기록된 하루하루가 곧 나의 자산이다. 나리공방의 역사다. 그 시간이 쌓이는 동안 내게는 나만의 비누 레시피가 생겼고 내 초의 형태를 만들어줄 나만의 캔들 몰드가 생겼다. 비누가 숙성되길 기다리며 보내는 한 주 한 주가 다른 시간들과 얼마나 다른지를 알게 되었고 하얀 왁스 알갱이들이 녹았다가 다시 각각의 형태로 굳는 것을, 그 형태 그대로 빛의 연료로 태어나는 것을 보게 되었다. 향초가 머금은 한두 방울의 오일이 잠 못 드는 밤에, 마음 붙일 곳 없는 낮에, 순간적인 발향만으로도 나를 어루만져줄 수 있다는 것. 나는 그런 것들을 내 공방에 찾아오는 사람들과 나누고 싶었다. 최대한 많이 나누고 싶었다. 클래스 예약이 없는 날에도 나는 매일매일 글을 올렸다. 오늘은 정말 덥네요. 이런 날은 #실내체험 #실내데이트. 오늘 날씨 정말 춥죠? 이런 날은 #실내체험 #실내데이트. 오늘은 아침부터 비가 오네요. 이런 날은 #실내체험 #실내데이트.

그녀들의 첫 수업 때 나는 테이블에 흰 비닐 시트를 새로 깔고 분무기에 에탄올을 채워 양끝에 놓아두었다. 염료와 향료를 종류별로 정리해 꺼내놓고 판매용으로 만들어둔 필러 캔들도 더 진열해두었다. 2020년 4월 하순의 피드를 훑기만 해도 그때의 기분이 느껴진다. 나는 상가로 나오면서 헤어드라이어를 집에 던져두고 히트 건을 샀었다. 건. 내겐 건이 있었다. 라텍스 장갑은 손에 착착 붙었고 앞치마 핏은 또 얼마나 마음에 들었는지. 그녀들이 절대, 마스크를 내리지 않았던 것도 기억난다.

"골라주시는 걸로 할게요."

오일 향을 선택해야 했을 때 그녀들 중 누군가가 말했다. 다들 KF94 마스크를 단단히 밀착해 쓰고 있었다. 어떻게 봐도 지쳐 보이는데 그렇다고 긴장을 놓을 수도 없는 상태로 앉아 있는 게 보였다. 나는 세 명한테는 '심신 안정' 효과가 있는 향을, 수미한테만 '심신 고양' 계열의 향을 추천했다. 수미는 아마도 그 차이를 몰랐겠지만.

수미는 그 여자들과 정기적으로 어떤 모임을 갖고 있는 것 같았다. 수미와 나처럼 2020년 봄의 학모이자 딸 엄마들이라는 것 외에 내가 그녀들 각각의 사정에 대해 알 수 있는 건 없었지만 그 공통점만으로도 얘기는 이어졌고 마음이 편안했다. 그녀들이 숨 쉴 곳을 찾아 어디라도 나와 있다는 것에 나는 이상할 정도로 안심을 느꼈다. 적어도 아이와 둘이 고립되어 있지 않다는 것에. 정확히는 수미한테 안심했다는 말이 맞을 것이다. 어쨌든 나는 그녀들과 3주에 걸쳐 수업을 할 수 있다는 사실에 정말 신이 났다. 후각을 직접 작동시키지 않은 채 내 설명만 듣고 향을 고르던 조심성도 그 시국엔 왠지 좋았다. 그녀들이 포토존에 있는 전신 거울에 단 1초라도 자신의 전신을 비춰보는 게 좋았다. 무엇보다 그녀들은 캔들 만드는 걸 재미있어했다! 첫 시간에 우리는 뚜껑이 있는 은색 틴 케이스 용기에 초를 만들었다. 비커에 소이 왁스를 담아 천천히 녹이고, 용기의 밑바닥에 심지를 심었다. 그 안에 왁스를 붓고, 그 안에 오일을 섞고, 나무젓가락 사이에 심지를 끼워 고정했다. 그러곤 왁스가 굳기를 기다렸다.

나는 그 시간들을 기억한다. 뜨거운 왁스가 식기를 기다리며 마주 앉아 있던 시간. 심지를 품은 액체가 그대로 굳어 초가 되길 기다리던 시간.

홈 공방을 할 때, 아이들의 하교가 시작되기 전이나 저녁 차량 운행이 시작되기 전에 수미는 내 집에 잠깐씩 들러 간단한 비누나 캔들을 만들다 갔다. 그냥 와서 쉬다 가도 되는데 수미는 뭐 하나라도 꼭 만들어서 내 수입을 올려주려고 했다. 용기나 몰드에 부어놓은 왁스가 굳으려면 한 시간이 좀 넘게 걸렸는데 수미는 많이 피곤한 날에는 은 채 침대에 잠깐씩 누워 새우잠을 잤다. 시간에 맞춰 학원차가 도착하지 않으면 아이들이 차를 기다리다 엄마들한테 전화를 했고, 그러면 그 엄마들은 일을 하다 말고 불안해하며 다시 수미한테 전화를 했다. 수미는 정확한 차량 시간과 아이들 승하차 안전 둘 다에 신경을 쓰느라 늘 곤두서 있고 지쳐 있었다. 내비 거치대에 휴대폰을 올리고 음성 카톡을 연 뒤 수미는 운전대를 돌리며 각각의 어머니들한테 신속하게 메시지를 보냈다. 유빈이가 잘 탔다고. 세훈이가 잘 내렸다고.

거기에 익숙해져서인지 수미는 평소에도 음성 카톡을 자주 썼는데 나는 수미가 나리야, 라고 메시지를 보내면 그 글자들을 자동으로 수미 음성으로 변환해보곤 했다. 나리야. 나리야. 수미는 내게 말했다. 나리야, 나 좀 깨워줘. 알람을 맞춰놓고도 수미는 말했다. 나리야, 30분 있다 나 좀 꼭 깨워줘.

다른 여자들이 있어서인지 취미반 수업 중에 수미는 나를 나리야, 대신 나리 샘이라고 불렀다. 나는 그게 너무 웃기고 재미있어서 3단 트롤리를 테이블 이쪽저쪽으로 밀고 다니며 여자들한테 외쳤다. 다들 금손이시네요! 3월에 아이들이 한창 보던 EBS 라이브 특강 얘기를 하다가 서로의 별칭을 만들기도 했다. 특강 채팅창에 이름 가운데 글자가 꽃표로 가려져 김＊윤, 최＊석으로 올라오면 강사가 아이들을 별윤이, 별석이라고 불렀다고 했다. 그 얘기 뒤부터 그녀들은 공방에 오면 별주 씨, 별은 씨, 별선 씨가 되었다. 수미는 별미. 서하는 별하, 은채는 별채였다.

날씨 때문에 왁스 굳는 시간이 좀 오래 걸린 날은 하리보 곰 비누 틀을 가져와 서비스 비누를 만들었다. 하리보 곰 젤리와 꼭 같은 크기의 곰 수십 마리가 비누 틀에서 튀어나오기 시작하자 그녀들은 발을 구르며 비명을 질러댔다. 미쳤어, 미쳤어! 너무 귀여워! 하리보 곰들은 봐도 봐도 귀여워서 만들 때마다 정말 미쳐버릴 것 같았다. 어느 날부터인가 우리는 정규수업 사이사이에 하리보 비누를 만들어 주머니에 들어갈 수 있는 크기로 몇 개씩 소포장을 했다. 아이들한테도 나누어주고 수강생들과 상가 사람들한테도 나누어 주었다. 손 씻기는 셀프 백신이라는 말이 있죠? 나리공방에서 만든 비누예요!

생각해보면 4월 중순에서 5월 초 사이의 그 무렵이 상가 공방을 열고 가장 바쁜 시기였다. 일일 신규 확진자가 60여 일 만에 한 자릿수가 되었다는 보도가 나왔고 사람들은 K방역에 대한 믿음을 얘기하며 재난지원금 카드를 들고 집 밖으로 조금씩 나오기 시작했다. 새로운 단골들도 생겼다. 여자친구 선물을 만든다면서 3월에 처음 들렀던 두 남자는 그후로도 일주일에 한두 번씩 꾸준히 공방에 왔다. 이마를 맞대고 앉아 차량용 석고 방향제에 채색을 했고 왁스가 굳을 동안 같은 휴대폰을 보며 큭큭 웃었다. 전신 거울 앞에 나란히 서서 서로를 쳐다보기도 했다. 나는 그들에게 더는 여자친구가 무슨 색깔을 좋아하냐고 묻지 않았다.

5월이 다가오고 있던 그 무렵을 지금도 생각한다. 카네이션 캔들과 비누꽃 제작 주문이 밀려들어 오던 때. 나는 탄력을 받아 각종 답례품과 취미활동으로 캔들을 권하는 해시태그를 쌓아갔다. 오늘도 떠올린다. 별주 씨와 별은 씨와 별선 씨를. 수미를. 그 봄에 내가 가장 거리낌없이 쓰던 해시태그는 '#직장인취미' '#직장인소확행'이었고 쓰기 전에 가장 오래 망설이고 가장 적게 썼던 해시태그는 '#주부취미'였다.

*

별찬이 화면에서는 계속 애기 울음소리가 들려. 영어학원 화상수업이 끝나고 은채가 말한다. 그 말을 들으며 나는 생각한다. 그 집은 늦둥이가 있나 보네.

그 반엔 은채와 몇 년째 같은 반인 서하도 있다. 어느 저녁에 은채가 말한다. 서하 언니는 자꾸 카메라 기능을 꺼놔서 학원 선생님한테 혼난다고. 그 말에 나는 이렇게 생각하고 지나갔는지도 모른다. 서하가 사춘기인가 보네.

한낮에 로데오 거리에 제일 먼저 등장하는 아이들은 은채 또래들이다. 긴급 돌봄 교실에서는 받아주지 않는 초등 고학년생들. 나는 가끔 아는 아이를 발견한다. 엄마도 포기한 아이라는 말이 들리던 말썽쟁이 별원이. 4학년 때 은채와 친하게 지냈던 별율이. 매일같이 온라인 학습을 쨴다는 별성이.

은채가 타던 22인치 자전거가 어느 집에 어떤 모습으로 있을지를 생각하기도 한다. 아직 코로나의 C 자도 동네에 도착 안 했던 때에 우리 집 앞으로 와 은채의 물건들을 가져갔던 여자들. 그 여자들이 이 봄을 어디서 어떻게 보내고 있을지를 생각한다. 그 여자들이 왜 어디에서도 보이지 않는 건지를 생각한다.

술에 취하면 아무 말이나 다 하는 주사가 있는 수미가, 어느 날 술을 먹다 나한테 묻는다. 사랑하는 남자와 함께 사는 건 어떤 기분이야? 어쩌면 이렇게 물었는지도 모른다. 함께 사는 남자를 계속 사랑한다는 건 어떤 기분이야?

어떤 날 수미는 이런 말을 하기도 한다. 왜 아무도 가르쳐주지 않지? 나처럼 엉망인 여자는 아이를 어떻게 키워야 하는지? 다른 여자들은 어떻게 행복한 아이를 키워내는 거야? 그런 말을 들은 날이면 남편을 생각한다.

남편이 내게 말한다. 자기야, 좀 쉬어. 제발 좀 쉬어. 급성방광염이 와서 피오줌을 싸고 있으면 남편이 또 말한다. 자기야, 꼭 이렇게까지 무리를 해야 돼? 내가 자기랑 은채를 굶기는 것도 아니잖아. 나도 말한다. 그러게 자기야! 내가 일 잘 못 한다고 우리가 굶는 것도 아닌데! 난 왜 이런 색깔의 오줌을 싸고 있지?

팔베개를 하고 남편이 속삭인다. 자기야, 나한테 카톡 보낼 때 슬래시 좀 안 쓰면 안 돼? 꼭 업무 지시 받는 것 같아. 나도 속삭인다. 근데 자기야, 자기는 말귀를 잘 못 알아듣고 생각이란 게 없고 같은 말을 두 번 하게 하잖아?

어느 날 드디어 남편이 말한다. 자기야, 자긴 왜 그런 거야? 다른 여자들처럼 그냥 좀 편하게 살면 안 돼? 정말 숨이 막혀! 나는 얼굴이 빨개진 남편을 보며 생각한다. 숨이 막히면 좀 죽어도 되지 않나?

죽음. 남편의 사망. '남편'과 '사망'을 연결시키다 보면 그날이 떠오른다. 남편의 건강검진 결과표를 열어보던 임신 막달의 어느 날이. 남편 몸의 각종 수치들을 보면서 내가 느낀 건 무엇이었을까. 이 남자가 쓰러지면 우리 가족은 다 같이 망한다는 공포였을까? 분명한 건 남편의 혈관 수치에 일희일비하며 야채주스를 갈아 바치는 여자들을 내가 오랫동안 혐오해왔다는 것이다. 남편을 죽여야 할 때 죽이지 못하는 여자들. 죽여 마땅한 순간에 남편을 빼는 여자들. 남편을 죽이는 대신 애를 잡는 여자들. 정말이지 좆같은 여자들. 좆빨러라는 욕을 먹어도 싼 여자들.

하지만 내가 하고 싶은 건 자기혐오가 아니다. 좆빨러가 되지 않으려고 피오줌을 싼다고 말하고 싶지도 않다. 그게 전부는 아니니까. 나는 외로움에 대한 이야기를 하고 싶다. 마음 붙일 곳 없는 낮에 대해서. 눈을 붙여도 잠들 수 없는 밤에 대해서. 남편과 노동을 나누기 위한 싸움을 시작하기도 전에 에너지를 뺏긴 채로 '행복한 아이를 키워내는 다른 여자들'과 '편하게 사는 다른 여자들'을 가위눌리듯 떠올리던 것에 대해서.

우리가 서로를 욕심내기 시작한 순간부터 어떻게 다시 고립되어갔는지, 그 외로웠던 봄에 대한 얘기를.

3주 동안 그녀들이 단 한 번도 마스크를 내리지 않았을까? 그렇지 않다. 별주 씨와 별은 씨와 별선 씨가 단 한 번도, 오일 병 트레이 안으로 손을 뻗지 않았을까? 그렇지 않다.

몇 번째 수업부터였을까. 향료 병의 라벨을 일별하다 어느 순간 그녀들은 뚜껑을 열었다. 오일이 묻은 드로퍼를 얼굴 앞으로 천천히 가져갔고, 몸의 감각기관 하나를 빠르고 완전하게 열었다가 닫았다. 짧은 순간이었지만 나는 마스크에 가려져 있던 그녀들의 얼굴을 보았다. 마음에 드는 향을 찾았을 때의 그녀들 표정을 읽었다.

좋은 신호였다. 나는 공을 들이고 싶어졌다.

그리고 그때부터 무언가가 시작되었다.

우리가 서로에게 잘 보이고 싶어졌을 때. 일을 잘하고 싶어졌을 때. 내 전문성으로 그녀들한테 신뢰받고 싶어졌을 때.

취미반 수업을 하다 보면 느낌이 오는 사람들이 있었다. 나는 그 사람들을 자격증반으로 낚아채는 걸 좋아했다. 나리공방의 정수, 자격증반. 양초공예협회의 이름이 내걸리고 수강료의 단위가 달라진다. 이론을 정리한 프린트물이 놓이고 표시 도안 작성법이 공유된다. 최적의 발향을 위한 정확한 온도 계산이, 금손이라는 칭찬 대신 망하지 않기 위한 냉철함이 필요해진다. 그때부터 그 무언가가 시작이 된다. 원데이 클래스나 취미반에서는 절대 풀지 않는 것을 정교하게 펼칠 수 있는 판이 열리면, 나는 나의 무언가를 가리기 시작한다. 수미는 알고 있었을까. 누구누구의 맘도 아닌 무슨무슨 샘도 아닌 딱 떨어지는 '선생님'이 되어야 할 때, '지도사'라는 정식 호칭으로 서 있어야 할 때, 내가 나의 무엇을 보이지 않게 하는지. '선생님'으로 생존하기 위해 내가 얼마나 깨끗하고 멀쩡하게, 주부로서의 노동만을 선별해서 지워버리는지. 하지만 '선생님'인 그 순간에도 내가 알아서 감춰버린 그 노동에 얼마나 실시간으로 잠식당하고 있는지. 어떻게 얼굴이 지워진 채로 다른 여자에게 다른 여자가 되어가는지. 나로 서 있기 위한 최소한의 힘을 기르기 위해 어떻게 또다시, 계속 다시, 매일 다시, 내 노동을 지우고, 지운 것에 먹히고, 먹혀가는 채로 지우면서, 편하게 사는 여자들 중 하나가 되는지. 왜 나는 나의 어떤 부분을 지워야만 내 실력을 신뢰받을 수 있다고 믿게 되었는지.

그래서 우리는, 별주 씨와 별은 씨와 별선 씨는, 수미는, 나는, 우리가 그 봄에 감당하던 것들에 대해 어느 순간부터 말을 하지 않게 되었다. 지레짐작으로 서로를 넘기게 되었다. 서로한테 매력적인 사람이고 싶을수록, 테이블에 함께 앉아 있는 채로 고립되어갔다. 아주 많이 힘든 날일수록, 다른 여자들도 나처럼 힘들 거라고 믿기가 어려워져갔다. 그와 동시에 그녀들은, 내 공방에서 무언가를 원하기 시작한 그녀들은, 애정을 갖기 시작한 공간에서 마스크를 내려버렸으므로, 그 공간 전체를 안전한 장소로 만들고 싶어 했다. 나리공방이 청정 구역이 되길 바라는 꿈을 품고 나를 바라봤다.

2020년 봄의 황금연휴는 길었다. 부처님오신날 뒤에 주말이 있었고 주말 뒤에 어린이날이 있었다. 해마다 부처님오신날이 되면 가던 충청도의 한 사찰에 전화로 등을 달며 안부를 전했다. 올해가 은채의 마지막 어린이날이겠다는 생각을 하며 공방에 나가 카네이션 캔들을 만들었다. 연휴 중 어느 날엔 수미가 메시지를 보냈다.

'서하랑 지나가다가 공방 창문이 어디쯤일지 한참 찾아봤어.'

나는 수미한테 답을 보냈다.

'언니! 서하랑 은채 데리고 넷이 언제 파티 하자!'

열네 살 서하랑 열세 살 은채랑 같이, 상가로 진출한 나리공방에서 넷이 꼭, 축하 파티를 하자.

하지만 그런 시간은 오지 않았다.

황금연휴 직후, 이태원 클럽발 코로나19 2차 유행이 시작되었다.

그리고 나는 다시 5월의 여러 날들로 이동한다. 줌 화상수업 화면에서 어떤 소리를 듣던 때로. 공룡알 너머 은채의 눈빛으로. 그날 그 시간, 새경프라자에서 같은 공기를 마셨던 사람들. 식당과 약국이 늘어선 종합병원 앞 사거리. 병원 지하주차장의 갈매기 방지턱. 유리 칸막이가 쳐진 선별 진료소. 최근 14일 이내에 중국에 다녀온 적이 있습니까? 아니요. 최근 14일 이내에 신천지 모임에 다녀온 적이 있습니까? 아니요! 최근 14일 이내에 이태원 클럽에 다녀온 적이 있습니까? 아니요!!

그다음 질문은 무엇이었을까.

*

오늘도 그애를 생각한다. 유치원생 때부터 내 공방에 온 아이. 서하. 수미의 딸.

서하가 초등학교 4학년 때쯤이었을 것이다. 학교가 끝나고 공방에 와서 만들기를 하다가 서하가 피구 얘기를 한 적이 있다. 반 대항 피구를 했는데 서하네 반이 옆 반한테 억울하게 졌다고 했다. 그날 서하는 석고 반죽을 개는 내내 옆 반 아이들이 어떤 비겁한 반칙을 썼는지를 얘기하며 화난 얼굴을 하고 있었다. 다음 날 서하와 같은 반 친구가 비누를 만들러 와서 역시나 그 피구 얘기를 했다. 분함이나 억울함 같은 건 전혀 없는 얼굴로 그 아이는 말했다. 옆 반이 피구를 제일 잘하는 반이라고. 너무 잘해서 우리 반이 졌다고.

어떤 차이가 두 아이에게 그렇게 다른 말을 하게 했는지 나는 잘 모른다. 내가 아는 건 수미가 '화를 내는 서하'가 아니라 '웃고 있는 서하'를 바란다는 것이다. 서하가 웃고 있지 않으면 수미가 불안해한다는 것이다. 서하가 행복해하지 않으면 수미가 불행감을 느낀다는 것이다. 서하의 한숨에, 서하의 눈물에, 서하의 짜증과 서하의 슬픔에 수미가 과도한 자책감을 느낀다는 것이다. 수미가 있는 세상에서 서하는, 방문을 세게 닫을 수도 책장을 확확 넘길 수도 없다는 것이다.

엄마가 힘들어할 거예요. 지나가는 말처럼 서하는 내게 말하곤 했다. 내가 나로 있으면 엄마가 힘들어할 거예요, 이모. 이모도 알잖아요.

나는 알았을까?

곧 끝날 수 있을 거라고 생각했다. 이제 거의 끝나간다고 생각했다. 잘 참아왔다. 이전의 일상을 이제는, 정말이지 이제는, 반토막이라도 되찾을 수 있다고 생각했다. 1차로 개학이 연기되었을 때, 2차로 연기되었을 때, 3차 연기, 다시 4차 연기, 일정표에 쓴 개학 / 개학 / 개학 / 개학이 네 번 다 무효가 돼도, 어쨌든 지나왔다. 코로나 시대에 대한 진단 어디에서도 거론되지 않는, 아침밥 / 설거지 / 학교 온라인 수업 / 점심밥 / 설거지 / 학원 온라인 수업 / 저녁밥 / 설거지로 하루가 가도 어쨌든 지나왔다. 2020년 5월 4일, 교육부는 5월 13일부터 순차적인 등교 개학을 하겠다고 발표했다. 이제 교과서를 다시 학교로 보낼 수 있었다. 이제 학모들은 미회신 알림 11 / 미확인 알림 39에서 벗어날 수 있었다. 집에 혼자 있는 아이에게 배달의민족으로 밥을 시켜주지 않을 수 있게 되었다. 드디어, 마침내, 아이들은 학교에 갈 수 있었다.

너네들이 클럽에서 처놀지만 않았어도.

너네들이. 너네들이!

맘카페는 폭발했다. 이태원 게이 클럽에서 아침 6시까지 놀다 온 기정시 53번 확진자, 그가 거주한다는 D 오피스텔이 어디인가. 그가 증상 발현 전에 들렀다는 K 편의점은 또 어디인가. 시청은 동선 공개를 이따위로 할 것인가? 정체를 숨긴 놈들이 지역사회를 확보하고 있는데! 밤새 성토하고 찢고 찌르는 글들이 이어졌다.

사람들은 잘 모르는 것 같았다. D 오피스텔은 새경프라자 건너에 있는 동원오피스텔인데. 나는 로데오 거리를 내다보다 블라인드를 내렸다. 거리의 모두가 곤두서 있었다. 공방은 이제 정말 망할지도 몰랐다.

취미반 수업이 잡혀 있던 다음 날 오후에 수미가 한 시간 일찍 공방으로 왔다. 한동안 선 캡을 벗고 있었는데, 수미는 마스크 위로 다시 선 캡을 쓰고 있었다. 어깨는 긴장돼 보였고, 얼굴은 다 가려졌고, 그래서인지 현금을 털러 가는 사람처럼도 보였다. 바지와 셔츠도 더없이 간편했다.

창문가로 걸어가 수미가 블라인드 창살을 젖혔다. 그러곤 창밖을 살폈다. 암살자한테 쫓기는 사람처럼.

"나리야."

하지만 어쩌면 햇빛을 쬐고 있었는지도 모른다.

"응, 언니!"

광목 커튼 안쪽에서 몰드 봉지들을 들고 나오며 나는 대답했다.

"요새 자꾸 그때 생각이 나."

수미가 창턱에 기대선 채로 말했다.

"언제?"

"몇 년 전쯤일 거야. 오후 늦게 니 집에 잠깐 들렀는데, 거실에 석고체험 하는 애들이 둘 있었고 주방에서 뭐가 끓고 있었어. 코다리조림인지 갈치조림인지 아무튼 그런 거였는데. 고추 썰어 넣은 칼칼한 생선조림 있잖아."

언제인지 알 것도 같았다.

"니가 거실에서 애들 채색하는 거 봐주다가 주방으로 종종종 걸어가서 웍 팬 뚜껑을 확 여는데, 그 냄새가 너무 좋은 거야. 저녁이 되면 은채랑 니 남편이 저걸 먹겠구나, 그런 생각을 했었어."

수미는 왜 그때가 생각났을까.

"그때 내가 예뻤나?"

그냥 해본 말이었는데, 수미가 대답을 했다.

"응."

그러고 수미는 블라인드 창살을 다시 내렸다. 공방 바닥에 몇 줄 내려앉아 있던 햇빛 선들이 사라졌다. 조금 더 어둑해졌고 건물 밖의 소음이 조금 더 멀리, 가버렸다. 수미와 나는 잠시 그렇게 서 있었다. 마스크를 쓴 채로. 어느 때보다도 높은 집중력으로.

어떻게 할 거냐고 수미가 물었다.

공방을 닫을 수는 없었다. 지난 3월을 떠올리는 것만으로도 앞이 캄캄했지만, 그리고 이제는 정말로 감염이 두려웠지만, 닫을 수는 없었다. 하지만 별주 씨와 별은 씨와 별선 씨가 도착해 둘러앉았을 때 나는 수미가 궁금해한 게 그게 아닐지도 모른다는 생각이 들었다.

초봄부터 말려 모은 꽃잎으로 압화 캔들을 만들기로 한 날이었지만 다들 수업에 집중하지 못했다. 이런저런 시국 얘기를 하다가 누군가 말했다. 그래도 여긴, 공방은, 동선 공개돼도 욕은 안 먹을 거라고. 그 말에 수미가 갑자기 웃기 시작했다. 공방에서 감염자가 나온다면 말이야, 그러니까 우리가 취미질을 하던 여기가 확산의 진원지가 된다면, 수미가 말했다.

"우린 아마 총살을 당할걸?"

다들 말이 없었다. 자신들이 어떤 카테고리에 들어갈지를 문득 생각하게 된 건지도 모른다. 우리는 그 봄 내내 봐왔으니까. 살짝만 당겨도 죽는 집단과 제대로 당겨도 죽지 않는 집단.

그런데도. 아니 어쩌면 그래서 더.

수미와 그녀들은 내게 그런 제안을 해왔던 것일까. 수미와 별주 씨와 별은 씨와 별선 씨는 이미 3월부터 단톡방에서 서로의 동선을 공유하고 있었다. 아이들의 학원과 학습지 방문교사의 지국 상황, 주말의 외식 장소, 남편의 출장지까지도. 해도 될지, 가도 될지, 누군가를 집에 들여도 될지, 누군가는 아무래도 좀 위험하지 않을지 매일매일 서로를 확인했다.

그리고 그 방에 이제 나를 초대하고 싶어 했다.

나는 테이블 맞은편에 앉은 수미를 건너다봤다. 수미. 오래된 레스포색 기저귀 가방에 아이들 물놀이 타월을 같이 넣고 다녔던 수미. 지금보다 젊었던 수미. 아이들이 크는 동안 비슷비슷하게 마흔 고개를 넘어온 수미. 굳이 이 프라자로 오지 않았을지도 모를 여자들을 설득해 내 공방과 인연을 맺게 해준 수미.

안전한 장소에 대한 수미의 열망이 얼마나 큰지, 내가 어떻게 모를 수 있을까. 강도는 조금씩 다를지 몰라도 거기 있는 우리 모두 어느 날부터인가 신체 증상들을 하나씩 겪고 있었다. 트라우마와 분노가 불면으로, 염증으로, 소화불량으로, 흉통으로 기어코 드러나 그 봄에 우리는 발열 없이 계속 아팠다. N개의 비명이 들릴 때마다 돌아서서 딸한테 말하고 싶었다. 니 얼굴을 찍지 마. 어디에도 너를 올리지 마. 쓰지 마. 가지 마. 하지 마. 위험해. 너무 위험해. 다 차단해. 내가 안심할 수 있게 해줘. 내가 지켜볼 수 있게 해줘. 조금이라도 눈을 붙일 수 있게 해줘. 니가 보여야 내가 쉴 수 있어. 제발 이곳에 있어.

하지만 어떻게, 어떻게 가능할까.

나는 내 공방의 안전을 위해서 마스크를 쓰지 않은 사람을 거부할 수는 있었지만 다른 이유로 내 손님을 거부할 수는 없었다. 다른 기준으로 공방 출입 자격을 물을 수 없었다. 내가 무언가를 통제할 수 있다고 믿는 순간 펼쳐질 지옥을 감당할 자신이 없었다. 내 공방이 있는 곳은 새경프라자였다.

나는 그녀들의 초대를 받아들일 수가 없었다.

그래서 수미가, 내 거절에 가만히 고개를 끄덕이고, 어쩔 수 없이 쓸쓸한 얼굴로 고개를 끄덕이고, 그녀들이 모두 돌아갔을 때, 나는 이 시국에도 예약을 취소하지 않는 내 손님들을 하루 종일 미워했다. 수미가 돌아간 즉시 수미가 너무 그리워진 나머지 수미가 서 있던 창가에 서서 하염없이 사람들을 쏘아봤다. 그녀들과 함께할 때 그래도 안전했다는 생각에 공방 출입문 종이 울릴 때마다 몇 배로 불안했다. 홈 카메라로 은채를 불렀다. 은채야, 학교에 자가진단은 보냈니? 은채야, 마스크 꼭 쓰고. 은채야, 니가 오늘 폰으로 2회 검색한 유해 검색어가 대체 뭐니? 홈 카메라를 끔찍이 싫어하는 은채가 공룡알 앞에 탁상달력을 놓아두면 캄캄해지면서 아무것도 보이지 않았다. 두 남자가 보석 비누를 만들러 왔을 때 나는 여자친구가 무슨 색깔을 좋아하냐고 끈질기게 물었다. 같이 오라고, 다음엔 여자친구랑 같이 오라고, 선물만 하지 말고 같이 와서 만들라고, 마스크 좀 제대로 써달라고, 마스크 그렇게 쓰시면 안 된다고, 계속 말했다. 그들이 종이컵에 비누 베이스를 섞으면서 얼마나 흘리는지, 고도의 집중력으로 고난이도의 그러데이션을 내던 그녀들과의 수업이, 그 활기가 떠올라 나는 허공처럼 외로워졌다. 그래도 보석 비누는 아름다웠다. 비누가 다 굳고 난 뒤 나는 그들에게 원석 모양으로 비누를 커팅하는 법을 가르쳐주었다. 네모난 비누 모서리를 칼로 쓱쓱쓱쓱 쳐낼 때마다 비누 자투리들이 반짝거리면서 떨어져나왔다. 나는 자투리 조각들을 메리고 용기에 담아 공방 입구에 놓아두었다. 비누가 다 젖을 정도로 그 위에 에탄올을 뿌렸다.

*

언젠가 수미가 공방에 있는 히트 건을 들고서 말했다. 나한테 있는 총을 보면 안심이 된다고. 나리 니 총은 몰드를 따뜻하게 데우는 데 쓰는 총이잖아. 하지만 내게 총이 있다면 나리야, 난 누군가를 죽이지 않고는 견디지 못할 거야.

다 감추지 못한 적의. 가눌 길 없는 분노.

물줄기가 터져 나오려는 호스의 입구를 한 손으로 틀어막고 한 여자가 서 있다. 다른 한 손으론 아이의 손을 잡고 있다. 여자는 휘청거린다. 호스에 장전된 것의 무게가 너무 무거워서, 정신을 차리지 않으면, 정신을 똑바로 차리지 않으면, 호스가 튕겨져 나가버릴 테니까. 물줄기가 요동을 치면서 가장 가까운 곳을, 가장 약한 것을, 가장 사랑하는 것을 찌를 테니까. 머리 위에 찬물을 끼얹고 자신의 뺨을 내리치면서라도 이 분노를, 이것을, 정확한 곳으로 겨냥하려고, 제대로 가누려고, 겨누려고, 안간힘을 쓰다가, 어느 날은 그냥 호스를 놓쳐버린다.

*

보건소에서 전화가 걸려오기 4일 전은 2020년 5월 19일이었다. 나는 아마도 그날이 수미의 인생에서 많이 아픈 날 중 하나일 거라고 생각한다. 지우고 싶은 날 중 하나일 거라고도 생각한다. 누군가의 머릿속에서 지워주고 싶은 날일 거라고도 생각한다. 하지만 수미는 인생의 어떤 날보다도 그날에 대해, 그날의 접촉과 동선에 대해 심층적인 조사를 받았을 것이다. 수미가 그날의 세부를 어떻게 불러내고 어떻게 서술했을지 그 마음을 헤아리는 것조차 쉽지가 않다.

서하의 등이 떠오른다. 컴컴한 공방 의자에 앉아서 불을 켜지 말아달라고 울던 서하가. 하지만 유흥이 불붙은 로데오 거리의 조명이 안으로 들어와서 나는 서하가 주먹을 꽉 쥔 채 부들부들 떠는 것을 보았다.

나는 서하의 등을 쓸며 말했다. 잘했다고. 잘했어, 서하야.

은채가 나를 부르며 방으로 와보라고 한 건 그날 저녁 영어학원 화상수업 때였다. 노트북의 화상수업 화면 안에 여섯 개 정도의 화면이 떠 있었고 그중 한 화면에서 어떤 소리가 들려왔다. 서하 언니 화면이라고, 은채가 겁먹은 얼굴로 말했다. 평소에 카메라를 잘 안 켜려고 해서 선생님한테 말을 듣던 서하는 그날 줌 프로그램의 카메라를 켰고,

음 소거 기능을 껐다. 카메라는 한 뼘 정도 열린 방문만을 비추고 있었지만 방문 밖의 소리는 그 수업에 참가한 모두에게 고스란히 들려왔다. 아마도 수미가 냈을 소리. 벽 하나가 부서지는 것 같은 소리. 되붙일 수 없을 만큼 그 안의 어딘가가 망가지는 소리. 깨지기 쉬운 것들이 기어코 깨지는 소리. 그 화면은 서하가 집 밖으로 내보낸 직접적인 신호였다.

수미가 깨부수던 것들 중에는 서하의 휴대폰도 있었기 때문에 줌 채팅창이 아니었다면 서하를 공방으로 데려오지 못했을 것이다. 서하가 좀 진정이 된 뒤 나는 서하한테 아빠 휴대폰 번호를 물어 그 시각 강남 B 룸살롱에서 회식 중이던 수미의 남편한테 상황을 알렸다.

그날 저녁 수미는 새경프라자 건물 앞으로 와 3층 창문을 올려다보면서 계속 울었다. 연락을 받고 온 별주 씨와 별은 씨와 별선 씨가 수미를 부축하며 진정시켰다. 양꼬치집과 포차에서 나온 사람들이 울고 있는 수미를 구경하다 지나갔다. 나는 수미가 그 순간에 가장 보고 싶어 하는 사람이 서하일 것을 알고 있었지만 그냥 돌아가길 권했다. 그날 밤 서하를 은채 방에 함께 재우고 충청도의 별지스님한테 전화를 걸었다. 열세 살, 열네 살 여자아이 둘을 일주일 정도 보내도 되겠느냐고.

수미는 이틀을 내리 앓았다.

충청도엔 나 혼자 아이들을 태우고 갔다. 그래서 키가 훌쩍 큰 그애들이 백팩을 하나씩 메고 숲길을 걸어 들어가는 것도 나 혼자 봤다.

저녁 늦게 돌아와 현관문을 여니 집 안이 컴컴했다. 상가 공방을 낸 뒤로 집에 혼자 있어보는 게 처음이었다. 거실엔 은채가 학교를 못 간 봄 동안 혼자 지낸 흔적들이 여기저기 흩어져 있었다. 물건들을 하나

둘 집어 올리다 멈춰 서서 나는 거실장 위에 놓여 있는 홈 카메라를 쳐다봤다. 하얀 공룡알과 그 가운데에 박힌 손톱만 한 카메라를.

은채가 소파 모서리에 등을 기대고 앉아 그곳만 멍하니 바라보고 있던 날이 있었다. 실제로는 공룡알을 본 것이겠지만 공방에 앉아 홈 카메라 앱을 연 내겐 은채가 꼭 나를 보고 있는 것 같았다. 어쩌면 정말로 나를 보고 있었을 것이다. 그렇게라도 내게, 은채는 말하고 있었는지도 모른다.

나는 은채 방으로 가 책상 위의 과자 봉지와 지우개 가루를 쓸어 담았다. 방을 청소하는데 언젠가 은채가 한 비디오 커뮤니티에 올려놓은 자기소개 문구가 떠올랐다. 취미와 좋아하는 것들을 몇 개 적어놓은 뒤에 은채는 마지막에 이런 말을 덧붙여놓았다.

'욕하지 말고 친근히 대해주세요.'

열세 살 여자아이가 자신을 세상에 드러내면서 쓴 그 말을 여전히 생각한다. 너무 못 찍었지만 뭐라고 하지 말아주세요. 팔로어가 적어 죄송합니다. 그렇게 보였다면 조심할게요. 계속 이어지던 그런 말들을.

은채 방의 쓰레기통을 비우면서 나는 분리수거 박스를 가져와 거실장 위의 공룡알도 함께 버렸다. 창문을 열어 환기를 하고 은채 침대 시트를 털어 폈다. 그러곤 침대 끄트머리에 모로 누웠다. 내 집에 들러 20, 30분씩 토막 잠을 잘 때 수미가 그랬던 것처럼. 잠깐만 누워 있으려고 했는데 어쩌면 긴 잠을 잤는지도 모르겠다. 수미의 목소리를 들었던 것 같으니까.

나리야.

팔베개를 하고 모로 누워서, 수미가 나를 보고 있었다.

응.

나도 팔베개를 하고서, 내 옆에 누운 수미를 보았다.

서하는 내 아기였어.

수미가 말했다.

알아. 오래전에 그 애들은 우리 아기였지.

나리야.

수미가 다시 나를 불렀다.

응.

밖은 지금 몇 도인데 이렇게 춥지?

팔베개를 풀고 수미의 이마를 짚어보려고 했을 때, 보건소에서 걸려온 전화를 받고 나는 잠에서 깼다.

선별 진료소에 나는 수미보다 스물두 시간쯤 늦게 갔다. 보건소에서 전화를 받았을 땐 수미의 검사 결과가 나온 뒤였다.

진료소가 있는 종합병원은 내가 40대가 되어 처음 공단 건강검진을 받으러 갔던 곳이었다. 단골 수강생이 어머니 장례를 치른 곳이었고 수미가 팔이 부러졌을 때 며칠간 입원해 있던 곳이기도 했다. 응급실 출입구 옆에 해바라기센터 응급지원실이 있었고 그 옆엔 고압산소치료센터가 있었다. 선별 진료소는 응급실과 센터들 사이 어디쯤에 있었다.

건물 외벽 사이 주차공간만 한 어둑한 바닥에 접이식 의자 하나가 놓여 있던 것이 떠오른다. 전자 문진대 앞에서 모든 문항들에 사실 그대로 답을 하자 내겐 '위험 대상'이라고 체크된 출입증이 나왔다. 진료소 유리 칸막이를 사이에 두고 몇 개의 질문을 더 거친 뒤 나는 그 의

자로 가라는 안내를 받았다.

검체를 채취하기 전, 아주 잠깐 나는 의자에 혼자 앉아 있었다. 중앙 출입구에서 허리를 숙여 무언가를 적고 있는 사람들이 보였다. 줄지어 선 택시들과 막 들어오고 있는 마을버스. 주차 꼬깔콘. 통화를 하며 지나가는 사람들. 센터 앞을 서성이는 사람들. 나는 스물두 시간 전에 수미가 이 의자에 앉아 이 풍경을 봤을 거라고 생각했다. 딱 10초만, 이 의자가 저 풍경들로부터 나를 가려주는 곳에 있다면 좋겠다고 생각했을 때, 흰 방호복을 입은 의료진이 다가와 말했다.

"10초면 됩니다. 마스크를 내리고 고개를 젖히세요."

면봉이 콧구멍을 지나 비인두에 닿았을 때, 그러고 싶지 않았지만 눈물이 고였다.

여덟 시간 뒤 나는 코로나19 음성 판정을 받고 자가 격리에 들어갔다.

수미는 기정시 67번 확진자가 되었다. ▪

보내는 이

진아 씨를 떠올리면 나는 언젠가 그녀가 소화기를 사야겠다고 하던 게 생각난다. 진아 씨와 많은 날 여러 얘기를 나누었지만 이상하게도 진아 씨 하면 그때가 떠오른다. 휴대전화 화면을 밀어 올리면서 진아 씨는 투척형 소화기로 살까 스프레이형 소화기로 살까 물었다. 식탁에 견과류 껍질들이 흩어져 있었다. 욕실 거울에 붙어 있던 동그란 시계. 변기 안에 떠 있던 참외 씨앗 하나— 그건 진아 씨한테서 나온 것일까, 진아 씨 남편한테서 나온 것일까, 진아 씨 아이한테서 나온 것일까?

진아 씨네서 바라보던 내 집 창문도 기억난다. 저 끝은 작은 방 베란다 창. 오른쪽은 중간 방 창. 가운데에 작게 붙어 있는 건 주방 창. 진아 씨네서 건너다보면 20층 외벽에 매달린 내 집은 놀랍도록 왜소해 보였다. 저기가 정말 거긴가? 몇 달 넘게 인테리어를 고민하고 여전히 대출금을 갚고 있는 그 집? 하지만 나는 진아 씨네서 내 집을 바라보는 시간을 싫어하진 않았다. 그 시간을 기다리기까지 했다.

다 지난 얘기다. 이제 나는 두 번 다시 진아 씨가 살던 집에 들어가볼 수 없다. 하지만 나는 오늘도 진아 씨네서 시간을 보내던 때를 떠올린다. 창문 밖이 천천히 짙어지던 저녁을 생각하고 김치냉장고에서 꺼내 먹던 차가운 맥주를 생각한다. 어느 날엔 진아 씨 남편의 것이 분명한 면도기로—진아 씨는 아직 이 사실을 모른다— 겨드랑이 털을 재빨리 밀어버리기도 했다. 진아 씨네 식탁 의자는 네 개였고 그중 두 개엔 늘 옷가지가 걸려 있었다. 냉장고 손잡이엔 한참 된 「겨울왕국」 스티커. 돌고 또 돌아가는 공기청정기. 나쁨. 상당히 나쁨. 매우 나쁨. 윤이들이 곧 가져올 생활통지표는 잘함. 매우 잘함. 이후 계속 매우 잘함.

하지만 내가 떠올리고 싶은 건 그런 것들이 아니다. 나는 진아 씨가 소화기를 주문하던 것을 생각하고 싶다. 에어컨을 틀 만큼은 아니었지만 더웠다. 방문과 창문을 모두 열어젖혔다. 진아 씨는 싱크대를 등지고 식탁에 앉아 있다. 쇼핑몰 앱을 열어 검색창에 '소화기'라고 친다. 어떤 업체에서 주문할까 잠시 탐색한다. 소방서에 납품도 한다는 업체를 선택한다. 스프레이형 소화기로 결정한 뒤에는 다용도실에서 먼지를 쓰고 있는 분말 소화기를 보고 온다. 거기에 씌울 비닐 커버도 함께 주문한다. 곧 111년 만의 폭염이 찾아올 예정이지만 진아 씨도 나도 우리에게 어떤 여름이 올지 알지 못한다. 나는 다만 진아 씨 맞은편에 앉아서, 저렇게 여분의 소화기를 준비하는 사람이라면 인생의 어떤 순간에 아주 나쁜 선택을 하진 않을 거라고 생각한다.

그날 진아 씨가 주문했던 초기 진압 소화 용구는 택배 상자에 그대로 담긴 채 내 집에 있다. 소화기를 주문하는 마음과 이제는 소화기가 필요 없어진 마음, 진아 씨, 그 사이엔 뭐가 있는지.

*

진아 씨가 떠난 뒤로 내게 과거를 회상하고 현재를 인지하는 기준은 진아 씨가 되었다. 옆 동네로 칼국수를 먹으러 가서는 생각한다. 지난번에 이걸 먹을 땐 진아 씨가 있을 때였지. 미용실에 가서 뿌리 염색을 하면서도 생각한다. 지난번 염색 때만 해도 나는 언제든 진아 씨와 연락할 수 있었는데. 아이가 영어학원 할로윈 파티 공지문을 가져왔을 때도 생각했다. 작년 할로윈 때는 진아 씨가 있었다. 우리는 두 윤이—진아 씨의 윤이와 나의 윤이—를 나란히 세워놓고 뺨에 해골 스티커를 붙여주었다. 눈두덩에 펄 섀도를 잔뜩 얹어주고 입가에서 피도 흘리게 해주었다. 다이소에 할로윈 소품들이 등장하면 이젠 선풍기를 들여놔야 한다. 에어컨에 커버도 씌워야 한다. 하지만 10월이 다 저물어가도 나는 아무것도 하지 않는다. 카페에서 벌써 캐럴을 튼다는 것에 배신감을 느낀다. 말도 안 되지. 하늘이 저렇게 창창한데 어떻게 벌써 크리스마스를 기다릴 수 있지? 머플러로 목을 가린 사람들을 붙잡고 묻고 싶어진다. 올여름에 정말 더웠잖아요. 안 그래요? 벌써 잊었어요? 떨어져 내리는 나뭇잎들을 보면서 어떻게 하면 진아 씨와 예전처럼 지낼 수 있을까 생각한다. 시간을 되돌릴 지점을 궁리하는 사람처럼 지난여름의 장면들을 불러오고, 뒤섞고, 밀어내고, 다시 불러들인다.

일기예보 앱에 일주일 내내 우산 표시가 그려져 있었다. 이건 7월 초일 것이다. 홈쇼핑에서 전동 발 각질 제거기 두 개를 주문했다. 하나를 진아 씨한테 주었지. 7월 중순엔 젊고 멋진 남자가 내 눈을 보며 말했다. 영수증 버려드릴까요?

건강검진을 받으러 간 병원에서 질문도 받았다. 임신 가능성이 있으신가요? 나는 간호사에게 속삭이듯 답해주었다. 없-어-요-전-혀. 방학 전의 어느 저녁엔 아이랑 둘이 근린공원 옆에 있는 닭갈비집에 갔다. 아이한테 막국수를 시켜주고 옆에서 청하 한 병을 비웠지.

밤새도록 더웠다.

너도나도 한 손에 미니선풍기를 들고 다녔다. 고무장갑의 손가락 끝이 자꾸 녹았다. 밖에서 5분만 서 있어도 살갗이 아렸다. 차문을 열면 헉 소리가 났다. 에어컨을 틀지 않고는 한 시간도 견디기 힘들었다. 가마솥 더위. 기상 관측 이래 최고의 더위. 1994년을 훌쩍 넘어선 더위. 진아 씨네 집에 가게 된 걸 폭염 때문이라고 해두자. 아니다. 여름방학 때문이라고 하자. 아이들은 폭염 한중간에 방학을 했고 밖에서 노는 건 불가능했으니. 아이가 방학을 하면 개인 시간은 어차피 없었다. 핸드로션 바를 틈도 없이 낮 시간을 보내다 저녁이 되면 우리는 만났다. 그리고 나는 이제 이런 것들을 되짚는다. 더운데도 머리를 풀고 다니던 것. 바닥에서만 부풀던 풍선. 끈 원피스를 입고 나란히 걸어가던 열한 살 윤이들. 앨리스 양산. 창문이 움직이던 소리. 바람이 보여준 것들. 그리고 진아, 진아 씨, 나는 오늘도 당신을 뭐라고 불러야 할지 모르겠다.

*

진아 씨가 이전 글들을 지우지 않았는지 보기 위해 매일 지역 맘카페에 들어간다. 하루에 서른아홉 번, 어쩌면 아흔아홉 번. 새로고침. 새로고침. 한 번 더 새로고침.

새 글을 올리지도 않았고 이전 글과 댓글들을 지우지도 않았다. 지난 두 달, 어디서도 진아 씨가 움직인 흔적을 찾을 수 없다. 나는 진아 씨가 그동안 올린 글 목록을 습관처럼 읽는다. 오늘 문 여는 안과 있나요? 지금 코스트코 주차장 상황. 아이사랑적금 넣고 계신 분. 머리는 몇 살 돼야 혼자 말릴까요. 외부 새시 교체 견적요. 티벳버섯 효과 어떤가요?

고추청을 담갔다는 게시글도 있다. 나는 그 글을 제일 자주 열어본다. 내가 아는 진아 씨는 그런 걸 담가 먹는 사람이 아니다. 담갔다면 나한테 나눠 주지 않았을 리도 없다. 나는 고추청 때문에 그 닉네임—윤이맘7—이 진아 씨가 아닐 수도 있다고 생각했다. 하지만 다른 글들은 진아 씨라고 보지 않기가 더 힘들었다. 무엇보다 윤이맘7이 올린 사진 중엔 진아 씨의 카톡 프로필 사진과 같은 사진이 있었다. 진아 씨네 식탁등 사진이었다.

누군가 매직펜을 든다. 천장에서부터 선 하나를 그어 내린다. 허공에 탐스럽고 둥근 갓 하나를 띄운다. 폭염에 갈 곳 없는 이들을 위해. 무채색으로 가라앉은 진아 씨네 집에서 식탁등은 제일 빛나는 사물이었다. 우리는 그 등 아래에서 얼마나 여러 초저녁 함께 술을 마셨던가. 윤이들은 집 안에서 안전하게 놀고 있고 남편들은 안 오거나 늦었고 우리에겐 술을 마시지 않을 수 없는 많은 이유들이 있었다.

그 등 아래에서 나는 진아 씨한테 이런 얘기를 들었다.

진아 씨는 어느 해 여름에 과 사람들과 엠티를 갔다. 야구모자를 쓰고 있었다. "더워도 야구모자는 한번 쓰면 벗기 힘들잖아. 머리가 눌려서 엉망이니까." 과 사람들이 다 모인 자리, 친한 동기가 장난을 치다 진아 씨의 야구모자를 확, 벗긴다. 벌겋게 익은 얼굴과 납작하게 엉겨붙은 머리가 만천하에 드러난다. 몇 초간의 정적이 진아 씨한테로 쏟아진다.

이런 얘기도 들었다.

서윤이는 밤에 잠을 안 자는 아기였다. 두 돌이 막 지난 진아 씨의 윤이는 새벽 3시, 주방놀이 장난감을 펼쳐놓고 거실 한쪽에서 도마질을 한다. 그러다 심심하면 엄마를 부른다. "진아야. 진아야!" 진아 씨는 잠이 쏟아져서 대답을 할 수가 없다. 새벽 4시, 윤이는 주방놀이를 접고 블록을 쌓는다. 그러다 역시 '술 취한 노인네처럼' 집 안이 떠나가라 엄마를 부른다. "진아야. 진아야아아아!" 날이 밝아오기 시작하면 윤이는 난장판이 된 거실 아무 데나 누워 잠이 든다.

그런 얘기를 들으며 나는 거실 저쪽에서 도란도란 놀고 있는 윤이들을 아득한 마음이 되어 쳐다보곤 했다. 이젠 다 컸어. 그치? 쟤들 어릴 때 우리 얼마나 힘들었어. 지금은 그때보다 낫잖아. 그렇잖아? 잘 놀다가도 툭하면 싸우고, 식탁으로 조르르 달려와서 한 명이 한 명을 일러바쳤잖아.

윤이들이 같은 어린이집을 다니던 세 살 때부터였으니까 진아 씨를 알고 지낸 시간은 짧지 않았다. 그땐 진아 씨도 나도 직장을 다니고 있어서 아이들을 데리고 자주 보긴 힘들었다. 그래도 마음으론 다른 사람들보다 서로를 각별히 생각했다. 둘 다 외동인 여자아이를 키우고 있었고─이름 끝자까지 같은─ 같은 단지 안에서도 앞 동 뒤 동에 살았고─둘 다 꼭대기층인─ 많은 것들이 불안했지만 적어도 서로 때문에 불안하진 않았다. 윤이들이 다른 유치원에 가게 되면서 자연스럽게 연락이 뜸해졌지만 몇 달 만에라도 불쑥 이런 메시지를 주고받곤 했다. "뒷베란다에 계속 불 켜져 있네, 영지 씨." "이런 깜빡했네. 고마워, 진아 씨."

윤이들이 초등학교에 들어가면서부터는 아이들이 일곱 살이 될 때까지 버텨온 직장생활을 진아 씨도 나도 포기했다. 그 후에는 놀이터, 단톡방, 투썸 모닝 세트, 그 담임 어때? 그 학원 어때? 그 엄마 어때? 그리고 몇 년이 지나 이제 윤이들은 열한 살이 되었다. 나는 단톡방과 투썸에서 빠져나왔다. 고개를 들어보니 저 건너, 지진이 나면 제일 먼저 흔들릴 꼭대기층, 불이 나면 가장 빠져나오기 힘든 탑층의 플라워 팟 펜던트 아래에서, 진아 씨가 나를 기다리고 있었다.

"그래서 그 동기는 어떻게 했어?"

그러니까 진아 씨의 야구모자 굴욕 사건이라든지, 진아 씨의 윤이가 한때 얼마나 엄청났는지 하는 얘기들을 나는 수년에 걸쳐 천천히 알게 된 것이 아니었다. 초등학교에 가서도 4년 만에 같은 반이 된 윤이들이 방학을 한 지난여름의 한 달 동안에 알게 된 것이었다. 진아 씨가 아직 윤이의 배냇머리카락 일부를 보관하고 있다는 것. 자신이 스물두 살에 뽑은 사랑니와 사랑니를 감싸고 있던―피 묻은― 거즈까지도 보관하고 있다는 것. 진아 씨네는 칼이 아주 잘 들고, 진아 씨 남편은 주말에만 온다는 것. 그리고 진아 씨는 주걱을 꼭 보온 중인 밥통 속에 넣어놓았다. 진아 씨가 초등학생일 때부터 진아 씨의 엄마는 말했다. 주걱은 밥통 속에 넣어놓으면 안 된다, 진아야. 살아오면서 진아 씨는 엄마의 말대로 하지 않은 게 하나도 없었다. 이제 진아 씨는 엄마의 말을 매일매일 어기기 위해 매일매일 주걱을 밥통 속에 넣는다. 그리고 또…… 8년여를 봐오면서도 진아 씨에 대해서 아무것도 몰랐구나 싶을 만큼 진아 씨는 단기간에 나에게 쏟아져 들어왔다. 나는 성큼성큼 빨아들였다. 진아 씨한테 빠져들어갔다. 정신을 차리기가 힘들었는데, 실은 정신을 차리고 싶지도 않았다. 나는 예전부터 그런 편이었다. 좋아할 만하다 싶으면 쉽게 마음을 주었다. 마음을 먹고, 마음을 주고, 그런 후에는 전력을 다했으며, 다한 만큼 욕구가 충족되지 않으면 상처를 받고, 더 나아가면 남몰래 앙심을 품었다.

나는 알고 있었다. 진아 씨네 식탁등이 아무리 각별해도 여긴 내 아이의 친구 집이다. 진아 씨는 내 아이 친구의 엄마이며, 지켜야 하는 선이 있다. 비슷한 여건과 생각을 가진 사람을 만나 관계를 이어가는 게 쉽게 일어나는 일이 아니라는 걸 나는 이제 아는 나이이므로, 이 관계를 오래 가꿔가고 싶다면 훅 들어가선 안 된다. 우리를 짓누르는 사회 구조적인 것들에 대해선 얼마든지 얘기를 나눠도 좋지만 개인적인 고통을 털어놓는 건 신중해야 한다. 아이들 사이에 문제가 생겼을 경우 내 아이에게 불리한 빌미가 될 수도 있으므로, 내 스트레스 상황 또한 너무 드러내는 건 좋지 않다.

하지만 한낮의 폭염이 조금씩 내려앉고 저 아래 땅에서 식은 김이 올라오는 저녁이 되면, 아이들이 남긴 저녁 반찬을 안주 삼아 한 잔, 또 한 잔 마시다 보면 나는 그 선을 살짝 넘어가보고 싶어지는 것이었다. 펜던트 조명 아래에 있으면 나는 어느 때보다도 예뻤다— 그 무렵 내가 건진 셀카는 다 진아 씨네 식탁에서 찍은 것이었다. 나는 그곳에 진아 씨와 마주 앉아 있는 내가 마음에 들었다. 거기로 건너가 있으면 나는 혼자서 마시는 키친 드렁커도 아니었고 사회적으로 고립된 느낌에서도 잠시간이나마 벗어날 수 있었다. 아이한테 뭔가를 해주고 있다는 느낌도 받을 수 있었다. 단짝 친구를 만들어주고 있다는 느낌. 아이를 통해 맺는 인간관계의 한계, 그걸 넘어선 친밀감을 갈망하면서도 아이를 포함시키지 않으면 불안했다.

마무리 의식처럼 혼자 진아 씨네 베란다로 나가는 건 대체로 술이 관자놀이 아래까지 차오른 때쯤이었다. 저희들끼리 재미있는 윤이들과 식탁의 그릇을 정리하는 진아 씨를 뒤로하고 거실 문을 닫으면 다른 온도, 다른 소음, 다른 공기가 나를 감쌌다. 나는 일단 숨을 한번 내뿜고, 베란다 외부 창을 드르륵 연다. 에어컨 실외기의 후끈한 바람에 먼저 얼굴을 내준다. 20층 베란다 난간을 짚고 서서 8월의 열대야 공기를 들이켠다. 다시 뱉어내며 몇 초간 더운 바람을 고르고 나면 저 건너 꼭대기 가장자리, 내 집이 보였다. 내가 사는 집. 두세 방울의 불빛으로 겹쳐지면서 아른아른 떠 있는 집. 나는 그 순간의 느낌을 위해 집에 일부러 불을 켜두고 오기도 했다. 내 10여 년이 통째로 담겨 있는 곳을 보려고. 일어났다 사라지고, 솟아났다 흩어지고, 눌리고, 찌그러지고, 터져 나와 천장에 파편처럼 박혀버린 모든 감정, 말들, 욕과 사랑, 애원과 멸시, 체념, 기대, 자책과 비명, 난간을 잡고 비틀, 하면서 그걸 건너다보고 있으면, 하…… 그래 씨발, 뭐 있나, 나의 윤이도, 진아 씨의 윤이도, 진아 씨도, 남편도, 나 자신까지도, 나는 다 사랑할 수 있을 것만 같았다. 어떤 수단으로든 나에겐 그런 감정적 고양 상태에 도달하는 것이 너무나 중요했다. 그런 걸 안 느낀 날은 초조하고 또 초조할 정도로.

아이와 함께 집으로 걸어가는 동안에도 가슴은 식을 줄을 몰랐다.

"하윤아."

나는 아이의 어깨를 힘껏 당겨 안고는 하늘을 올려다본다.

"우리 오래오래 친하게 지내자."

"우리?"

"서윤이네랑 말이야. 하윤아, 너 다른 애랑은 싸워도 서윤이랑은 싸우면 절대 안 돼. 알지?"

엘리베이터 앞에 서서 나는 아이의 머리를 쓸어준다. 이리 보고 저리 봐도 예뻐서 얼굴을 한참 들여다본다.

"세상에서 제일 예쁜 내 새끼. 나는 니가 좋아서 정말, 가슴이 터질 것 같아."

아이를 으스러지게 껴안는다. 볼을 비빈다. 코도 부비고 이마도 맞대고 입술에도 뽀뽀, 뽀뽀. 엘리베이터에 타서도 두 손으로 귀를 당기고, 쓰다듬고, 다시 껴안고, 터뜨릴 듯이 끌어당긴다. 숨 막혀, 엄마. 엘리베이터 문이 열리자마자 아이는 탈출하듯 달려가 현관 도어록을 누른다. 남편은 귀가 전이다. 내 집 현관에서 신발을 벗는 시간, 나는 알알하고 허망해서 어떻게 해야 할지를 모르겠다. 허망한 채로도 이렇게 차올라서, 이 마음을 이제 어디에 쓰지.

*

당연한 말이지만 내 집에서도 진아 씨네 집이 보인다. 싱크대 앞에서 고개만 들면 주방 창문 저편으로 뒷동의 스카이라인이, 진아 씨네 집 전면이 보인다. 외부 창마다 엑스 자가 그어져 있는 건 지난여름의 흔적이다. 엑스 자는 고층일수록 많고 주로 알루미늄 창인 집들에 집중돼 있다.

진아 씨는 정말로 창호를 새로 하고 싶었을까. 카페에 올린 글을 보면 주기적으로 견적을 알아봤던 것 같다. 아파트 탑층은 여러 가지가 과하게 오는 곳이었다. 빛과 열도 과하게 쏟아졌고 바람도 과하게 통과했다. 지어진 지 20년이 넘은 노후된 아파트로는 창호 광고지가 자주 날아들었다. '지난겨울에 추웠던 창호, 올겨울에는 더 춥습니다.' '창호만 바꿔도 연간 냉난방비 40프로가 절감됩니다.' '태풍은 매해 오고 미세먼지는 매일 옵니다. 건강과 안전을 위해 창호를 바꾸세요.' 그런 광고지가 현관에 붙어 있는 날이면 줄자와 계산기를 품에 안고 창호 교체의 열망에 싸여 밤을 보낸 적도 있었다. 뒤 동과 앞 동을 훑다 보면 창호를 새로 한 집은 도드라지는 흰 선 안에 안전하게 들어가 있었다. 올수리의 정점이자 핵심은 바로 창호지. 26밀리 로이유리로 외부 창을 전부 바꾸고 내부 창은 폴딩도어를 다는 거야. 단열과 방음은 기본, 이젠 강풍이 불어도 집이 덜그럭거리지 않는 거야.

하지만 언젠가부터 나는 창호 생각을 접었다. 그게 언제부터였는지는…… 잘 모르겠다. 그냥 어느 순간 집을 손보고 가꾸는 데 돈을 쓰는 게 의미 없게 느껴졌다. 얘기를 나눠보면 진아 씨도 나와 다르지 않은 것 같았다. 이제 와 새삼. 우리는 에어프라이어에 먹태 껍질을 튀겨 먹으며 그런 얘기를 했다. 윤이들이 여름내 슬라임을 사랑하는 동안 우리는 에어프라이어를 사랑했다. 오늘은 여기다 뭘 해 먹어볼까. 웨지 감자에 닭윙에 고구마스틱에 식빵러스크도 만들고 인스타에서 보니까 막창도 맛있겠더라. 에어프라이어가 돌아가는 동안 윤이들은 슬라임을 직접 만들겠다고 천사점토와 물풀 같은 것들을 가져다 거실에 늘어놓았다. 비율을 따져가며 베이킹소다도 넣고 리뉴도 넣고 셰이빙폼도 넣어서 섞고 또 섞었다. 그러면 정말로 슬라임이 되었다. 아이들은 그 이물스럽고 차가운 덩어리를 만지고 뭉치고 바닥에 대고 늘여서 풍선을 만들었다. 아이들이 환호를 하면서 엄마들을 부르면 우리는 역할극을 하는 배우처럼 거실로 걸어가 바닥에서 부풀었다 바닥으로 꺼지는 풍선을 묘한 마음으로 내려다보곤 했다. 에어프라이어를 열고 간식을 꺼내놓으면 아이들은 슬라임 한 덩어리씩을 내밀며 엄마들한 테도 만져보라고 애원했다. 같이 좀 좋아해줘, 우리 좀 이해해줘, 라고 말하듯이. 그러면 진아 씨도 나도 손사래를 쳤다. "이거 다 안 좋은 성 분이야. 그만 만져." "우리가 직접 만든 건 괜찮다니까." 그런 실랑이들. 아이들이 식탁 위로 몸을 숙일 때마다 식탁 저편의 진아 씨가 조금씩 가려졌다. 그때마다 나는 이상하게 조급하고 애틋한 마음이 되어 진아 씨를 건너다봤다. 집에선 늘 냉장고바지를 입고 있는 진아 씨. 눈밑살 이 점점 꺼져가는 진아 씨. 수학경시대회만 나가면 탑이었던 진아 씨. 주말에는 거실 블라인드를 한 번도 올리지 않는 진아 씨. 어두컴컴해 지면 동 옆 공터에서 혼자 줄넘기를 하는 진아 씨. 윤이맘7이 확실한 진아 씨, 내 앞에선 집 따위에 초연했었는데 뒤에선 계속 창호 견적을 알아보고 있었어. 그렇지?

지역 맘카페에서 진아 씨를 보지 않았다면 어땠을까 생각해본다. 진아 씨가 어떤 얘기들은—'펑 예정'이라는 사전 경고도 없이—올리 고 곧 지운다는 걸 몰랐다면 어땠을까. 지역 맘카페에 들락거리는 그 마음을 나 또한 모르지 않았다. 어디에도 말할 수가 없는 마음, 너무 사랑해서 말할 수 없고, 사랑하지 않아서 말할 수 없고, 가까워서 말할 수 없고, 멀어서 말할 수 없고, 구차하고 흔해서 말하고 나면 별게 아 닌 게 되어버리는 얘기들. 힘내라는 댓글 딱 하나만 보고 내리려고 올 리는 글들. 아무리 억지스러운 얘기를 올려도 수십만의 회원 중에 한 명은 호응을 달아주는 사람이 있었다. 거기선 모두가 거침없었다. 재 판관과 상담사와 의사와 친구 역할을 돌아가며 했다. 당장 이혼하세요. 안 봐도 뻔해요. 그런 엄마 그냥 차단하세요. 그걸 왜 참으세요? 얼마나 속상하셨을까요. 에궁. 토닥토닥. 하트를 날리고 눈물을 글썽이며 격하게 껴안는 브라운과 코니. 즉각적인 공감과 위로를 받고 고개를 끄덕이며 글을 내린다. 하지만 매일 얼굴을 보는 사람 앞에선 에어프라이어에 뭘 해 먹을까만 얘기하는 것이다.

하지만 진아 씨, 진아 씨가 5분 만에 내린 글을 읽은 66명의 조회자 중에 내가 있을 수도 있다는 생각은 설마 못 했는지. 게시글이 아니라 무심코 달아놓은 댓글에서 진아 씨에 대한 여러 정보를 얻었다는 걸 알고 있는지. 친정 식구들이랑 가려고 쓰리 베드룸 풀빌라 알아보고 있다며. 진아 씨, 다낭 가? ―나한텐 그런 얘기 없었잖아. 동파육을 추천한다는 댓글도 달았더라. 진아 씨, 지난 주말에 신랑이랑 이연복 셰프 식당에 간 거야? ― 나한테 그런 얘기 없었잖아?

어느 순간부터 나는 진아 씨가 어떤 얘기를 해도 서운하고 어떤 얘기를 하지 않아도 서운했다. 겉으로는 티 내지 않았다. 진아 씨가 나한테 해주지 않은 얘기를 내가 알고 있다는 걸 진아 씨는 전혀 몰랐다. 지역 맘카페에서 진아 씨를 봤다고 터놓고 말할 수는 없었다. 윤이맘7이 단 댓글에선 남이 알기를 바라지 않을 듯한 진아 씨의 아주 사적인 얘기까지도 유추할 수 있었기 때문이다. 나는 진아 씨에 대해서 몰라도 되는 걸 알게 될 때마다 진아 씨가 더 특별하게 느껴졌다. 그런 마음이 들수록 진아 씨와 나누는 얘기들이 점점 시시해졌다. 전엔 4나 5까지만 가도 즐겁고 흥미로웠지만 이젠 8을 넘어가지 않으면 충족이 되지 않았다. 나는 더 가길 원했다. 시이모가 암인데, 그러니까 무슨 암이냐고, 몇 긴데. 힘든 건 알아. 그러니까 뭐가 어떻게 힘든데. 진아 씨 사정은 뭔데. 너도나도 비슷하게 겪는 그런 거 말고 난 진아 씨만의 질감을 원해. 조금 더 간질간질한 디테일을 나한테 달라고, 진아 씨. 맘카페에서 모르는 여자들이랑 나누지 말고 나랑 나눠. 우리가 특별한 사이라는 걸 조금만 더 느끼게 해줘. 나는 다른 거 안 바라. 무심코라도 하루 안부 물어주는 거. 하루에 10분쯤은 온통 그 사람한테만 집중해주는 거. 남편이랑은 이제 못 하는 거. 남편 때문에 다른 사람이랑도 못 하게 된 거. 그걸 나랑 하자.

당연히 이 모든 건 속으로만 한 생각이었다. 나는 진아 씨한테 대놓고 묻거나 재촉한 적이 한 번도 없었다. 하지만 서운하고 허탈한 마음까지 없앨 수는 없었다. 아이가 잠들고 나면 불을 끈 주방 창문 앞에 서서 원망스러운 마음으로 진아 씨네를 건너다보는 일이 잦아졌다. 진아 씨는 그런 내 마음을 아는지 모르는지 내일은 하윤이가 좋아하는 약단밤을 구워보자느니 하는 메시지를 보냈다. 나는 일이 생겼다거나 피곤하다는 핑계를 대며 진아 씨네로 건너가는 날을 줄였다. 더워서 집에만 틀어박혀 아침을 하고 설거지를 하고 빨래를 널고 다시 점심을 하고 설거지를 하고 청소를 하고 간식을 만들고 다시 저녁을 하고 설거지를 하고 기진맥진해서 혼자 맥주캔을 따고, 왜 잘함이 두 개나 돼, 전부 다 매잘이어야지! 아이한테 취중진담을 하고, 나머지 시간엔 주방 창문에 우두커니 서서 진아 씨네 어느 방에 불이 켜져 있는지를 지켜보곤 했다.

어느 날 점심을 먹다가 윤이가 말했다. "엄마, 어제 서윤이가 고양이카페에 갔는데, 거기 고양이 중에서……." 아이는 고양이 얘길 계속하고 싶어 했지만 나한테 중요한 건 그게 아니었다. "그래서, 누구랑 갔대?"

윤이들을 데리고 같이 고양이카페에 가자고 했던 건 진아 씨였다.

그랬던 진아 씨가 메시지 하나 없이 다른 집이랑 간 걸 알고 나서 나는 거실을 서성였다. 그럴 수도 있지, 생각하다가도 갑자기 배신감에 휩싸였고 환영을 만들었다. 진아 씨네 식탁등 아래에 다른 여자가 앉아 있는 환영. 진아 씨의 윤이가 나의 윤이가 아닌 다른 아이랑 단짝이 되는 환영. 아이가 잠든 뒤 나는 아이의 휴대전화 비번을 풀고 문자 메시지 내역을 살폈다. 다른 아이들과 주고받은 메시지는 그대로 남아 있는데 서윤이와 주고받은 메시지만 보이지 않았다.

요 며칠 문제집을 펼쳐놓고 끙끙거리다 숨을 길게 내쉬던 아이 모습이 떠올랐다. 끙끙거린 게 숙제 때문이 아닐 수도 있다는 생각이 들었다. 다음 날 나는 하윤이를 앉혀놓고 물었다.

"싸웠니?"

하윤이가 한참을 그대로 있다 마지못해 고개를 끄덕였다. 메시지도 다 지웠다고 털어놓았다.

"나쁜 말 썼어?"

"서윤이도 썼단 말이야. 근데 우린 벌써 화해했어."

"내가 서윤이랑은 싸우지 말라고 했잖아. 이런 인연이 또 있는 줄 아니?"

아이가 여러 감정이 뒤섞인 표정으로 나를 쳐다봤다. 그러다 다시 고개를 숙이고는 웅얼웅얼 말했다.

"서윤이 좀 짜증 날 때 있어."

"짜증? 어떻게 친구한테 그런 말을 써!"

"잘 있다 갑자기 삐친단 말이야. 근데…… 이유를 모르겠어."

표정을 보니 그 문제가 아이를 꽤 힘들고 답답하게 하는 것 같았다.

"니가 뭐 섭섭하게 한 거 없어?"

그 말에 하윤이가 억울하다는 듯 나를 건너다봤다. 곧이어 눈에 눈물이 고여들었다.

"나는 정말…… 모르겠다고. 서윤이가 좋은데 모르겠다고."

하윤이가 잠든 뒤 나는 이쪽 윤이와 저쪽 윤이의 마음에 대해서 한참을 생각했다. 열대야는 계속 이어졌고 언제나 그랬던 것처럼 주말이 되자 진아 씨네 집은 블라인드가 내려졌다. 저녁에도 계속 불이 켜져 있는 걸 보면 외식을 하러 나가지도 않은 것 같았다. 남편이 올라와 있는 주말이 되면 진아 씨네 집은 이상한 고요에 휩싸여 있고는 했다. 다른 집의 움직임들—티브이만 튼 거실에서 나오는 푸른빛, 러닝셔츠를 입고 오가는 할아버지, 소파에서 뛰고 있는 아이들, 커다란 화분 실루엣—을 훑다가 진아 씨네 집에 시선을 고정시키면 외부 창에까지 촘촘히 내려진 블라인드 안쪽으로 빨래로 짐작되는 사물이 희미하게 감지될 뿐이었다. 나는 진아 씨가 직접 사고 널고 했을 옷과 수건들을 그려보면서 주말이 지나면 자연스럽게 메시지를 보내보자 생각했다. 얼마 전만 해도 수시로 얘기를 나누었다는 게 믿기지 않을 만큼 진아 씨한테 다시 말을 거는 게 어렵게 느껴졌다. 망설이는 사이 월요일이 지나갔고 하윤이는 서윤이가 학원에 오지 않았다는 말을 전했다. 토요일부터 내려진 블라인드는 화요일 아침이 되도록 그대로였다. 뉴스에서는 온통 붉게 이글거리는 지구, 지열로 들끓는 도시와 기록을 경신한 폭염 이야기였다.

'진아 씨, 집에 있어?'

고르고 고르다 메시지를 보냈지만 진아 씨는 몇 시간이 지나도록 확인하지 않았다. 해가 내리꽂히는 오후 2시, 나는 아이를 학원차에

태워 보낸 뒤 뒷동으로 건너가 꼭대기층으로 가는 버튼을 눌렀다.

*

진아 씨는 흰색 별이 촘촘히 박힌 냉장고바지에 목이 늘어난 것인지 루즈핏인지 분간이 가지 않는 젖은 티셔츠를 입고 있었다. 계속 거기 앉아 있었던 사람처럼 문을 열어주자마자 식탁으로 터벅터벅 걸어가 앉았다. 모든 문은 닫혀 있었고 집은 지나치게 조용했다. 실내에 항상 깔려 있던 미세한 소음이 사라져 있었다. 그게 집이 이렇게 후텁지근한 이유일 터였다. 묶어 올린 머리가 다 빠져나와서 목에 엉겨 붙은게 보였다. 진아 씨는 정수리에서부터 땀을 흘리고 있었다.

"할 말이 있으면 해, 영지 씨."

진아 씨는 땀을 훔칠 생각도 안 하고 식탁 의자에 등을 기대며 말했다.

"진아 씨."

"응."

"에어컨 좀 켜줘. 너무 더워."

하지만 진아 씨는 그럴 생각이 전혀 없어 보였다.

"식탁등도 꺼져 있고, 술도 없고, 아이들도 없네."

진아 씨 말대로 등도 없고 술도 없이 진아 씨와 나는 마주 앉아 있었다. 아이들 없이 둘이서만 만나니 생각보다 어색해서 나는 놀라고 있었다. 나는 우리의 관계가 왜 이렇게 되었는지에 대해서 진아 씨와 차근차근 얘기를 나눠보고 싶은 마음이 있었지만—'진아 씨, 내가 뭐 실수한 거 있어?'라고 물어볼 예정이었다— 더워서 아무 생각도 나지 않았다.

"이렇게 보니까, 내가 어때 보여?"

진아 씨가 나를 건너다보며 물었다.

"더워 보여. 그 티셔츠 진짜 더워 보여."

진아 씨가 픽, 하고 웃더니 냉장고 쪽으로 걸어갔다. 낮에 온 게 처음은 아닌데도 한낮에 보는 진아 씨네 집은 왠지 모르게 낯설었다. 시트지가 일어난 싱크대 문짝과 욕실 스위치 주위의 얼룩덜룩한 손때. 수화기가 사라진 인터폰. 식탁 펜던트 전구 주위로는 먼지가 촘촘하게 내려앉아 있었다.

진아 씨가 냉동실에서 비닐 팩에 싸인 뭉치를 꺼내더니 식탁 위에 올려놓았다. 덥다는 느낌이 점점 차올랐다. 목 뒤와 겨드랑이로 땀이 본격적으로 배어 나오는 게 느껴졌다. 진아 씨는 옷을 껴입고 사우나에 들어간 사람처럼 이미 몸 전체가 땀범벅이었다. 그 모습이 말할 수 없게 후줄근하게 느껴졌다.

"선풍기라도 좀 꺼내 와, 진아 씨!"

나는 치밀어 오르는 뭔가를 숨기지 않고 말했다. 진아 씨가—마치 닥치라는 듯이—의자를 확 빼며 몸을 일으키고는 내 쪽으로 상체를 숙였다.

"야구모자 벗긴 그 동기 애, 내가 어떻게 했는 줄 알아?"

"어쨌는데."

"……"

"죽였어?"

"결혼했어."

진아 씨가 냉동실에서 꺼낸 비닐 뭉치를 펼치기 시작했다. 나는 이마로 흘러내리는 땀을 쳐내면서 입을 벌리고 진아 씨를 보았다.

그러니까, 그냥 한번 벗겨본 거라는 그 남자랑, 아이 앞에서 자기 와이프를 진아야, 진아야아아아! 하고 소리쳐 부르는 그 남자랑, 발기만 되고 사정을 못 해서 할 때마다 사람 진을 다 빼놓는다는 남자, 항문이 아니면 하기 싫다고 졸라대는 남자, 자기 뜻이 안 받아들여지면 이상한 장막을 치면서 주말마다 온 가족을 불편한 분위기로 몰아넣는 남자, 서윤이 아버지인 남자, 자기 면도기로 겨드랑이 제모를 하면 개정색을 한다는 그 남자랑 살려고, 질 타이트닝 시술 후기에 정보 좀 달라고 댓글로 구걸을 했어?

"숨 막혀서 더 못 있겠어, 진아 씨. 에어컨 틀 거 아니면 다음에 얘기하자."

"그냥 있어."

식탁 의자에 젖은 솜뭉치처럼 웅크리고 앉아서 진아 씨가 말했다. 웅크리고 웅크리다가 한 계기만 생기면 몸을 부풀리며 터져버릴 것 같았다. 나는 그때 진아 씨를 보며 분명 그런 느낌을 받았다.

"이거 다 녹을 때까지만, 그때까지만 있어."

나는 식탁 위를 보았다. 진아 씨가 펼쳐놓은 건 언젠가 가래떡을 꺼내다 진아 씨가 지나가듯 말해주었던, 냉동을 시켜놓은 모유였다. 손바닥만 한 유축 팩이 여섯 개였다. 그 위로 수성펜으로 쓴 글씨가 보였다. 2008년 8월 21일 100ml, 2008년 8월 26일 130ml, 2008년 9월 3일 80ml, 2008년 9월 10일 150ml. 모유는 우유보다 누르스름한 빛깔로 단단하게 얼어 있었고, 기온 차로 생긴 물방울들이 팩 위로 빠르게 돋아 오르고 있었다.

지난 10년간 냉장고 청소를 할 때마다 이 팩들이 녹을까 봐 아이스

박스에 넣고 번개같이 청소를 했다고 진아 씨는 말했었다. 처음엔 유량을 맞추기 위해서 짜놓았던 것들이겠지. 또 어느 날은 외출을 해야 하니까. 젖을 뗄 무렵엔 혹시라도 아이가 다시 찾을 수도 있어서. 그래서 얼려놓았던 것들을 어느 순간엔 버릴 방법을 찾지 못했겠지. 언 떡을 버리듯이 그냥 버릴 수는 없었겠지. 그렇게 10년을 얼어 있던 것들이 그런데 지금, 진아 씨와 내 눈앞에서 실시간으로 녹고 있었다.

실내 온도가 몇 도쯤 되는 걸까. 40도? 45도? 옥상으로 내리꽂힌 태양열이 아무런 여과 없이 꼭대기층을 달구는 게 느껴졌다. 나는 진아 씨가 저걸 10년 동안 갖고 있었다는 것에 기함을 하면서도 저것이 녹고 있다는 것이 안타까웠다.

"진아 씨, 이러다 정말 다 녹겠어."

진아 씨는 꼼짝을 하지 않았다.

"난 오늘 이걸 녹일 거야. 녹여서 흘려버릴 거야. 싱크대 개수대에 남은 물을 버리듯이 그렇게 버릴 거야."

그러면서 진아 씨가 옆 의자에 놓여 있던 종이 다발을 집어 내밀었다. 한때 만점을 받았던 착실한 학생 같은 표정으로. 모유 수유표였다. 생후 9일, 생후 30일, 생후 56일, 생후 98일, 생후 7개월까지 하루도 빠짐없이 수유 시간과 좌우 수유량, 아이 몸무게에 따른 목표 수유량과 아이의 소변 횟수, 대변 횟수가 기록되어 있었다.

"영지 씨, 아이를 가진 걸 알자마자 그때부터 내 목표는 자연분만과 모유수유가 되었어. 옆에서 누가 뭐라 한 것도 아닌데 내 달성 목표는 그게 됐어. 정말 열심히 했어. 서윤이를 데리고 소아과에 갔는데, 의사가 아이 몸무게를 보더니 수유를 정말 잘하고 있다고 칭찬해주더라. 기뻤어. 난 말이야 영지 씨, 아이가 돌이 될 때까지 완모를 하는 게 목표였어. 근데 서윤이가 7개월이 됐을 때 더 이상 젖을 먹일 수가 없었어. 젖을 끊어야 했어. 왠지 알아?"

식탁 위의 모유 팩은 이제 고체가 가진 형태가 허물어지고 있었다.

"아이가 먹어선 안 되는 걸 내가 먹어야 했기 때문이야. 그래야 내가 살 수 있었거든."

이게 그 당시에 내 몸을 돌던 것들이야. 아이한테 먹일 수 있었던 마지막 모유. 잠든 아이를 보면서 밤새 울다가 짜놓은 모유. 수십 번씩 천장과 바닥을 오가던 그때의 하루, 그때의 나, 그때의 윤이까지도 다 동결돼 있는 여섯 개의 덩어리야. 이제 이게 녹을 거야.

머리칼이 땀으로 뺨에 다 붙어버린 진아 씨가 말했다.

"이게 나야."

그리고 이어 말했다.

"이게 다야."

잘 지내. 진아 씨는 분명히 그렇게 말했다. 잘 지내, 영지 씨.

*

진아 씨가 잘 지내, 라고 했기 때문에 나는 이제 진아 씨가 나를 안 보려나 보구나 생각했다. 내 인간관계는 또 한 번 이렇게 실패하는구나. 다음 주면 아이들이 개학을 할 것이라는 생각을 하자 진아 씨네서 보내던 여름 저녁들이 말할 수 없이 그리워졌다.

하지만 그게 마지막일 리는 없었다. 우리에게 남은 방학 일정이 있다는 걸 예매 알림이 알려왔던 것이다. 폭염이니 저녁에 나가보자며 방학 초, 진아 씨와 함께 야행이라는 이름이 붙은 궁궐 기행 프로그램을 예매해두었던 게 떠올랐다. 나는 하윤이한테 그날이 다가왔음을 슬쩍 흘렸고 하윤이는 서윤이한테 알렸으며 서윤이가 진아 씨를 조른 끝에 우리 넷은 그 방학의 처음이자 마지막 외출을 하게 되었다.

지하철에 나란히 앉아서도 슬라임을 손에서 안 놓던 윤이들의 정수리가 생각난다. 윤이들이 슬라임을 만들 때 넣은 윤이 아빠들의 셰이빙 폼 냄새가 주위를 떠돌던 것도. 아이들은 한 손에는 슬라임 통을 들고 한 손에는 그 여름의 필수품이 되어버린 미니선풍기를 든 채 우리 앞에서 나란히 걸어갔다. 진아 씨와 나는 20년쯤 같이 산 부부처럼 서로 말도 섞지 않고 아이들만 보면서 앞서거니 뒤서거니 걸었다. 도심의 막바지 열기가 내려앉은 보도를 걸어 덕수궁 쪽으로 가는 동안 해가 졌다. 세종대로를 오가는 퇴근 차량들을 보면서 밑도 끝도 없는 외로움에 사로잡혔던 기억이 난다. 궁 입구에서 아이들은 문화유산해설사가 나눠준 모기퇴치제를 엄마들한테 뿌려주고는 서로의 몸에도 뿌렸다.

한여름이라 야간 느낌이 천천히 온다며 해설사는 그날 야행 팀들을 중화문 옆 회랑에 오래 앉아 있게 해주었다. 해설사의 목소리를 배경음처럼 들으면서 나는 궁을 둘러보는 척 고개를 돌려 옆에 앉은 진아 씨를 보았다. 냉장고바지 대신 스키니 청바지에 운동화를 가뿐하게 신은 진아 씨는 무언가가 빠져나간 것 같은 허허로운 얼굴로 중화문 기단을 두른 전구에 불이 들어오는 것을 지켜보고 있었다. 나는 진아 씨가 적어도 지금 이 순간엔 편안해져 있다는 느낌을 받았고 그러자 안도감이 들었다.

전각 몇 개를 지나 석어당 앞까지 갔을 때는 날이 어두워져 모든 전각들이 창살 무늬를 드러내면서 안에서부터 불빛을 밝혀오는 게 보였다. 해설사가 말했다. 중층 건물인 석어당은 살구꽃이 필 때만 개방을 한다고. 윤이들은 그때 꼭 다시 와서 저 안엘 들어가보자고 습관처럼 엄마들을 졸랐다. 해설사가 또 말했다. 2층으로 올라가는 계단은 지금도 볼 수 있다고. 그러자 아이들이 석어당 기단을 뛰어올라 문에 달라붙었다. 해설사가 포토 타임을 주어서 우리는 사진을 찍었다. 고종이 커피를 마셨다는 정관헌을 지나 최초의 유치원이라는 준명당 앞으로 갔을 때는 다리가 아플 타임이라며 해설사가 일행 모두를 다시 계단에 앉아 쉬게 해주었다.

그날의 덕수궁을 떠올리면 넷이서 나란히 준명당 계단돌에 앉아 있던 짧은 시간이 생각난다. 낮 동안의 폭염에 달구어진 돌이 저녁이 되도록 따끈따끈했다. 윤이들이 말했다. 엄마, 엉덩이가 따뜻해.

그러게, 그렇게 더웠는데, 이렇게 또 여름이 가나 보다. 준명당 돌에 손바닥과 종아리를 대보면서 나는 궁을 둘러싼 빌딩 불빛들을 올려다보았다.

윤이들이 계단에서 일어나 서로 잡고 잡히면서 앞뜰을 뛰기 시작했다. 어린 남자아이와 함께 온 부부가 아이한테 막대사탕을 까주는 게 보였다. 내내 손을 잡고 다니던 커플이 얼굴을 맞대고 셀카를 찍었다. 해설사는 태블릿 화면을 넘기며 물을 마셨다. 진아 씨는 윤이가 내려놓은 미니선풍기를 만지면서 오스스하게 감겨오는 저녁 공기에 팔을 맡기고 있었다. 나는 땀을 흘리던 날을 생각했다. 여기 있는 이 사람들 모두 지난 111년 동안 누구도 겪지 않은 더위를 막 겪어낸 사람들이라는 생각을 하면서 몸을 일으켰다.

궁을 나와 돌담을 따라 걸어가면서 나는 진아 씨에게 하윤이가 한 남자아이와 주고받은 메시지 얘기를 해주었다. 하윤이가 남자아이한테 이런 말을 보낸다. '나 오늘 학원 가다 너 봤다.' 어느 날은 그 남자아이가 하윤이한테 보낸다. '나 아까 복도에서 너 봤다.' 또 어느 날은둘이 이런 메시지를 주고받는다. '어디야?' '치과.' '송곳니 빼?' '아니,어금니.'

돌담 불빛을 따라 저만치 앞서 걸어가는 윤이들을 보면서 우리는"아직 유치도 안 빠진 것들이" 하며 조금 웃었다. 비슷한 길이로 자른두 윤이의 머리카락이 어깨쯤에서 찰랑거리며 멀어졌다. 지금은 유치도 다 안 빠진 저 아이들이 어느 날부터는 영구적으로 써야만 하는 이를 가지고 살아가겠지. 지금보다 기다란 팔다리로 허우적거리면서 누군가한테 다가가고, 멀어지고, 사랑이 가져오는 것들을 모른 채로 사랑하고, 알고도 사랑하면서. 윤이들이 시기마다 겪어갈 상실감의 무늬들을 생각하자 가슴 제일 깊은 곳이 아려왔다.

진아 씨와 나는 그날 이런 얘기도 나누었던 것 같다. 나중에 윤이들이 아이를 봐달라고 하면 봐줄 거야? 한 명은 나는 절대 못 봐줘, 라고말했다. 다른 한 명은 안 봐주기가 어려울 것 같아, 라고 했다. 이렇게힘들게 키운 아이들이 이렇게 힘들어하는 걸 어떻게 봐. 우리가 봐주지 않아도 저 애들이 힘들지 않는 때가 올까? 와야지, 그런 얘기를 하는 와중에 윤이들이 몸을 획 돌리고는 멈춰 서서 엄마들을 기다렸다.지하철역이었다.

"한 것도 없는데 방학이 다 갔어."

아이들이 울상을 지었다. 한 게 없다니. 아이들의 그 말에 진아 씨와나는 그제야 눈을 맞추며 방전된 듯 웃었다. 늘 그랬지. 실컷 놀고도또 놀고 싶고, 더 놀고 싶고, 더 더 놀고 싶어 하는 이 악동들.

집으로 돌아오는 지하철에서 우리는 제주 아래쪽에서 태풍이 올라 오고 있다는 보도를 보았다. 주말이면 남쪽에 상륙해 주초에 중부지방 으로 북상할 거라고 했다. 태풍이 오는 걸 보니 폭염이 꺾이려나 보다 고, 우리는 지하철에 앉아서 그런 얘기를 심상하게 주고받았다. 동 사 이에서 헤어지면서 윤이들은 월요일 개학날에 보자고 서로 인사했다. 서윤이와 함께 아파트 입구로 들어가는 진아 씨를 보면서 나는 가볍 게 손을 흔들었다.

여름이 그렇게 마무리될 줄만 알았다.

다음 날은 토요일이었고 눈을 뜨자 온통 태풍 소식이었다. 비보다 바람이 위험한 태풍이라고 했다. 태풍이 도착한 남쪽 도시에서 강풍 때문에 가로수가 뿌리째 뽑히고 있다는 말이 들렸다. 보도 기사 아래 에는 무서워서 아무것도 못 하고 있다는 댓글과 이런 바람 소리를 처 음 들어봤다는 댓글이 달리고 있었다. 그런 소식을 듣는 중에도 나는 이 태풍이 나한테 영향을 줄 거라고는 전혀 생각하지 않았다. 대구의 어느 아파트 유리창이 조각나는 영상을 보기 전에는.

아이 실내화를 빨아서 들고 나오다 그 영상을 보고 나는 불현듯 깨 달았다. PVC 창호가 아닌 알루미늄 창, 오래된 아파트의 고층, 그중에 서도 제일 고층. 내 집은 이 태풍에 타격을 받을 최적의 조건 속에 있 었던 것이다. 나는 주방에 서서 마찬가지로 알루미늄 창에 탑층인 진 아 씨네를 건너다보았다. 다른 주말 때와 같이 모든 창에 블라인드가 내려져 있었다. 진아 씨는 지금 어떤 상태인 걸까 생각하다가 나는 진 아 씨가 아파트 고층 화재로 일가족이 사망한 사건 바로 다음 날 소화기를 주문하는 사람이었다는 걸 생각해내고는 주방 창문을 닫았다.

태풍 특보가 내려졌고 개학날은 휴교를 한다는 알림이 왔다. "방학이 하루가 더 늘었어." 윤이가 말했다. 나는 뇌를 비상 체제로 작동시키고 모든 촉수를 태풍 소식에 열어놓았다. 지역 맘카페에 들어가니 유리창 파손 대비—테이프 붙이실 거예요, 신문지 붙이실 거예요?—에 대한 얘기가 대부분이었다.

태풍 전야 일요일 밤, 나는 남편과 함께 외부 창에 엑스 자로 테이프를 붙이면서 우리처럼 창문에 무언가를 붙이고 있는 앞 동과 뒤 동의 사람들을 보았다. 어수선하고 불안한 채로 일요일 밤이 지나갔고 태풍 당일이 왔다.

아이들의 개학날이었지만 방학 마지막 날이 된 그날을 떠올리면 분무기로 신문지에 물을 뿌리던 칙칙 소리가 기억난다. 거인이 집을 잡고 흔드는 것 같던 무시무시한 소리도. 정오로 갈수록 바람은 거세졌고 나는 테이프를 붙인 창문 위에 신문을 빼곡히 붙이고는 분무기로 계속 물을 뿌렸다. 마르면 붙인 효과가 없다고 해서 쉬지 않고 뿌렸다. 사거리 신호등이 강풍에 꺾어졌다는 소식을 들으면서 뿌리고 인천대교가 통제됐다는 얘기를 들으면서 뿌리고 옆 단지 어느 집 창이 깨졌다는 소식을 들으면서 뿌리고 식구들 중 누구도 나만큼 집 걱정을 하지 않는다는 것을 이상해하면서 뿌렸다. 이쪽을 뿌리면 저쪽 신문이 마르고 앞쪽 창을 뿌리면 뒤쪽 창이 말라서 울고 싶은 심정이 된 채로 이럴 줄 알았으면 60개월 할부로라도 창호를 바꾸는 건데, 생각하면서 뿌렸다. 괜찮느냐는 메시지를 보내도 확인하지 않는 진아 씨를 야속해하다가 건너다보면 진아 씨네 창 전체가 앞뒤 좌우 위아래로 마구 흔들리는 게 보였다. 그것은 실로 놀랍고 무서운 장면이었다. 내 집을 울리는 이 소리가 창이 저렇게 흔들리면서 나는 소리였구나, 나는 진아 씨네 집을 보면서 실감했다.

동네를 뒤흔들던 태풍은 늦은 오후가 되면서 서쪽 바다로 점차 이동했다. 관리사무소에서 안내방송을 했다. 강풍이 남아 있습니다. 방심하면 안 됩니다. 건물 밖 외출도 아직 하지 마세요. 창문 잠금 장치를 풀지 마세요. 창문을 열지 마세요.

나는 탈진한 듯 싱크대로 걸어가 손을 씻으며 밖을 보았다. 비는 거짓말처럼 그치고 왼쪽 하늘에선 햇빛이 조금씩 새어 나오고 있었다. 아래쪽에서 몸을 뒤채는 나무 우듬지만이 바람이 아직 약해지지 않았다는 것을 알려주고 있었다. 진아 씨네는 어느새 블라인드가 걷혀 있었다. 다행이야, 생각하며 거실 쪽으로 돌아서다가 나는 움직임을 멈췄다.

어떻게 잊을 수 있을까.

설명할 수 없는 기미에 다시 몸을 돌리고, 진아 씨네 창으로 눈의 초점을 맞추던 순간을. 어, 어, 하는 찰나, 안에서부터의 압력으로 부풀고 부푼 듯 진아 씨네 유리창이 하얗게 터져 나오는 것을 나는 보았다. 집을 감싼 전면 창이 한순간에 산산조각이 나는 것을 보았다. 그걸 본 사람이 나 혼자가 아닌 듯 비명인지 탄성인지 알 수 없는 소리들이 동과 동 사이를 메아리처럼 메웠다.

진아 씨…….

멍하게 내뱉으며 나는 그 자리에 얼어붙었다.

그날 이후로 나는 진아 씨도 서윤이도 보지 못했다. 덕수궁에서 돌아오며 동 앞에서 인사를 한 게 마지막이 되었다. 서윤이가 전학을 갔다는 말을 하윤이는 담임선생님한테 전해 들었다. 태풍 일주일 후, 진아 씨네의 깨진 창으로 기다란 사다리가 올라갔고 가구와 짐들이 빠져나갔다. 적어도 나한테는 한마디라도 하고 갔어야 한다는 서운함과 그럴 수밖에 없었을 상황에 대한 걱정으로 나는 한동안 어느 일에도 집중하지 못했다. 붙어 있던 유리 조각까지 다 정리된 진아 씨네 창은 텅 빈 채 아무것도 반사하지 않았다.

집으로 택배 상자가 하나 배달된 건 은행알들이 막 노랗게 익기 시작하던 9월 말경이었다. 상자 속엔 스프레이형 소화기가 포장도 뜯지 않은 채 들어 있었다. 보내는 사람 이름이 '김진아'가 아니라 '김지나'인 걸 보고 처음엔 잘못 쓴 거라고 생각했다. 택배 송장을 뜯어 냉장고에 붙여두고 이틀이 지난 뒤에야 나는 SNS를 하지 않는 진아 씨의 SNS 계정들을 찾기 시작했고, 진아 씨의 이름이 '지나'인 것을 알게 되었다. 8년이 넘는 시간 동안 나는 진아 씨의 이름을 잘못 불러왔던 것이다.

납득이 되지 않았다. 진아 씨는 내가 자신의 이름을 잘못 알고 있는 걸 몰랐단 말인가? 메시지에도 수시로 진아 씨라고 썼기 때문에 몰랐을 리 없었다. 그렇다면 왜 내 이름은 지나라고 말하지 않은 걸까. 나를 그 정도로밖에 생각하지 않은 걸까? 아니면 지나라는 이름을 내내 싫어한 걸까? 그렇다면 지금은 왜 김지나라고 써서 보낸 걸까. 습관대로 그냥 쓴 것일 뿐일까? 다른 뜻이 있는 걸까? 나는 대혼란에 빠져버렸다.

휴대전화로는 연락이 닿지 않는 상태였기 때문에 나는 진아 씨에게 편지를 써서 보내볼 생각이었다. 처음엔 진아 씨, 라고 썼다. 지우고 다시 지나 씨, 라고 썼다. 하지만 지나라고 부르자 아무 말도 써지지가 않았다. 내가 진아 씨한테 갖고 있던 어떤 느낌도 살아나지 않았다. 세 살 윤이들을 어린이집에 들여보내고 출근길 지하철역으로 같이 뛰던 사람, 잠들기 전에 한 번씩 내 집 쪽을 살펴봐주던 사람, 작은 쪽지 하나도 그냥 버리지 못하던 사람, 폭염과 태풍을 함께 겪은 사람이 진아이지 어떻게 지나란 말인가. 하지만 그 사람은 착한 모범생이던 시절에도 김 팀장이던 시절에도 산모님이자 윤이 어머니일 때도 은행에서도 운전면허시험장에서도 지나라고 불리던 사람이었다.

나는 진아라고도 지나라고도 쓸 수 없었기 때문에 진아 씨한테 편지를 보낼 수가 없었다. 그런 채로 이 사람은 대체 뭔지, 누군지, 어떤 사람인지에 대해 계속 생각할 수밖에 없었다.

진아 씨 생각에 골몰하면서도 진아 씨한테 연락을 하지 못하는 상태가 되어 진아 씨한테 시간을 줄 수밖에 없는 처지가 되고 만 것이다.

나는 멈춰 서서 입술을 물었다.

그래, 당신이 원하는 게 그거라면 그렇게 할게. 백번이고 할게.

그래서 나는 쓸쓸한 대로 혼자서 윤이한테 할로윈 분장을 해주고 에어컨에 커버를 씌우고 두꺼운 외투들을 꺼내 걸어놓는다. 당신을 기다리기로 한다. 묻고 싶은 말들을 내려놓으면서. 지금은 보낼 수 없는 편지를 쓰면서.

진아 씨, 잘 지내는지. 이제는 고무장갑을 냉장고에 넣지 않아도 녹지 않는 가을이 되었어. 어느 날은 이런 말로 시작하는 꽤 긴 얘기도 쓴다. 진아 씨, 어렸을 때 내 별명은 영지버섯이었어.

식탁에 앉아 써내려가다 보면 저만치에서 여전히 슬라임을 만지고 있는 나의 윤이가 보인다. 그러면 어쩔 수 없이 진아 씨네 집이 떠오르고 나는 달랠 길 없는 마음을 안고 아이 곁에 가서 앉는다.

"윤이야, 너는 서윤이 안 보고 싶어?"

"보고 싶지."

어딘지 의연한 말투로 윤이가 말한다. 이제 슬라임을 만지는 윤이 모습은 숙련된 파티시에처럼 절도가 있고 거침이 없다. 내가 아무 말이 없자 윤이가 자기가 만지던 슬라임을 내민다. 이걸 만지고 있으면 좀 괜찮다는 듯이. 그래서 나는 이제 슬라임까지 만진다. 술을 먹어볼까 하다가도 그냥 슬라임을 만진다. 바닥 풍선도 시도해보지만 대부분 실패한다. 하지만 난 바닥에서 부푸는 풍선보단 하늘을 나는 풍선을 좋아하니까. 식탁에 앉아 한 시간째 슬라임만 만지던 어느 날엔 윤이가 다가와 이런 말을 들려준다.

"엄마, 서윤이가,"

"……"

"살구꽃이 피면 톡 하겠대."

나는 그 말을 듣자마자 눈물이 그렁그렁해진 채로 고개를 끄덕인다. 기약만 있다면 더 오래도 기다릴 수 있다고, 겨울이 다가온 창밖을 보면서 생각하고 생각한다. ∎

수상후보작

김병운

한밤에 두고 온 것

1986년 서울 출생.
2014년 『작가세계』 등단.
장편소설 『아는 사람만 아는 배우 공상표의 필모그래피』.

한밤에 두고 온 것

1

안부현 씨로부터 전화가 왔을 때 나는 생각하면 할수록 기분이 나쁜 시나리오를 가만히 노려보고 있었다. 이건 아닌데 싶은 마음과 그래도 별수 있나 싶은 마음이 뒤엉켜 내게 주어진 몇 되지도 않은 대사들이 자꾸 씹히거나 잊혔다. 제목은 '미래의 철수'. 데뷔작 「어두운 밤과 소녀들」로 단숨에 독립영화의 새로운 기수로 떠오른 윤수희 감독의 신작 장편이었다. 흑인 남성과 연애 중인 헤테로 섹슈얼 여성 '미래'와 열 살 연상의 유부남과 연애 중인 호모 섹슈얼 남성 '철수'가 서로의 상처를 감싸 안으며 세상의 혐오에 맞선다는, 시놉시스만으로도 퀴어와 여성, 인종을 가로지르며 시대적 요구에 충실히 응답해보겠다는 감독의 야심이 느껴지는 작품이었다.

내가 이 작품에 캐스팅된 건 실력도 운도 아닌 일종의 보은이었다. 작년 이맘때쯤 대학 동기 김유진의 소개로 만난 윤수희 감독에게— 두 사람은 고등학교 방송반 선후배였다— 게이이자 연극배우로서의 내 삶에 대해 자세히 말해주었기 때문이었다. 윤수희 감독은 집필 중인 차기작의 메인 캐릭터가 게이이자 연극배우여서 실제로 그렇게 사는 사람의 디테일이 절실하다고 했고, 내 입장에서는 별것도 아닌 시시콜콜한 일상 이야기를 굳이 녹음에 메모까지 해가면서 귀 기울여 들었다. 그리고 그로부터 1년여가 지난 어느 날 나를 자신의 신작에 캐스팅하고 싶다면서 다시 연락해왔다. 주인공 '철수'에게 장기간 육체적·정신적 고통을 가하는 '유부남 클로짓 게이'가 내게 주어진 역할이었다.

사실 처음에 나는 윤수희 감독을 만나보겠느냐는 김유진의 제안을 두고 꽤 오랫동안 망설였다. 이유는 크게 두 가지였는데, 하나는 내가 세간의 호평과 달리 「어두운 밤과 소녀들」을 좋아하지 않았기 때문이었고, 다른 하나는 과연 윤수희 감독에게 내 정체성 이야기를 해도 안전할지 확신이 서지 않았기 때문이었다. 나는 믿음이 없는 사람에게는 절대로 내 정체성에 대해 말하지 않았다. 하지만 며칠 뒤 나는 그녀가 묻는 거의 모든 질문에 허심탄회하게 대답했고, 그러한 선택의 기저에는 어떻게든 그녀의 눈에 들고픈 욕심이 깔려 있었다. 10여 년 가까이 쉼 없이 활동했음에도 여전히 무명인 내게 윤수희 감독의 차기작은 단역으로 등장하더라도 꽤 근사한 커리어가 될 것이므로.

그러나 한껏 기대에 부풀어 열어본 시나리오는 처참할 정도로 실망스러웠다. 집필에만 내리 3년을 쏟아부었다고 했지만 성소수자를 연민과 동정의 시선으로 바라볼 뿐이었고, 결국 주인공의 각성과 성장을 위한 도구로 이용할 뿐이었으니까. 나와 진행한 인터뷰는 훗날 비당사자로서의 한계를 무마하기 위한 알리바이용 그 이상도 이하도 아닌 듯했다. 나는 사회적 약자의 편에 섰다고 해서 자기가 하는 모든 말이 정당한 줄 아는 지독한 예술병자들의 자기 긍정과 선민의식이 거북했고, 내가 이런 작품에 출연하는 건 일말의 자존심과 긍지를 저버리는 짓이라는 생각과 내가 이 작품을 포기하는 건 전도유망한 감독의 세계에 편입될 수 있는 절호의 기회를 날려버리는 멍청한 짓이라는 생각 사이에서 갈팡질팡했다. 그리고 안부현 씨는 내가 양심과 야심 사이에서 길을 잃은 채 머리를 쥐어뜯고 있던 바로 그 순간에 연락해왔다. 010으로 시작하기에 적어도 광고는 아니겠다 싶어 받았더니 웬 아주머니가 김대훈 선생님을 찾았다.

나는 전화를 걸어온 사람이 안부현 씨라는 걸 곧바로 알아차렸으면서도 기억나지 않는 척 머뭇거렸다. 한동안 완전히 잊고 있었던, 아마도 그녀가 내게 연락하지 않았다면 굳이 떠올리지 않았을 그 희곡 낭독 수업에 대한 불편한 마음 때문이었다. 그녀는 한참 뜸을 들이더니 혹시 요즘 바쁘시냐고 물었다. 그러고는 내가 망설인 시간의 두 배, 아니 세 배만큼 오랜 시간을 들여 고심한 끝에 긴히 만나 뵙고 부탁드리고 싶은 일이 있다고 했다.

다시 만난 안부현 씨는 다소 숨이 죽은 듯한 인상이었다. 그때 그 일에 대해 우리가 제대로 이야기를 나눈 적은 없기에 그런 것인지도 몰랐고, 아니면 우리가 도서관 밖에서, 그것도 한낮의 카페에서 만난 건 처음이기에 그런 것인지도 몰랐다. 창문으로 오후의 햇살이 쏟아져 들어와 무언가를 암시하듯 테이블 위로 기묘한 무늬를 만들었다.

나는 마주 앉은 그녀를 새삼스레 뜯어보면서 내게 남아 있는 그녀에 대한 몇 가지 정보를 떠올렸다. 이를테면 그녀가 남편과 사별 후 홀로 곱창집을 운영한다는 것과 직접 지역 도서관에 건의해 독서 모임을 개설했을 정도로 책을 좋아한다는 것, 그리고 자신은 남들과 어딘가 다르다는 자의식으로 삶을 지탱해왔다는 것. 나는 곱창집의 활황 정도나 최근의 독서 경험 따위를 안부 대신 물어가며 대화를 이어나갔고, 몇 차례의 어색한 정적을 견딘 끝에 그녀의 사연을 전해 들었다. 그녀가 테이블 위로 꺼내놓은 봉투 안에는 내 연기 시가의 열 배가 넘는 돈이 들어 있었다.

그녀가 긴히 부탁드리고 싶다는 일이란 내 연기적 재능이 필요한 일종의 아르바이트였다. 다가오는 일요일에 딱 여섯 시간만 자신의 아들인 척 연기해달라는 것. 얼마 전 수십 년 만에 만난 친구를 가게로 초대하게 되었는데, 그 친구에게 저도 모르게 아들이 있다는 거짓말을 해버려서 어쩔 수 없이 아들을 보여줘야 하는 상황이라는 것. 그녀는 언젠가 수업 중에 연극배우는 무대가 없을 때 어떻게 생계를 유지하느냐는 누군가의 질문에, 몇 년 전 생판 모르는 남의 결혼식에서 신랑의 죽마고우인 척 사회를 봤다고 대답하던 내 모습이 떠올랐다고 했다.

그래도 그렇지 무슨 이런 부탁을 하나 싶어 황당해하는 내게 그녀는 말을 끊었다 이었다 하면서 조금씩 사연을 더했다.

그게…… 한 달 전쯤이었어요. 제가 일요일 저녁마다 광화문 교보문고에 가서 책을 사거든요. 오후 늦게까지 늘어지게 자다가 슬슬 책을 보러 나가는 게 저의 유일무이한 취미랄까요. 아무튼 그날도 어김없이 책을 고르고 계산대 앞에 서 있는데, 먼저 계산을 마치고 출구 쪽으로 나가려던 어떤 여자가 제 발을 밟은 거예요. 그날따라 사람이 많아서 매장이 좀 비좁았거든요. 네, 맞아요. 그 여자가 바로 제 친구 순영이었던 거죠. 너무 놀랍고 신기해서 눈물이 왈칵 쏟아지더라고요. 결혼 전에 보고 처음이었으니까 근 30년 만이었네요. 하나도 안 변해서 긴가민가할 것도 없었어요. 물론 살도 붙고 주름도 늘고 머리도 셌지만 그 모습 그대로더라고요. 제 말이 무슨 뜻인지 아시죠?

나는 점점 흥분해서 말이 빨라지는 그녀에게 천천히 고개를 끄덕여 보였다.

그날 우리는 서점 한쪽에 서서 근황을 주고받았어요. 저는 3년 전 남편이 췌장암으로 죽고 혼자가 되었다는 얘기를 먼저 꺼냈고, 그다음에는 시어머니로부터 물려받은 가게 얘기를 했죠. 다행히 장성한 아들이 하나 있어 요즘에는 그 애가 일을 돕고 있다는 말도 덧붙였는데…… 가게 얘기까지는 사실, 아들 얘기부터는 거짓이었죠.

제가 그런 거짓말을 한 건 아마도 여러 이유에서였던 것 같아요. 갖은 노력에도 끝내 애를 갖지 못했다는 자격지심 때문이기도 했고, 여느 과부처럼 쓸쓸하고 초라해 보이고 싶지는 않다는 자존심 때문이기도 했죠. 그리고 순영이 뒤에 서 있던 딸아이. 해사하고 단정한 얼굴로 우리 둘을 흐뭇하게 지켜보던 그 아이가 갑자기 내게 쓸데없는 경쟁심을 불러일으킨 것 같기도 해요. 20대 중후반쯤으로 보이는, 나도 제때 아이를 낳았다면 저쯤이지 않을까 싶은 그 친구의 존재를 인지하자마자 단숨에 열패감에 사로잡힌 거죠.

하지만 알고 보니 그 친구는 순영이 딸이 아니라 비서였어요. 제가 자꾸 그 친구를 힐끗거리니까 그제야 순영이가 아, 이쪽은, 하면서 자기 비서를 소개해주더라고요. 황당하죠? 비서라니. 맞아요, 저도 그랬어요. 얘는 무슨 대단한 일을 하기에 비서씩이나 달고 다니는 건가 어리둥절했죠. 잠시 후 저는 순영이가 내미는 명함을 받아들고는 억, 소리를 내고 말았는데, 왜냐하면 순영이는 이 땅에 살면 누구나 한 번쯤 그 이름을 들어봤을 대형 은행 소속이었고 직함은 무려 부사장이었거든요. 제 반응이 너무 노골적이라 민망했는지 순영이가 자기는 정말이지 죽어라 일만 했다고, 일이 바빠서 결혼도 못 했다고 멋쩍게 웃더라고요.

저는 궁금했어요. 그동안 어디서 어떻게 살았는지, 일만 했다고는 하지만 정말 일만 했을 리는 없으니까. 아니, 일만 했다고 해도 사연이 없을 리는 없으니까 마주 앉아서 차근차근 얘기를 들어보고 싶었죠. 제가 어디 가서 차라도 한잔하지 않겠느냐고 물었던 건 그래서였고요. 하지만 순영이는 시간을 확인하더니 베트남 출장 때문에 내일 아침 일찍 출국해야 한다면서 선을 그었어요. 대신 다음을 기약했죠. 그냥 하는 빈말이 아니라는 걸 보여주려는 것처럼 그 자리에서 바로 비서에게 스케줄을 잡게 했고요.

약속 장소가 우리 곱창집으로 정해진 건 순전히 순영이의 뜻이었어요. 제가 이왕이면 멋지고 좋은 데서 보면 안 되냐고 거듭 만류했는데도 순영이는 우리 가게를 궁금해하더라고요. 너 장사하는 모습도 보고 싶고, 아까 말했던 네 아들도 꼭 한번 만나보고 싶다고 했죠.

그날 집으로 돌아가는 길에 순영이의 이름과 직함, 회사명을 검색해봤어요. 몇 년 전 임원이 되면서 진행한 인터뷰 기사가 있더라고요. 86년 은행 입사, 국내 1세대 여성 프라이빗 뱅커 출신 임원, 고졸 출신 신화 등등 순영이가 살아온 궤적이 비교적 선명하게 잘 정리되어 있었죠. 그때부터 하루에도 몇 번씩 순영이의 인터뷰 사진을 꺼내 봤어요. 검은색 정장 차림의 순영이가 당당하고 위엄 있게 팔짱을 긴 채로 카메라를 응시하고 있는 사진요. 아마도 자기 사무실인 것 같았어요. 커다란 책상 위에 티브이만 한 모니터와 산더미 같은 서류들, 그리고 이름 석 자가 새겨진 명패가 놓여 있었죠. 나는 목이 다 늘어난 티셔츠나 주워 입고 소 돼지 내장을 주무르는데, 매일 밤 온몸 구석구석 스며든 탄내에 진저리 치면서 머리를 세 번씩 감는데, 어렸을 때 순영이는 나보다 공부도 못하고 인기도 없었는데…….

그러니까 나는 지고 싶지 않은 거 같아요. 이미 비교도 안 될 만큼 기울어졌지만, 이왕 이렇게 다시 만나게 된 거 나도 남들처럼 잘 살고 있다는 걸 보여주고 싶어요.

2

김유진은 윤수희 감독의 시나리오를 못마땅해하는 내게 대체로 공감하지 못했다. 처음에는 그 언니는 부모님이 모두 전교조라서 원래 어렸을 때부터 인권 문제에 관심이 많았다느니, 세상에 필요한 목소리가 되고는 싶은데 정작 자기 인생은 매끈하니까 자꾸 남의 인생으로 눈을 돌리는 것 같다느니 하면서 내 편을 들어주는 듯했으나, 정작 내가 싫어하는 장면을 자세히 묘사하자 그게 어째서 싫은 거냐면서 고개를 갸웃했다. 특히 내가 격분했던 건 마트에서 남자친구와 장을 보던 '미래'가 어떤 아줌마로부터 양공주라는 소리를 듣고는 충격을 받아서 '철수'에게 하소연하는 장면이었는데, 우리나라는 어째서 아직도 이 모양인 거냐고, 철수 너는 늘 이렇게 힘들게 살아왔던 거냐고 울먹이는 미래의 언행에 기겁해버린 나와는 달리, 김유진은 그게 뭐가 어떠냐는 반응이었다. '미래'가 하필 그 순간에 '철수'를 떠올린 것부터가 잘못이라는 내 지적이 과하다는 것이었다. 그녀는 직접 시나리오를 읽어본 뒤에도 내가 기대한 만큼은 분노해주지 않았는데, 자신은 뼛속까지 헤테로이므로 바로 감지되지 않는 어떤 지점이 있는 것 같다고 수긍하면서도 다른 한편으로는 내가 지나치게 꼬여 있는 것 같다고 했다.

하긴 김유진과 나는 윤수희 감독의 전작에 대해서도 감상이 판이했다. 「어두운 밤과 소녀들」은 자신을 레즈비언이라 밝힌 친구의 자살로 인해 교실 안에 드리운 의심과 분열, 폭력을 그린 드라마였는데, 나는 영화를 보는 내내 불쾌했고, 이후에 김유진으로부터 윤수희 감독이 이성애자이자 기혼 여성이라는 얘기를 전해 듣고는 그럼 그렇지 하는 마음이 됐다. 자신의 학창 시절 경험을 모티프로 했다는 감독의 인터뷰를 읽었는데도 판단은 달라지지 않았다. 그녀가 당사자였다면 동성애를 맥거핀이나 스펙터클로 소비해버리지는 않았을 것 같았기 때문이었다.

나는 그녀가 또 한 번 성소수자 얘기에 천착한다는 사실이 못내 불편했고, 정확히 그 부분에 시비를 걸고 싶었다. 내가 당사자성에 집착하는 건 내 몫의 자리를 빼앗긴 것만 같은 박탈감 때문이라는 것도 알고, 그토록 바라왔으면서도 정작 너도 나도 퀴어 퀴어 하는 꼴을 보니 배알이 꼴려서라는 것도 알지만, 그걸 안다고 해서 머릿속에 두서없이 떠오르는 질문들이 사라지진 않았다. 어째서 당신이 우리의 스피커가 되어야 하는가. 잘 알지도 못하고 잘 알 수도 없으면서 당신이 게이에 대해 말해야 하는 이유가 무엇인가. 그렇다면 설마 다음에는 트랜스젠

더인가. 다다음에는 퀘스쳐닝에 인터섹스, 무성애자이고? 성소수자를 자원화해서 당신이 기여하고자 하는 것은 무엇이고 얻고자 하는 것은 무엇인가. 선의와 정치적 신념을 담보하기만 하면 당신의 발언은 정당해지는가. 당신이 재생산한 편견에 대한 책임은 누가 지는가.

김유진은 윤수희 감독에 대한 내 언짢은 마음이 어떤 식으로 작동하는지를 정확히 간파하고는 이렇게 물었다. 그건 내 머리와 가슴을 자꾸 불화하게 하는 질문이기도 했다.

그럼 뭐 퀴어영화는 퀴어만 만들 수 있나? 장애인 얘기는 장애인만 쓸 수 있고? 흑인 얘기는 흑인만 해야겠네? 아동 인권은 아동만, 동물권은 동물만, 지구 환경문제는 지구만?

나는 욱하는 마음에 차라리 그랬으면, 하고 억지를 부리고 싶었으나 결국에는 내가 아는 정답을 말했다. 생각해보면 당사자성이 결코 발언의 자격증이 되어서는 안 된다는 주장에 전적으로 동의한다는 게 내가 가진 문제이기도 했다.

누구나 쓸 수 있지. 쓰고 싶으면 쓰는 거지. 근데 그렇다고 해서 아무렇게나 써도 되는 건 아니잖아.

그때 김유진이 당연하고도 당연한 얼굴로 말했다.

그러니까 네가 말해주면 되잖아.

……응?

너는 잘 알고 그 언니는 잘 모르는 부분이 있으니까 알려주면 되잖아. 그럼 아무렇게는 안 쓸 거잖아.

나는 순간 말문이 막혔으나 그게 그렇게 간단한 게 아니라면서 어물쩍 넘어갔다. 그분은 유일신 같은 감독님이시고 나는 발에 채는 일개 배우일 뿐이라고. 그런 하극상은 절대로 나 같은 무명에게는 허락

되지 않으며 이건 예의나 도의의 문제가 아니라 생존의 문제라고.

하지만 그건 어느 정도는 사실이기도 했지만 어느 정도는 핑계이기도 했다. 왜냐하면 나는 말을 하지 못하는 것이기도 했지만 말을 하지 않는 것이기도 했으니까. 왜냐하면 나는 내심 그녀가 이대로 아무것도 모른 채, 그러니까 자신의 시나리오에는 어떠한 흠결도 없다고 착각한 채 형편없는 작품을 만들어냈으면 좋겠다고 생각하기도 했으니까. 정말 못된 마음이지만 나는 그녀가 한번 대차게 망해봐야 다시는 함부로 쓰지 못할 거라 생각했고, 사람들이 말을 아끼는 건 용기가 없거나 무능해서가 아니라는 걸 스스로 깨닫길 바랐다.

김유진이 자기 대신 희곡 낭독 수업을 맡아줄 수 있느냐고 물어온 건 작년 초여름이었다. 지역 도서관에서 동네 주민을 대상으로 진행하는 강의이고 총 10회차 중 5회차까지 완료해 이제 절반이 남았는데, 그 나머지를 네가 좀 이어서 이끌어주면 좋겠다고 했다. 한때 대학 내 중앙 연극 동아리에서 레이디 맥베스를 맡았을 정도로 전도유망했던 김유진은 졸업 후 공연 기획 쪽으로 방향을 틀어 커리어를 쌓더니, 몇 해 전 현대 희곡 명작 16편을 소개하는 교양서 『연극 읽어주는 여자』를 펴내면서 이런저런 강연도 병행하게 됐다. 한창 진행 중이던 강의를 넘겨주는 게 이상해 무슨 일이냐고 묻자, 김유진은 그제야 내년에 회사에서 준비 중인 라이선스 뮤지컬 때문에 뉴욕 장기 출장이 잡혔다는 근황을 전했다.

희곡 낭독 수업은 크게 낭독과 감상으로 구성되어 있었다. 주제 텍스트 일부를 함께 낭독한 다음, 각자 돌아가면서 인상적이었던 점을 이야기하는 것이 김유진이 세팅해놓은 수업의 골자였다. 이미 주제 텍스트가 정해져 있는 데다 강의록까지 마련되어 있어 텍스트를 다시 한번 정독해 가는 것 말고는 내가 따로 준비할 건 없었다. 물론 수업은 나 혼자 하는 게 아니므로 신경 쓸 게 아예 없지는 않았는데, 아무래도 수강생들 일체가 50대 초중반의 여성들이라는 점이 그랬다. 내가 그동안 진행해본 수업은 대개 초중생을 위한 특별활동이나 고등학생을 대상으로 한 입시용인 터라 여성 장년층을 상대하는 건 사실상 처음이었다. 그들은 모두 지역 도서관의 문학회 소속이었고, 연극이나 희곡에 관심이 있다기보다는 모임의 존속을 위해 의무적으로 참석하는 것이었다.

김유진은 너는 어머님들과 허물없이 지낼 성정이니 별로 걱정은 안 된다면서도 주선자로서의 책임감 때문인지 내게 한 가지 팁을 주었다. 바로 이 문학회를 이끌고 있는 회장 안부현 씨와 잘 지내야 한다는 것. 안부현 씨는 도서관 운영위원이어서 수업 개설이나 강사 선정에 영향력을 발휘할 수 있을 뿐만 아니라 무리의 여왕벌 같은 존재여서 다른 분들의 생각과 반응을 좌우할 수 있으니 여력이 있다면 그녀의 환심을 사라는 것. 김유진의 조언대로 나는 처음부터 안부현 씨를 특별대우했다. 특별대우라고 해봤자 수업 중 그녀에게 일부러 발언 기회를 챙겨준다든가("회장님은 어떻게 생각하세요?") 그녀가 하는 말에 무조건 동의한다든가("핵심을 정확히 꿰뚫으셨네요") 아니면 굳이 안 해도 될 칭찬을 한마디 더 한다든가("목소리가 참 좋으시네요") 하는 식의 대단치 않은 친절과 호의를 베푸는 것이 전부이긴 했지만, 어쨌든 나는 그녀가 장악하고 있는 세계에 철저히 복무함으로써 조금 더 쉽고 편한 길을 가고자 했다.

하지만 김유진의 설명과 달리 안부현 씨는 모두에게 인정받는 리더는 아니었다. 나는 매 회차마다 강의실을 부유하는 안부현 씨에 대한 사람들의 반감을 감지했고, 머지않아 그게 그렇게 부당한 건 아닐지도 모른다는 생각까지 하게 됐다. 수업 전체를 점유하려는 과도한 욕심과 다른 수강생들을 내려다보는 오만한 시선, 누가 무슨 말을 하건 반드시 각주를 달고 보는 식의 무례한 태도를 지켜보고 있노라면 나 역시 그녀에게 달갑지 않은 마음을 품는 것 말고는 달리 할 수 있는 게 없었으니까. 그녀는 내가 행여라도 당신을 다른 수강생들과 함께 도매금으로 묶어 볼까 봐 적잖이 신경 쓰는 눈치였고, 수업을 마친 뒤에도 한참 나를 붙잡고 당신의 관극 이력이나 독서 취향 같은 것들을 이야기하며 유대감을 형성하려 했다.

그 일은 10회차 마지막 수업에, 그것도 후반부의 대미를 장식하는 불꽃놀이처럼 벌어졌다. 그날의 주제 텍스트는 오스카 와일드의 『진지해지는 것의 중요성』이었고, 발단은 오스카 와일드의 사인이었다. 『진지해지는 것의 중요성』은 이전 회차에서 다룬 『세일즈맨의 죽음』이나 『갈매기』 『인형의 집』 『누가 버지니아 울프를 두려워하랴?』 같은 텍스트에 비하면 훨씬 덜 알려져 있어 좀 튀는 감이 없지 않았는데, 바로 그 튀는 감 때문에 나는 굳이 김유진의 커리큘럼을 수정해가면서까지 그 작품을 끼워 넣었다. 나는 적어도 한 챕터 정도는 퀴어 작가에게 할애해도 되지 않을까, 아무리 지역 주민을 대상으로 하는 수업이라 해도 요즘 이 정도의 구색 맞추기는 기본 아닌가, 하는 생각을 했고, 이미 고전의 반열에 오른 퀴어 작가를 모색하다 결국 뻔하다 뻔해, 하면서 오스카 와일드를 집어 들었다.

시작은 아마도 뇌막염이었을 것이다. 낭독을 마친 후 나는 여느 때처럼 작가에 대한 소개를 시작했고, 유미주의나 시대를 앞서간 기행처럼 오스카 와일드 하면 의례적으로 이야기하는 것들을 두서없이 늘어놓았다. 물론 앨프리드 더글러스와의 동성애도 빼놓지 않고 말했는데, 그건 오스카 와일드의 삶에서 가장 중요하고 결정적인 사건이었을 뿐만 아니라 내가 굳이 오스카 와일드를 선택한 이유이기도 했으므로 그것을 축소하고 누락할 이유는 없었다. 나는 오스카 와일드가 연인의 아버지에 의해 고소를 당했고 남색죄로 체포되었으며 유죄 판결로 최대 형벌을 받았다는 일련의 사건을 요약했다. 그리고 그가 나중에는 옥살이를 하다 급격히 건강이 안 좋아져 결국 뇌막염으로 세상을 떠났다는 사실도 덧붙였다. 내가 거기까지 말했을 때 수강생 중 한 분이 물었다.

진짜 뇌막염이겠죠?

……예?

그분께서는 뇌막염으로 돌아가신 게 맞겠죠?

나는 어째서 그런 걸 묻나 싶어 김은숙, 이라 적힌 그녀의 명찰을 다시 한번 확인했고, 음, 그렇다고 하니까 그렇지 않을까요, 하고 자신 없이 대꾸했다. 그러자 김은숙 씨가 고개를 갸웃하더니 말을 이었다.

다른 게 아니고 말씀 듣다 보니 생각나는 사람이 있어서요.

그러니까 그녀가 오스카 와일드의 사인에 의문을 제기한 건 그게 이상하다거나 궁금해서가 아니라 그저 하고 싶은 말이 있어서였다.

우리 남편 사촌 동생 하나가 그런 사람이었거든요. 그 삼촌이 뭐랄까, 말투도 목소리도 몸짓도 좀 여성스러웠어요. 그렇다 보니 제대로 된 직업도 없었고요. 아무튼 그 삼촌이 일찍 죽었어요, 뇌막염으로. 90년대 말에 영주권 받겠다고 미국으로 가서 한 몇 년 감감무소식이더니 어느 날 죽었다는 소식이 날아온 거예요. 너무 뒤늦게 알려와서 장례식도 제대로 못 했다더라고요. 그런데 나중에 그 집 큰며느리한테 들어보니 사실은 뇌막염이 아니었던 거야. 그때는 쉬쉬해서 몰랐는데 알고 보니 다른 병이었던 거지.

그녀가 잠시 말을 멈추더니 슬쩍 주변의 반응을 살폈다. 그러고는 입 모양으로만 병명을 말하는 누군가에게 천천히 고개를 끄덕였다.

하늘도 무심하시지. 가뜩이나 남들과 달라서 마음고생이 심했을 텐데 어째서 그런 끔찍한 병까지……. 얼마나 외롭고 고통스러웠겠어요, 그것도 타지에서. 내 집에서도 아프면 서러운 게 사람인데. 그때 제가 마음이 너무 안 좋아서 그 삼촌 좋은 데 가라고, 다음 생에는 제발 평범하게 태어나라고 봉원사에 백일기도를 다녔어요. 지금도 가끔 그 삼촌 이름으로 시주도 하고요.

말을 마치려던 그녀가 나와 눈이 마주치자 급히 한마디를 더했다. 그 순간 내 표정에서 뭘 읽었기에 그런 말을 하는 건지 알 수 없었다.

아, 그 삼촌이랑 저는 가깝지는 않았어요.

나는 얼결에 그녀의 말에 화답하듯 쓸쓸한 미소를 지어 보였다. 뭔가 잘못되었다는 건 감지했는데, 그 말들에 내가 삽시간에 불쾌해졌다는 건 분명했는데, 그게 정확히 어떠한 경로를 거쳐 내 마음까지 훼손할 수 있었던 건지는 아직 가늠이 안 돼서 그저 말이 참 많은 분이네, 하고 속으로만 이죽거릴 뿐이었다. 잠자코 듣고만 있던 안부현 씨가 끼어든 건 바로 그때였다.

언니는 신기가 있나 봐. 안 보이는 것도 보이고 막 그러나 봐.

그게 무슨 소리냐고 되묻듯 눈썹을 치켜올리는 김은숙 씨에게 안부현 씨가 말했다.

그 집 삼촌이 죽을 때 고통스러웠는지 편안했는지, 불행했는지 행복했는지 언니가 어떻게 아는데?

응? 눈감을 땐 편했을 수도 있다는 얘기야? 투병생활이 너무 힘드니까?

그게 아니라…… 그분이 마음고생하는 걸 언니가 봤느냐고 묻는 거야.

김은숙 씨가 이해를 구하듯 주위를 둘러봤다. 나한테 갑자기 왜 이러는 건지 알 수 없다는 의문과 이유야 어찌 되었든 간에 지지 않겠다는 의지로 혼란스러운 눈빛이었다.

그걸 꼭 봐야만 아나? 이거 뭐 철학적인 얘기야?

안부현 씨가 내 말은, 하면서 눈을 질끈 감았다 뜨는 사이 김은숙 씨가 말을 이었다. 사실 나는 네가 생각하는 것처럼 그렇게 멍청하지 않고, 네가 하는 말뜻은 이미 충분히 알아먹었으며, 그럼에도 나는 거기엔 동의할 수 없다고 맞서는 듯한 태도였다.

무서워서 무슨 말을 못 하겠네. 사람이 어떻게 본 것만 말해. 들은 것도 말하고 생각나는 것도 말하고 느끼는 것도 말하고 그러는 거지. 회장님은 뭐 본 것만 말씀하시나? 매사에 그렇게 엄격하시나?

내가 언제 그렇대?

아니, 언제는 보이지 않는 걸 말해야 한다며. 상상하지 않으면 이해도 없는 거라며. 문학은 그런 거라며.

여기서 갑자기 문학이 왜 나오느냐는 듯 멈칫하던 안부현 씨가 헛웃음을 지었다. 눈은 웃고 있으나 입은 굳어 있는, 어떻게든 회심의 한 방을 되돌려주리라 결심하는 미소였다. 하지만 어째서인지 그녀는 더는 말을 잇지 못했다. 그게, 아니, 그러니까, 하고 한참을 헤매면서 안간힘을 쓰더니 결국 내 쪽으로 시선을 돌릴 뿐이었다. 선생님은 제가 하는 말이 무슨 뜻인지 아시지 않느냐고 확인하는 듯한, 아니, 그렇게 가만히 있지만 말고 무슨 말이든 좀 해달라고 채근하는 듯한 눈빛이었다.

하지만 나는 그 순간 그녀를 외면했다. 글쎄, 무엇이 나를 침묵으로 이끈 건지 지금도 잘 모르겠다. 안부현 씨를 제외한 모든 사람들이 한편이라는 게 확실해 보이는 어떤 공고한 분위기 때문이었을까. 아니면 그래서 너는 어느 편이냐고 따져 묻는 듯한 사람들의 차가운 눈빛 때문이었을까. 그것도 아니면 이 사람들한테는 어차피 무슨 말을 하더라도 소용없으리라는 불신 때문이었을까.

아니, 어쩌면 나는 안부현 씨가 내게 도움을 청한 게 아니라 오히려 나를 도와주려 했기 때문에 고개를 돌렸는지도 모르겠다. 그녀가 내가 어떤 사람인지 진작에 간파한 게 아닐까 싶어서, 그 순간 내가 당연히 상처받았으리라 짐작하고는 기꺼이 내 편이 되어주려 했던 게 아닐까 싶어서. 나는 어떻게든 보이길 원하는 사람이면서도 결정적인 순간에는 숨어버리는 사람이니까.

한 가지 확실한 건 그 순간 나는 없는 존재가 되기를 선택했고 그건 안부현 씨뿐만 아니라 나에게도 어떤 상흔을 남겼다는 것이다. 그날 집으로 돌아오는 길에 나는 수업이 끝날 때까지 견디듯 앉아 있다 결국 인사도 없이 강의실을 떠나버린 안부현 씨의 뒷모습을 곱씹었고, 커리큘럼에 군이 오스카 와일드를 끼워 넣거나 오스카 와일드 작품선에 보란듯이 색색의 인덱스를 붙여놓는 짓 따위로 뭔가를 해냈다고 착각했던 나 자신에게 환멸이 났다.

나중에 김유진에게 전해 들은 바에 따르면 안부현 씨와 김은숙 씨의 불화는 갑작스러운 일이 아니었다. 어느 조직이나 그렇지만 그 작은 문학회 안에서도 반목은 존재했고, 특히나 두 사람의 경우는 한때 죽고 못 살 정도로 가까웠다 틀어진 거라서 감정의 골이 꽤 깊은 것 같다고 했다. 도서관 측에서는 두 사람의 갈등을 문학회의 존속 문제로까지 확대해 걱정하는 분위기라고 했는데, 나는 그런 것까지 굳이 알고 싶지도 않고 알 필요도 없으므로 대충 흘려듣고는 잊어버렸다.

3

나는 안부현 씨의 가게 앞에 도착한 뒤에도 쉬이 안으로 들어서지 못했다. 내가 블로그에서 미리 확인한 그 노포는 온데간데없고, 외벽은 물론이거니와 내벽에 바닥까지 모두 하얀색 타일로 뒤덮인, 여기는 이제 업종을 바꿔 카페가 된 건가 싶은 가게가 그 자리를 대신하고 있었기 때문이었다. 양옆으로 소 돼지 부속물을 취급하는 다른 가게들이 세월의 흔적을 여실히 드러낸 채로 영업 중이어서 '형제곱창'의 새로운 외관은 더더욱 도드라졌다.

아니나 다를까 안부현 씨는 나를 반갑게 맞이하자마자 가게에 대한 인상부터 물었다.

어때요? 이제 젊은 사람들 많이 올 것 같죠?

그녀는 엊그제 대대적인 공사를 마쳤다고 했다. 시어머니 때부터 50년 넘게 이어져 내려온 영업장이어서 문제가 한둘이 아니었는데 이번에 인테리어를 새로 하면서 하수 처리 시설과 화장실까지 제대로 손봤다고 했다. 나는 모든 게 새것인 가게 안을 둘러보면서 멋지네요, 를 연발했고, 아직 정리가 덜 되어서 장사는 재개하지 않았다는 그녀의 이야기에 고개를 끄덕여 보였다. 그녀는 오늘 우리의 식사가 가오 픈인 셈이라면서 쑥스럽게 웃었는데, 나는 그녀의 그 달뜬 표정이 낯설어 그녀가 아닌 그녀와 닮은 사람을 마주하고 있는 것 같다는 생각을 잠시 했다. 그러고 보니 일주일 만에 다시 만난 그녀는 제법 달라진 모습이었다. 유서 깊은 맛집의 안주인이나 며느리들, 주로 카운터에 앉아 있는 그분들처럼 화장이 진했고 머리를 부풀렸으며 알이 굵은 진주 목걸이를 분홍빛 실크 블라우스 위로 늘어뜨리고 있었으니까.

나는 그녀가 오늘 이 무대를 위해 얼마를 쓴 건지 가늠해보다가 그만 목덜미의 신경이 팽팽하게 당겨지는 듯한 기분이 들었다. 이게 장난일 거라는 생각은 추호도 한 적이 없으면서도 어째서인지 그제야 비로소 이 상황이 진짜라는 실감이 들면서 자못 심각해진 것이다. 나는 자칫 잘못하다 실수라도 해서 배역 말고는 딱히 정해진 게 없는 이 즉흥극을 망치는 건 아닐지 불안해졌고, 그녀에게 혹시 내가 당신의 아들이 되기 전에 특별히 알아야 할 게 있을지를 물었다. 무리한 요구처럼 느껴지더라도 내가 기댈 수 있는 어떤 가이드라인이 있는 게 차라리 마음이 편할 것 같았다.

하지만 그녀는 까다롭지 않았다. 결국 그녀가 내게 당부한 것은 오로지 한 가지, '자연스럽게'였으니까. 대략적인 프로필이라도 만들고 입이라도 맞춰야 하는 게 아닐까 싶어 이것저것 묻는 내게 그녀는 선생님은 그냥 선생님 본인을 연기하면 될 것 같고, 그게 연기를 하는 사람도 보는 사람도 편할 것 같다고 했다. 공연이 있을 때는 공연을 하고 공연이 없을 때는 가게 일을 돕는 연극배우 정도면 충분할 것 같다고 했다.

그러나 약속 시간이 한 시간 가까이 지나도록 안부현 씨의 친구는 나타나지 않았다. 처음 30분까지는 차가 막힐 수도 있고 길을 헤맬 수도 있으니 그러려니 했으나, 그 이상이 되자 뭔가 잘못됐다고 생각하지 않을 수 없었다. 안부현 씨가 사실은, 하면서 입을 뗀 건 시계가 7시하고도 10분을 가리켰을 때였다. 그녀에 따르면 친구 임순영 씨는 오늘 낮부터 연락이 안 됐다. 사흘 전 밤, 약속 확인차 문자를 보냈을 때는 답이 왔는데 오늘은 전화기까지 꺼져 있었다. 나는 바람 맞은 게 확실해 보이는 이 상황에서 어떤 반응을 보여야 할지 알 수 없어 그냥 물만 들이켰다. 금방 오실 테니 조금만 더 기다려보자고 말하는 건 기만이었고, 딱 봐도 파투난 것 같으니 그만 정리하자고 선언해버리는 건 월권이었으니까.

얼마쯤 지났을까. 이러지도 저러지도 못한 채 우두커니 앉아만 있는 내게 미안했는지, 안부현 씨가 순영이를 기다리는 건 이쯤에서 그만하자면서 상을 차리기 시작했다. 내가 괜찮다며 손사래를 치자 당신이 배가 고파서, 아니, 술이 고파서 도저히 안 되겠다며 쓴웃음을 지었고, 이내 부엌의 화구로 가서 곱창을 구웠다. 나는 뭘 어떻게 거들어야 할지 몰라 어정쩡하게 서 있다 그녀가 건네주는 밑반찬과 앞접시, 수저 세트를 부지런히 테이블로 옮겼다. 그리고 잠시 후 휴대용 가스버너 위에서 지글지글 익어가는, 초벌로 구웠기에 이대로 먹어도 괜찮다는 양념곱창을 사이에 두고 그녀와 마주 앉았다. 주종은 언제나 소주파라는 그녀를 위해 소주였다.

우리는 딱히 할 말이 없어 먹고 마시는 것에 집중했고, 그러다 보니 금세 취기가 올라왔다. 나는 그날따라 유독 얼굴이 빨개져 눈치껏 속도를 늦출 수밖에 없었는데, 결국 그녀가 묻지도 않은 내 근황을 이야기하는 것으로 시간을 벌었다. 내가 최근 주목받는 독립 영화감독의 차기작에 캐스팅되었다는 소식을 꺼냈을 때 그녀는 자기 일처럼 기뻐했다. 선생님이라면 분명히 잘해낼 거라며 근거 없는 덕담을 하기도 했고, 개봉하면 극장에서 세 번을 보겠다며 다소 허황된 약속을 하기도 했다. 하지만 나는 어째서인지 그녀가 내 말에 빠짐없이 반응하는데도 대화에 전혀 집중하지 못하고 있다는 인상을 받았는데, 아마도 그건 임순영 씨에 대한 생각이 슬금슬금 안개처럼 밀려와 그녀의 눈앞을 가로막고 있기 때문인 듯했다. 그녀는 정적이 찾아올 때마다 이건 좀 과하다 싶은 빠르기로 술잔을 비웠고, 나는 취하고 싶어 하는 그녀를 말릴 재간이 없었다.

선생님, 사실은 말이에요.

세 번째 소주병을 거의 다 비웠을 때쯤 그녀가 오랜 침묵을 물리치며 말했다.

나는 알고 있었어요.

……뭘요?

혹시 마지막 수업 얘기를 하려는 건가 싶어 멈칫하는 내게 그녀는 순영이요, 했다.

그 애가 안 올 거라는 걸 나는 처음부터 알고 있었어요. 이건요, 복수예요.

복수요?

아주 오래전에 내가 걔를 기다리게 했거든요.

그녀는 소주잔의 술을 한 번에 털어 넣더니 창밖으로 얼굴을 돌렸다. 어느덧 밖은 한밤이었고, 골목 끝에 서 있는 가로등에 불이 들어와 있었다. 그녀는 창밖에 누가 서 있기라도 한 것처럼 그쪽에 오래도록 시선을 걸어두었다.

그러니까 우리는요, 학교를 졸업하자마자 함께 서울로 도망쳤어요. 우리 집은 찢어지게 가난했고 내게 주어진 운명은 엄마처럼 남의 집 식모살이를 하는 거였으니까요. 순영이네 집은 방앗간을 했고 그럭저럭 먹고살 만했던 걸로 기억하는데, 걔가 덩달아 서울행을 결심했던 건 순전히 나 때문이었죠.

그녀는 잠시간 마음을 다독이려는 것처럼 눈을 내리깔았고, 나는 그녀의 속눈썹이 가늘게 떨리는 걸 보면서 우리가 무척 가까이 앉아 있다는 것을 실감했다.

우리는 남산 근처의 작은 봉제 공장에서 하루에 열네 시간씩 실밥을 뜯었어요. 일도 같이하고 잠도 같이 자고 밥도 같이 먹었으니 24시간을 붙어 있었던 셈이죠. 그런데요, 딱 두 달만 재밌었어요. 독립의 기쁨과 동거의 낭만은 잠깐이었고, 지독한 가난과 끝없는 허기, 쉼 없는 노동에 밤낮없이 허덕였거든요. 공장생활을 1년 좀 넘게 했을 때 그 애 몰래 선을 봤어요. 공장에서 나를 좋게 봐준 언니가 소개해준 자리였죠.

그녀는 이제 이곳에 대한 얘기가 나올 차례라는 듯이 가게 안을 차분히 둘러보았다. 그녀의 시선을 따라가 보니 창틀에 문틀, 천장 몰딩까지 온통 체리색 나무로 꾸며진 로비와 모든 게 피아노 건반처럼 윤이 나는 부엌이 차례로 눈에 담겼다. 하지만 그녀가 바라보는 건 지금 내게 보이는 풍경이 아니었다.

국밥 장사를 하는 집이라고 했어요. 알부자라 했고, 아들이 하나뿐이어서 골치 아픈 일은 없을 거라고 했죠. 그 아들이 어렸을 때 심한 열병을 앓아서 다리 한쪽이 좀 불편하기는 한데, 크게 티는 안 난다고 하더라고요. 뭐, 어떤 말은 진짜였고 어떤 말은 거짓이었죠. 그때 순영이는 몇 날 며칠 울고불고 매달리면서 나를 말렸어요. 처음엔 어떻게 나한테 말 한마디 없이 이럴 수가 있냐면서 불같이 화를 냈고, 그다음엔 그럼 나는 이제 혼자 고향으로 돌아가야 하는 거냐면서 목 놓아 울었는데…….

나는 그녀의 시선이 불안하게 미끄러지는 것을 지켜보며 다음 말을 기다렸다.

청첩장이 나온 그날 순영이는 자취를 감췄어요. 그리고 한 달쯤 뒤에, 그러니까 결혼식이 열흘 앞으로 다가왔을 때 내게 이제껏 자기가 모은 돈 일체와 편지를 남겼죠. 나는 아무리 생각해봐도 네 결혼을 축복할 수가 없다고, 이렇게 팔려 가는데 잠자코 식장에 앉아 있다가는 평생을 후회할 것 같다고 했죠. 순영이는 같은 날 같은 시간에 남산도서관에서, 우리가 즐겨 앉았던 3층 열람실 가장 구석진 자리에서 나를 기다리겠다고 했어요. 남산도서관은 우리가 함께 살았던 그 동네의 유일한 쉼터였는데, 다른 언니들을 피해서 도서관으로 산책을 가는 게 우리만의 주말 의식이었죠. 순영이가 책 읽는 걸 좋아했거든요.

그럼 그날은…….

쌉쌀한 미소를 머금은 채 술잔을 만지작거리던 그녀가 고개를 떨궜다.

걘 아직도 그 일이 사무치는 거예요.

다시 얼굴을 들었을 때 그녀는 울고 있었다. 두 눈에 그렁그렁 맺힌 눈물이 급기야 뺨을 타고 흘러내렸고, 나는 급히 휴지를 두어 장 뽑아 그녀에게 건넸다.

나는 여기까지가 그녀의 이야기라고 생각했다. 그 눈물이 왠지 모르게 이야기의 마무리인 것만 같아서 이런 사연이었구나 하고 섣부른 결론을 내렸다. 하지만 그건 끝이 아니었다. 그녀는 한껏 격앙되었던 감정을 추스른 뒤에 다시 입을 열었다. 그리고 그 말은 꺼져 있는 줄도 몰랐던 내 안의 수많은 전구에 동시다발적으로 불을 밝혔다.

그런데요, 살다 보니 알겠어요.

나는 나를 관통하는 듯한 그녀의 시선을 피하지 않았다.

그때 내가 그렇게 결혼한 건요. 가난 때문이 아니었어요. 나는 그냥 겁이 났던 거예요. 그러니까 나는…… 이러다가 우리가 뭐라도 될까 봐, 나를 향한 순영이의 마음이 진실하다는 걸 아니까, 내가 그 마음을 누구보다도 절실히 원한다는 걸 아니까, 하지만 그런 건 잘못됐고 비참한 거라고 생각했으니까 도망친 거예요. 그 애는 마지막까지 용기를 냈는데……. 나는 참 바보 같죠?

4

내가 윤수희 감독에게 전화를 한 건 담배 한 개비를 모두 태우고도 성에 차지 않아 하나를 더 꺼내 물었을 때였다. 조금 전 안부현 씨와 나누었던 대화의 여파인지 나는 지금 말해야 한다는 충동에 휩싸였고, 이 시간의 전화는 이유를 불문하고 실례라는 걸 알면서도 굳이 통화 버튼을 눌렀다. 과연 내가 하고 싶은 얘기를 똑바로 전할 수 있을지 의심스러웠지만 생각해보면 그런 의심이 불가피한 상태였기에 대뜸 전화를 걸 수 있는 것이기도 했다.

하지만 전화를 받은 건 윤수희 감독이 아닌 김유진이었다. 내가 어째서 너냐고 묻자 얘가 어디서 술에 떡이 됐느냐는 타박이 돌아왔고,

그건 의심의 여지가 없는 김유진의 목소리였다. 나는 액정 화면에 떠 있는 이름 세 글자에 내가 잘못 걸었다는 걸 인정하지 않을 수 없었고, 어째서 나의 무의식이 그런 짓을 한 건지 알 수가 없어 얼마간 아연해 졌다. 그리고 제발 나잇값 좀 하라면서 전화를 끊으려는 김유진에게 소리쳤다.

나 말할 거야! 이렇게는 아니라고. 이대로는 안 된다고.

무슨 소린가 싶어 주춤하던 김유진이 이내 맥락을 이해했는지 세상 에, 하고 김을 뺐다.

아직도 그 얘기니? 지겹지도 않니?

도망치지 않을 거야. 말하고 또 말할 거야.

김유진이 한 박자 쉬었다 말했다.

그래, 말해. 그 언니는 한 마디도 안 놓칠 테니까.

나는 김유진의 확신에 찬 말투에 어째서 그렇게 생각하느냐고 물었 고, 김유진이 심상하게 늘어놓는 다음 말을 따라갔다. 그 언니는 욕심 이 어마어마하다고. 뭐가 문제인지 모르겠지만 아직도 영화로 세상을 바꿀 수 있다고 굳게 믿고 있고, 그런 언니를 볼 때마다 나는 어쩌면 그럴 수도 있지 않을까 자꾸 기대하게 된다고. 그렇다면 나는 그녀가 언젠가 이룩할 그 대의를 위한 조력자가 되는 건지 아니면 희생자가 되는 건지 궁금해지려는 찰나, 김유진이 물었다.

근데 왜 마음이 바뀐 거야?

나는 어디서부터 어떻게 설명해야 하나 잠시 고민하다가, 내가 어 째서 이 작품은 내 작품이기도 하므로 기필코 좋아야 한다는 열망에 사로잡힌 건지 잠시 헤아리다가 고개를 돌려 안부현 씨의 가게를 바 라봤다. 자정 무렵의 이 골목에서 이제 불을 밝힌 곳은 '형제곱창'이

유일했다. 내가 그러니까, 그게 말이지, 하면서 계속 혀 꼬인 소리를 하자 김유진이 오늘 밤 나의 만행이 걱정된다는 듯 말을 잘랐다.

야, 오늘은 내가 끝이야. 그 언니한테 전화하면 안 돼.

오늘 하지 말라고?

그래, 이 미친 자야. 술 냄새가 여기까지 나는 거 같아.

그럼 언제 해?

그냥 내일 해. 내일 멀쩡한 정신으로.

반드시?

그래, 반드시.

나는 통화를 마친 뒤에도 한동안 명치끝에 고여 있는 것만 같은 뜨거운 기운 때문에 쉬이 자리를 뜨지 못했고, 결국 메시지 앱을 열어 김유진에게 하트를 한가득 보냈다. 그리고 부디 이 결심이 내일까지 지속되기를 바라면서, 이게 내가, 아니 우리가 더 나은 쪽으로 가는 유일한 길이라는 확신이 흔들리지 않기를 바라면서 다시 가게로 발걸음을 옮겼다. 전화기를 주머니에 집어넣자 그제야 자리에서 나를 기다리고 있을 안부현 씨 생각이 났다. 나는 그녀에게 못다 한 말이 있었고, 그래서 담배가 절실한 것이었으니까.

하지만 나는 가게 안으로 들어갈 수 없었다. 내가 줄담배에 통화까지 하느라 자리를 비운 사이, 어느덧 무대 위에는 새로운 장이 펼쳐져 있었기 때문이었다. 나는 무대와 객석의 경계를 가르는 어떤 선 앞에서 발이 묶인 것처럼 출입문 앞에 멈춰 섰고, 유리창 너머로 보이는 새로운 인물을, 잿빛이 감도는 짧은 머리에 베이지색 트렌치코트를 걸친 채 내가 앉았던 바로 그 자리에 앉아 있는 중년의 여자를 한참 동안 바라봤다. 볼록한 이마를 자꾸 만지작거리는 손짓에서는 염려와 긴장이 역력했고, 윗니로 아랫입술을 깨무는 듯한 미소에서는 뭔가를 애써 억누르고 있는 듯한 분위기가 흘렀다. 그때 안부현 씨는 테이블에 앞이마를 맞댄 채 깜빡 잠들어 있었는데, 보기보다 많이 취한 모양인지 그토록 기다렸던 사람이 왔고, 그 사람이 당신을 바라보고 있으며, 이제는 도리어 당신을 기다리고 있다는 것을 미처 알아차리지 못한 듯했다.

나는 정지된 화면처럼 오래도록 미동도 하지 않는 두 사람을 눈에 담다가, 만났으나 아직 만난 게 아닌 두 사람 때문에 괜히 마음 졸이다가 조금씩 뒤로 물러섰다. 불필요한 시선이 남아 있는 한, 두 사람의 이야기는 결코 시작되지 않으리라는 어떤 확신 때문이었다. 앞으로의 시간은 오로지 두 사람을 위한 것이어야 했고, 고로 오늘 내게 주어진 유일한 지문은 퇴장이었다.

텅 빈 시장 골목을 빠져나왔을 때 문득 오늘 밤은 술이 깰 때까지 발길이 가는 대로 걸어봐도 좋겠다는 생각이 들었다. 그렇게 걸어내야지만 조금 전 내 눈에 비친 두 사람의 모습이 취기로 인한 환영이 아니었음을 나 자신에게 입증할 수 있을 것만 같았다. 나는 뒤돌아보지 않기 위해 애쓰는 어느 오래된 이야기 속 주인공이 된 것처럼 발끝에 힘을 주면서 똑바로 걷기 시작했고, 벅차오르는 기분을 동행 삼아 내일을 기다리기로 했다. 그리고 언제나 그랬듯이 내일은 오늘이 되었다. ∎

박형서

실뜨기 놀이

1972년 춘천 출생.
2000년 『현대문학』 등단.
소설집 『토끼를 기르기 전에 알아두어야 할 것들』 『자정의 픽션』 『핸드메이드 픽션』
『끄라비』 『낭만주의』. 중편소설 『당신의 노후』. 장편소설 『새벽의 나나』.
〈대산문학상〉 〈오늘의젊은예술가상〉 〈김유정문학상〉 수상.

실뜨기 놀이

1

나는 사방이 논두렁 밭두렁인 강원도 산골에서 태어났다. 그런 곳에서 아기를 낳는 가족이 부자였을 리 없다. 어머니는 우리가 천벌을 받는 거라고 말했다. 그러할 때 어머니 얼굴에는 칼자국 모양의 주름이 잡히곤 했는데, 오랜 시간이 지났어도 가난에 난자당한 그 표정이 마치 어제 본 것처럼 생생하다. 부모는 빚쟁이를 피해 여러 지방을 전전하다가 아무튼 그럴 만한 사정이 있어 나란히 천안의 공동묘지에 묻혔다. 이상하게도 그들을 여읜 직후부터 몇 년 동안은 빈곤이 나를 잠시 잊은 것 같았다.

동갑내기 아가씨와 동거를 시작한 건 서른이 되기 전이었다. 예쁘다고 할 수 없는 얼굴에다 엉뚱한 소리를 잘해서 딱히 끌리지는 않았지만, 어쩌다 들러붙을 기회가 생기자 그대로 돌진했다. 그녀의 성장 배경은 나와 별반 다르지 않아 어린 시절부터 전라도와 제주도와 경기도로 전학을 다녔다. 나를 만날 당시 작은 회사에서 전화 받는 일을 하고 있었는데, 스트레스가 심해 여차하면 그만둘 생각으로 사표를 품고 다녔다 한다. 어릴 적부터 연습을 많이 해보았기 때문에 훌쩍 떠나는 일에 익숙하다는 것이었다. 그녀가 연습하지 못한 것은 어딘가에 잘 도착하는 일이었다. 인생은 보통 우리의 장점이 아니라 약점에 따라 결정되는 모양이다. 신혼 초에 나는 이따금 가상의 달력과 지도를 펼쳐 우리가 어떻게 부부가 되었는지 더듬어보곤 했다. 아무리 봐도 우리 각자가 살아온 시공간에는 딱히 접점이랄 만한 게 없는 것 같아서, 문득 소름이 돋을 때가 있었다. 그에 관해 아내는 못되게 말했다.

성적에 맞춰 대학을 간 거지.

그리고 내 마음이 상하기 전에 이렇게 덧붙였다.

둘 다 공부 되게 못했네.

그게 아내의 평소 말투였다. 농담에 박혀 있는 가시 때문에 내가 뒤돌아 눈물을 흘린 적도 있었다. 그래도 가끔은 해롭지 않고 실제로 웃긴 소리를 했다. 그럴 땐 우리가 부자가 된 것 같은 기분이 들었다. 내가 아는 부자들은 전부 우스갯소리를 하고, 가난뱅이들은 전부 죽는 소리만 내기 때문이었다.

둘이 가진 돈을 전부 모아 조그마한 면사 공장을 얻었다. 그런데 무슨 놈의 공장이 열자마자 망하기 시작했다. 가까운 동네 어른이 '길을 잘못 든 거'라고 했다. 아무리 돌이켜 봐도 내가 무슨 길을 잘못 들었는지, 길을 잘못 들 기회가 있었는지 알 수 없었다. 만약에 길을 잘못 들었다면 그건 내가 아니라 논두렁 밭두렁 산골에서 나를 낳은 가난한 부모의 소행일 것이다. 엎친 데 덮친 격으로 그 무렵 아내가 덜컥 임신을 했다. '덜컥'은 아내가 임신한 소리이기도 하지만 내 심장이 땅바닥에 떨어지는 소리이기도 하다. 주위 사람들이 뱃속의 아기가 우리에게 복을 가져다줄 거라고 덕담을 하는 와중에도 면사 공장은 꾸준히 망해갔다. 결국 우리는 의정부 가능동까지 밀려나게 되었다. 비탈에 놓인 단층짜리 월셋집의 현관은 계단을 다섯 개나 올라야 하지만 반대편은 창문이 바로 길바닥 높이였다. 그 창문에 무슨 전용 통로라도 있는지 돈벌레가 줄지어 들어왔다. 모기약을 뿌리면 수많은 다리가 우수수 떨어진 채로 이리저리 뒹굴었다. 뒹구는 이유는 바닥이 한쪽으로 조금 기울어 있기 때문이었다. 아들 성범수가 발바닥에 초승달 모양의 점을 달고 태어난 곳은 그런 곳이었다.

나는 점차 아내에게 의지하는 남자가 되어갔다. 뭐든 자신이 없어서 아내에게 물어보았다. 아내가 말하는 건 전부 맞는 것 같았는데, 일단 동의하고 나서는 내가 자존심도 없고 생각도 굼뜬 당나귀처럼 느껴져 맥이 빠졌다.

몸을 풀자마자 아내가 물어온 일감은 나무로 만든 손바닥만 한 장난감 가구에 사포질을 하는 것이었다. 둘이서 하면 어쨌든 도움이 될 것 같아 나도 끼어보았지만, 내가 작업한 것은 툭하면 망가져서 보수가 깎이거나 아내가 다시 손을 보아야 했다. 괜한 수고를 해야 할 때마다 아내는 버럭 화를 내며 모진 말을 쏟았다.

그에 더해 아내에게는 나를 불안하게 만드는 괴상한 말버릇이 하나 있었다. 사포질을 하거나 범수를 돌보거나 밥을 먹다가 갑자기 먼 곳을 보며 느릿느릿 이렇게 중얼거리는 것이었다.

인생은 한 번뿐인데…….

그걸로 끝이었다. 다른 말로 이어지는 것도 아니고, 슬픈 표정을 짓거나 한숨을 쉬는 것도 아니었다. 나를 원망한다거나 스스로를 자책하는 말이라 보기에는 너무 짧았다. 게다가 그 중얼거림에 따라붙은 잠깐의 침묵까지 끝나면 다시 아무렇지 않게 현실로 돌아와 사포질을 하고 범수를 돌보고 밥을 마저 먹었다.

그럴 때마다 나는 복잡한 심정이 되어 온갖 나쁜 생각이 다 들었다.

아내의 손기술이 좋았는지 사포질 일감은 점점 늘었고, 얼마 지나지 않아 일주일에 천 개들이 두 포대를 맡게 되었다. 하지만 그게 생각보다 고된 작업이어서 하루에 고작 열 시간밖에 할 수 없었다. 우리의 돈벌이도 육아도 생활도 전부 소꿉장난 수준이었다. 초반에는 조금 지나면 낫겠지, 하고 생각했지만 아들 범수가 자라면서 이유식을 먹고 돈벌레와 함께 이리저리 기어 다니고 사방에 음식물 찌꺼기를 묻히고 부엌 가스레인지 위로 손을 뻗기 시작하는 걸 보니 머지않아 우리 가족에게 영락없이 변고가 일어날 것 같았다. 누구 한 명을 탓할 일이 아니지만, 길을 잘못 들었다는 느낌을 받을 때마다 부지불식간에 꼭 성범수를 보고 있었다. 그러면 가까운 곳에서 이러한 중얼거림이 들려오는 것이었다.

인생은 한 번뿐인데…….

돌이켜 보면 정말 무서운 건 눈에 보이는 것들이 아니라 분명히 나와 연결되어 있지만 눈에 보이지 않는 것들이었다. 나는 일찍 고아가 되어 어떻게든 남들만큼 살아보려 노력해왔다. 막 결혼했을 무렵에는 이상한 희망에 사로잡혀서 거의 성공이라고 믿기까지 했다. 그런데 그게 아니었다. 부모님은 천벌을 받아 논두렁 밭두렁 산골에서 나를 낳았다. 그게 내 출신이었다.

2

아내는 도대체 비밀이 없는 사람이었고, 특히 자신의 감정에 관해 그랬다. 표정들이 교대하는 속도가 너무 빨라서 무슨 변검을 보는 기분이었다. 이를테면 사과를 깎아왔는데 내가 얼른 집어 먹지 않아 색이 변하면 바로 얼음장처럼 싸늘해졌고, 못 이겨 하나를 입에 욱여넣으면 또 머리통에 전구를 넣은 것처럼 환해졌다. 가끔은 사포질을 하던 중에 문득 재미난 생각이라도 떠올랐는지 별안간 낄낄거리며 성마르게 웃곤 했다. 그럴 때면 나는 영문도 모르게 등골이 오싹해지는 것이었다.

우리의 빈곤은 점점 더해갔다. 가난해질수록 무언가를 사고 누군가를 만나고 이리저리 움직이고 참견하고 따지고 넘보고 하는 온갖 복잡한 세상사가 조금씩 증발해 삶의 리듬이 단조로워진다. 쿵따리짜라자라작 하던 것이 쿵딱쿵딱이 되는 것이다. 그리고 그 쿵딱쿵딱은 흔히 월세 걱정이나 화풀이에 가까운 핀잔, 시작도 끝도 불분명한 넋두리 같은 박자들로 이루어져 있다.

점차 나는 아내가 홧김에 뱉은 문장을 한참 되뇐다든가 괜히 가슴을 퉁퉁 친다든가 하는 버릇을 가진 바보 같은 인간이 되어갔다. 가장 부끄러운 건 한밤에 몰래 마시는 술이었다. 그건 돈까지 들었다. 처음엔 반 병, 다음에는 한 병, 그리고 두 병, 세 병으로 늘었다. 집에서 그럴 기백은 없었다. 동네 구멍가게에서 소주와 새우깡을 사다가 집에서 300미터쯤 떨어진 공원에 갔다. 공원 한가운데에는 어떤 정신 나간 관료가 북한산 전설에 착안해 제작한 5미터 크기의 철제 용상龍像이 서 있었다. 엄청난 세금이 들어갔다는 그 조형물은 실실 웃는 얼굴에다가 무지개색 여의주까지 들고 있었음에도 불구하고 산책하는 사람을 멀리 쫓아버리는 흉물이어서, 자연스럽게 용상 정면에 놓인 벤치는 초저녁부터 내 차지였다. 나는 거기 부끄럽게 앉아 소주를 마셨다. 취기가 어느 정도 올라오면 나도 모르게 입에서 넋두리가 흘러나왔다. 그냥 판에 박힌 신세 한탄이었다. 한번은 내가 대체 누구에게 넋두리를 하고 있나 들어보니 천안에 묻힌 부모에게 하고 있어서 깜짝 놀란 적이 있다.

그러던 어느 날 공원에서 성범수를 만났다. 아내에게 '찌질하다'는 말을 듣고 집을 뛰쳐나온 날이었다. 그 으르렁거리는 듯한 단어의 충격이 너무 커서 내 인생은 그 말을 듣기 전과 들은 후로 나뉠 것 같았다. 늦은 시각이라 벌써 주위가 어두컴컴한데, 저 멀리서 감자 찾는 멧돼지 같은 형체가 슬금슬금 다가오고 있었다.

범수야, 하고 내가 놀라 불렀다.

너 여기 어떻게 왔니?

혼자 걸어 왔어요.

아들이 칭찬을 기다리는 표정으로 대답했다.

귀를 잡아 질질 끌어 집으로 데려왔다. 아들이 나간 줄도 몰랐던 아내는 설명을 듣고 버럭 소리쳤다.

집안 꼴 자알 돌아간다!

그러고는 제 못된 소리가 웃겼는지 표정이 돌변하면서 낄낄거렸다.

이후로 저녁에 성범수가 사라지면 십중팔구 공원에 있는 것이었다. 자연스럽게 우리가 용상 앞에서 마주치는 날이 늘었다. 아내가 두어 번 화장실로 끌고 가 고무호스로 때려도 맞는 동안에만 죽어라 악을 쓸 뿐, 어둑어둑한 길을 따라 공원에 가는 걸 멈추지 않았다. 심지어 새벽에 나온 적도 있었다. 그날은 소주를 마시지 않아보려고 동네를 어슬렁거리다 결국 자정이 지나 편의점에서 소주 한 병을 산 날이었다. 아내는 한번 잠이 들면 시체처럼 깊이 잠드는 편이어서 여섯 살짜리 자식이 가출한 걸 몰랐던 것이다.

범수는 공원을 한 바퀴 둘러보고는 자연스럽게 내 옆에 앉았다. 눈앞에는 용상이 우리를 보며 웃고 있었다. 우리가 원한다면 여의주를 내줄 것 같은 표정이었다. 조금 뜸을 들인 후 범수에게 물어보았다.

너 여기 왜 오니?

그러자 범수가 대답했다.

손님이 올 것 같아요.

나도 모르게 눈물이 핑 돌았다. 그 몇 달 전 일용직 동료 둘이 집에 놀러 온 적 있었다. 한 명은 소주와 통닭을 사 들고 왔고, 또 한 명은 펌프로 작동하는 장난감 물총을 사 왔다. 통닭도 통닭이지만 제대로 된 장난감이 없던 범수는 물총에 반쯤 자지러졌다. 범수의 야행夜行은 그 결과로서, 누군가 선물 들고 올 때를 대비해 마중 나온 것이었다.

우울증이 정확히 뭔지 모르지만 항상 기분이 우울한 걸 보면 우울증이 맞는 것 같았다. 그리고 한두 달에 한 번씩은 평소보다 더욱 우울한 기분이 되어 그 상태가 열흘가량 지속됐다. 우리 가족의 전부라 할 조그만 집구석을 두리번거리다가 장롱이든 텔레비전이든 싱크대든 전부 내다 팔면 3만 원쯤 받을 것 같아 부아가 치밀거나, 인생은 한 번뿐이라는 아내의 낮은 목소리가 공습경보처럼 느닷없이 들려오거나, 우리에게 뭔가 솟아날 구멍이 생기려면 빌어먹을 전쟁이라도 터지길 비는 수밖에 없다는 생각이 들면, 거미줄에서 탈출하듯 몸을 부르르 뒤틀고는 공원에 나가 소주를 마시며 내가 지금 간신히 버티고 있는 건지 벌써 포기해버린 건지 자문해보곤 했다. 그 와중에도 나는 이렇게나마 답답함을 달래고 있는데 술을 입에도 못 대는 아내는 어떻게 달래나 걱정이 되었고, 그 죄책감과 그 걱정이 나를 더 우울하게 만들었으며, 마지막으로는 이 구린 밑반찬 같은 배경을 성범수가 고스란히 물려받으리라는 예감이, 오지 않는 귀인을 마중하러 밤마다 배회하는 꼴로 보아 벌써 배 터지게 물려받았다는 확신이 나를 밑바닥까지 끌고 내려갔다. 그러한 우울은 정말 나를 미치게 만들어서 어떻게든 피하고 싶었지만, 이토록 남루하게 살면서 우울하지도 않다고 생각해보면 사람이 꼭 당나귀 같아 그 또한 싫었다. 죽겠다 싶을 만큼 지독한 우울은 보통 찬바람이 불기 시작하는 10월 중순에 왔다.

그들이 온 것도 10월 중순이었다.

3

어디선가 그에 관해 들은 적이 있다.

책이나 신문이었을 리는 없고, 아마 텔레비전이었을 것이다. 어마어마한 권력을 갖고 태어났으나 평생 타국을 떠돌아다니며 고초를 겪었다고 했다. 아무튼 그건 과거의 일이고, 할아버지가 되어서는 마침내 제자리로 돌아와 편안한 여생을 보낸다는 것이다. 우리가 치명적으로 서로에게 이어지기 전까지 내가 알고 있던 건 그 정도에 불과했다.

낮이 많이 짧아져서 초저녁부터 땅거미가 내려앉았다. 공원에는 일찌감치 벤치에 앉아 술을 마시는 나랑 선물 들고 오는 귀인을 목 빼어 기다리는 아들밖에 없었다. 두세 살이면 모를까, 벌써 여섯 살이어서 아무래도 지능에 문제가 있는 것 같았다. 나는 아직도 그날을 기억한다. 해가 완전히 저물었는데 뒤늦게 다시 솟아오르기라도 하듯 사위가 온통 붉어졌다. 황혼이라 할지 새벽 어스름이라 할지 모르겠지만, 무언가 사람 마음을 싱숭생숭하게 만드는 색채였다.

그 붉은 기운이 천지를 가득 메운 가운데 멀리 서쪽에서 한 무리가 다가왔다. 잿빛 승복을 입고 머리를 빡빡 민 승려 여섯 명이었다. 용상을 이리저리 훑으면서 저희들끼리 한참을 떠들었다. 그 시간에 공원에, 그것도 내 안방이나 다름없는 용상 부근에 사람들이 모여 웅성거리는 광경을 보니 기분이 이상했다. 제일 늙어 보이는 승려가 내게 가볍게 목례를 했다. 그리고 사극에 나오는 배우처럼 어색한 말투로 물었다.

"저 용이 말이오, 저것이 언제부터 있었는지 아시오?"

물론 모르는 일이었다.

그가 몸을 돌려 수상한 외국어로 일행에게 무어라 설명을 했다. 이어 여섯 명 전원이 한꺼번에 입을 열어 시끄럽게 떠들었다. 대화를 어떻게 하는 건지 모르는 사람들 같았다. 그러는 동안에 내가 낯선 이들에게 둘러싸여 있는 걸 본 범수가 어슬렁거리며 다가왔다. 방금 전의 늙은 승려가 범수에게 말을 걸었다. 이어 다른 승려 한 명이 땅바닥에 나뭇가지로 뭔가를 그렸고, 성범수가 신발을 벗어 발바닥을 내밀었다.

저게 다 뭐야, 하고 나는 생각했다.

나중에 알게 된 사정은 이러하다.

15대 달라이라마가 열반에 든 직후 티베트 라싸의 포탈라 궁에는 고위 라마승들이 소집되어 긴급 국무회의가 열렸다. 다들 말을 너무 잘해서 자정까지 논쟁이 이어지자 잠시 티타임을 가졌는데, 그때 달라이라마 시신의 머리가 2시 방향으로 돌아가 있는 게 발견되었다. 그 직후 최고위 라마승인 섭정이 기침을 하며 피를 토했다. 바닥에 흩뿌려진 피는 두 개의 타원이 비스듬히 맞닿은 사람 폐 모양이었다. 이어 그 피를 보고 놀라 혼절한 젊은 승려가 돌바닥에 머리를 대차게 들이받으며 활활 타오르는 여의주를 든 용과 그 용이 초승달을 향해 비상하는 장면을 보았다. '활활 타오르는 여의주'부터는 아무래도 뇌진탕에서 온 환시였겠지만, 다음 날 새벽까지 이어진 논의 끝에 2시 방향, 비스듬히 맞닿은 사람 폐 모양의 지형, 여의주를 든 용, 그리고 초승달 이렇게 네 가지 전부가 표식으로 인정되었다.

16대 달라이라마를 모셔올 파견단이 조직되어 포탈라 궁 앞에 모였다. 총 열한 명이었고, 은퇴한 전직 외교관이자 세계 모든 나라의 언어를 할 줄 아는 늙은 승려가 단장을 맡았다. 그들이 엄숙하게 지켜보는 가운데 포탈라 궁전 외벽의 망루에 있는 '계시의 단' 위로 고위 라마승 한 명이 올라갔다. 천천히 손을 들어, 저 신비로운 자정에 15대 달라이라마가 응시했던 방위와 라싸에 몰려든 자성磁性의 흐름을 엮어 황량한 북동쪽 어딘가를 가리켰다. 이제부터 그는 16대 달라이라마가 도착할 때까지 며칠이건 몇 달이건 그 자세로 서 있어야 했다. 그동안 밥은 어떻게 먹고 용변은 어떻게 보고 등등은 이제껏 포탈라 궁 밖으로 새어나간 적이 없는 비밀이었다.

파견단이 베일에 싸인 첫걸음을 내딛었다. 문제는 모든 종교적 비의가 그렇듯이 딱 부러지는 정보가 없다는 점이었다. 단에 선 라마승의 손가락이 아무리 정확한 방향을 가리킨다 한들 길이 그쪽으로 곧장 뻗어 있는 건 아니어서 구불구불 돌아가야 했다. 사람 폐 모양이라는 지형도 보기에 따라 어디든 될 수 있었다. 가장 골치 아픈 건 거리였다. 2시 방향이라는 표식이 처음에는 라싸에서 600킬로미터 떨어진 참도를 암시하는 듯 했다. 그럴 경우 전임 달라이라마의 고향인 북동부 탁최까지 가는 여정의 절반밖에 안 되는 것이다. 그런데 참도를 샅샅이 뒤져보았으나 마땅한 후보를 발견할 수 없었다. 거기서 한바탕 실망한 파견단은 자추(메콩)강을 넘으며 또 실망을 했고, 국경을 넘어 중국 쓰촨을 횡단하면서는 티베트 사람이 아니라는 사실에 다시 한번 실망했다. 그러나 세계평화의 상징인 달라이라마에게 인종이나 국적은 장애가 아니었다. 어차피 부처님도 티베트가 아닌 인도 사람이었다. 하지만 간쑤와 샨시, 산시, 허베이를 도보로 지나 산둥의 룽옌龍眼항에 이르러 황해를 바라보면서는 파견단도 망연자실할 수밖에 없었다. 그간 파견단의 반이 사막의 늑대에게 물리거나 호수에 빠지거나 풍토병에 걸려 죽었다. 게다가 라싸에서 멀어지면서 방위의 오차가 점점 커졌다. 단 위에 선 라마승의 손가락이 미세하게 떨릴 때마다 그로부터 3,000킬로미터 떨어진 룽옌항 부근에서는 북한과 남한을 교대로 가리켰던 것이다. 달라이라마의 영혼이 한국을 지나쳐 아예 일본 니가타까지 날아갔다면 모를까, 북한과 남한 사이에는 세계에서 가장 삼엄한 국경이 있어 이쪽저쪽 오가며 수색하기 곤란했다. 이러한 사정으로 인해 라싸에서는 지루한 토론이 펼쳐졌고, 그동안 파견단은 룽옌항에 묶여 기다려야 했다. 시기적으로 보아 범수가 공원에 나가 서쪽만 하염없이 바라보던 바로 그 무렵이었다. 두 달 후 멀미로 말랑말랑해진 배가 드디어 인천에 도착했다. 여기까지의 여정에 1년이 넘게 걸렸다. 그동안 달라이라마를 대신해 티베트를 보살피던 섭정의 건강이 매우 나빠져 혼수상태에 빠지고 말았다. 섭정까지 공석이 되기 전에 한시바삐 달라이라마의 현신을 찾아야 했다.

파견단은 인천에서부터 수색을 재개해 크고 작은 도시들을 차근차근 훑었다. 그들은 구글맵의 배율을 조절해가며 폐 모양과 비슷한 지형이 있는지 조사했고, 조금이라도 비슷한 게 나오면 그 지역 주민센터에 찾아가 공무원들에게 질문 세례를 퍼부었다. 그렇게 맨머리로 바위를 들이받듯 쭉쭉 나가다가 북한산 계곡에 위치한 의정부 가능동에까지 이르렀다. 다들 알다시피 의정부는 사람 폐 모양의 산비탈에 건설된 도시고, 가능동 서쪽 공원에는 여의주를 든 용상이 서 있으며, 그 옆에는 발바닥에 초승달이 그려진 아이가 벌써 마중을 나와 있었던 것이다. 파견단이 포탈라 궁을 출발한 날로부터 무려 547일 동안 사막과 황야와 산악지대와 바다를 가로지르며 꿈꿔온 조합이었다.

승려들은 아내가 내온 숭늉을 아주 맛있게 마셨다. 은퇴한 외교관이자 파견단의 단장인 쁘란 린뽀체는 다른 승려들의 하인 행세를 하며 그날 저녁 내내 범수와 놀았다. 그는 누구보다도 잘 웃었고 말투가 다정했지만 보면 볼수록 신비로운 사람이었다. 이를테면, 같이 대화를 나눈 두어 시간 동안에 그의 한국어 실력은 처음 만났을 때에 비해 거의 수직으로 상승했다. 어리둥절해하는 내게 설명하기를, 수많은 전생에서 사용했던 언어들을 전부 기억하고 있으나 옛날 말과 현재 말이 많이 다르기에 능숙하게 하려면 시간이 꽤 오래, 그러니까 두 시간쯤 걸린다는 것이었다. 나는 그가 매우 높은 경지에 다다른 라마승이라는 사실을 몰랐고, 자신의 전생을 기억하며 장차 태어나는 방식까지 스스로 선택할 수 있는 '뚤꾸化身'라는 사실은 더더욱 몰랐지만, 그의 말을 가만히 듣다 보면 뭐든 사리에 착착 맞는 듯했다. 그리고 그가 하는 일이라면 뭐든 다 도와야 할 듯 했다. 그들은 자정이 지나 아들도 곯아떨어지고 나서야 되게 가기 싫은 표정으로 집을 나섰다. 그러자 평소 작게만 느껴지던 우리 집이 텅 빈 공원 같았다. 그렇다면 가운데 드러누워 쿨쿨 자고 있는 성범수는 세금이 엄청 들어간 용상이었다.

그로부터 사흘이 지난 아침, 승려들이 전처럼 거지꼴이 아니라 깨끗이 빨아 다린 붉은 승복 차림의 정식 파견단으로 다시 찾아왔다. 이번에도 빈손이어서 성범수가 매우 실망했다. 살생을 멀리하니 통닭을 안 사 오고 평화를 희구하니 물총을 안 사 온 건 알겠는데, 대신에 과자나 크레파스를 사 올 수 있지 않았나 하고 범수의 아비로서 나는 생각했다. 숭늉 한 사발씩 마신 승려들은 앉았다 일어났다 부산을 떨다가 어느 틈에 성범수를 거실 구석에 몰아놓고 자신들은 그 주위를 둘러싼 자세로 정좌했다. 이어 둘씩 셋씩 웅얼거리던 말을 한순간 딱 끊음으로써 엄숙한 분위기를 조성하더니, 사람을 꿰뚫는 듯한 눈빛의 중늙은이 승려가 품에서 숟가락 다섯 개를 꺼내 아들 앞에 착착 늘어놓았다.

범수가 망설임 없이 그중 하나를 집어 들었다.

갑자기 승려 전원이 앉은 상태에서 허리를 꼿꼿이 세우고는 불송을 외기 시작했다. 하나도 알아들을 수 없었지만 저희들끼리 합창을 하고, 주거니 받거니 돌림노래까지 불렀다. 그러다 어느 순간 숟가락을 꺼낼 때와 마찬가지로 갑자기 딱 끊었다. 이어 단장 쁘란이 자기만큼 늙어 보이는 동료 승려의 어깨를 부드럽게 두드렸다. 제일 구석에 앉아 있던 젊은 승려는 벌써 이마를 땅에 짓찧으면서 엉엉 울고 있었다. 범수가 집어 든 것은 15대 달라이라마가 평생 써온 숟가락이었다. 비슷하게 생긴 나머지 네 개는 인근 다이소에서 사 온 가짜들이었다.

"얘가 티베트의 왕이라고?"

그날 저녁, 잠든 범수의 손톱을 똑똑 잘라내며 아내가 말했다. 달라이라마란 관세음보살의 화신이라고 쁘란이 분명히 말했는데도 아내는 자꾸 티베트의 왕이라 했다.

"아니, 일단은 그렇지만, 아직 모르지."

내가 말했다. 들은 바에 의하면 시험은 앞으로 두 번이 더 남았다. 그리고 나는 성범수가 남은 시험에서 보기 좋게 떨어질 거라 믿어 의심치 않았다. 내 몸의 유전자 정보 중에 하나라도 대라고 한다면, 바로 코앞에서 기회를 놓치는 것이었다. 나는 그 조바심을 아내에게 전했다. 그런데 아내는 내 말을 들은 체도 안 했다.

"왕을 시험 봐서 뽑는구나. 민주주의 나라인가 보다."

그러더니 그 밤중에 찢어지는 소리로 웃어대어 기어코 범수를 깨워놓았다.

4

모든 게 바뀌었다. 우리 가족의 밥줄 노릇을 해오던 장난감 가구가 거실에서 싹 치워졌다. 대신에 비단 방석이 열 개 깔렸고 그만큼의 밥그릇, 수저, 찻잔이 세간에 더해졌다. 아내는 파견단을 대접하기 위해 하루에 두 번씩 장을 보았다. 모든 일에 필요한 돈은 외교부 관리에게 달라고 하면 되었는데, 그 돈 달라고 말하는 것이 내 일이었다. 때로는 달라고 하지 않아도 이런저런 명목으로 돈을 주었다. 티베트 정부에서 보낸 보조금이 도착하기 전까지 외교부에서 임시로 지원하는 것이라 했다. 관리의 말에 따르면 티베트에서 보낸 보조금은 파견단의 행로를 그대로 밟아, 다시 말해 육로로 중국을 거쳐 서해까지 갔다가 바다를 건너 인천에 도착하여 다시 차편으로 우리에게 도착할 예정이었다. 모바일뱅킹을 하지 않은 이유는 보조금이 순도 높은 티베트산産 사금 한 주먹이기 때문이었다.

형편이 급작스레 여유로워진 반면에 생활은 그만큼 부자유스러워졌다. 어디선가 사람들이 나타나 주위를 깨끗이 청소했고 공원으로 이어진 길가의 가로수를 정리했으며 깨진 보도블록을 교체했다. 또 우리 집에 들어와 돈벌레를 싹 잡아갔다. 물론 물어봤더라면 그렇게 해달라고 부탁했을 테지만, 이 모든 작업이 우리의 의사와 상관없이 이루어졌다. 자존심이 상했다는 말이 아니다. 그냥 좀 불안했다. 사람들이 저희 마음대로 우리 아들에게 말을 걸고, 아들의 사진을 찍고, 아들을 등에 업었다. 전에 우리가 궁금한 주인공이었다면 이제는 부유한 엑스트라가 된 기분이었다. 하지만 나를 정말로 불안하게 만든 건 따로 있었다. 만약에 성범수가 정말로 달라이라마라면, 그는 의정부 가능동이 아니라 당연히 티베트 라싸에 살아야 한다. 달라이라마는 제 엄마에게 고무호스로 두들겨 맞는 대신 고위 라마승들의 가르침과 보살핌 속에서 성장해야 한다. 달라이라마는 스스로 자신의 후생을 결정한 존재이니 부모에게 머리를 숙이지 않는다. 부모는 잠시 기저귀를 갈아주고 젖을 먹여준 도우미들에 불과하다.

불안했다.

나는 불안했다. 일이 잘못되어가는 것 같아서 불안했다. 그런데 더 들어보면 아들이 먼 타국에서 외롭게 부귀영화를 누리는 게 잘못되는 건지 가족의 품에서 자라나 부모의 꼬락서니를 물려받는 게 잘못되는 건지 알 수 없었다. 차라리 내가 16대 달라이라마라고 해줬으면 좋겠지만, 나는 염치를 아는 인간이었다.

뜻밖에도 아내는 벌써 마음을 정한 모양이었다. 이를테면 언제부턴가 '세계평화'라는 말을 입에 달고 살았다. '화장실 고무호스를 치웠으니 세계평화가 반은 지켜지는 거지' 하는 식이었다. 우리는 승려들과 관리들이 모두 돌아가고 범수도 곯아떨어진 밤이면 새로 들인 리바트 식탁에 앉아 이런저런 이야기를 나누었다. 우리가 은밀히 대화할수 있는 시간은 그때밖에 없었다. 문득 우리의 대화가 끊겼다. 아니나다를까, 아내가 슬그머니 중얼거렸다.

"인생은 한 번뿐인데……."

아마 그 말 때문이었을 것이다. 내가 여보, 하고 운을 뗐다.

"이거 다 믿어? 그러니까, 그 뭐지, 전생이니 윤회니 하는 거 말이야."

아내는 대답하지 않았다. 인생이 한 번뿐이라면 전생이니 윤회니하는 게 있을 리 없다. 세계평화를 지키는 달라이라마가 여러 번 환생할 수도 없고 우리 아들이 관세음보살의 현신일 수도 없다. 이 소동들은 모두 바보짓에 불과하다.

아내는 대답하지 않았다. 그저 내 뒤쪽의 어딘가를 물끄러미 바라만 보았다. 그래도 괜찮았다. 사실 대답이 꼭 필요한 게 아니었다. 모든 일은 아내와 쁘란이 상의해 결정했다. 나는 아내가 시키는 대로 고분고분하게 따르기만 하면 되었다. 다만 이 집의 당나귀로서 모든 게제대로 굴러가고 있는 건지 궁금할 뿐이었다. 아내가 대답하지 않아도괜찮았다. 그래서 아내가 갑자기 칼을 품은 목소리로 말하자 깜짝 놀랐다.

아내는 응, 하고 말했다. 이글거리는 눈으로 나를 똑바로 노려보았다.

"응. 믿어. 죽어도 믿어. 성범수가 티베트의 왕이야."

이튿날 파견단의 여섯 승려들이 숟가락을 가지고 왔을 때의 차림으로 나타났다. 그때와 똑같이 범수를 거실 구석에 몰아넣고 둘러싸듯 앉더니, 네 귀퉁이가 찌그러진 흑백 사진 열댓 장을 늘어놓았다. 그 오래된 사진들은 각기 다른 농가와 불교사원을 담고 있었다. 쁘란이 말하길, 그중에서 뭔가 낯익은 사진 한 장을 고르라는 것이었다.

성범수가 사진들을 찬찬히 훑어보더니 차례로 두 장을 들었다.

"꼭 한 장만 골라야 해요? 이렇게 두 장은 안돼요?"

만약에 우연이라 한다면 이 우연은 천지만물을 통찰하는 부처님께서 꼼꼼히 만들어낸 걸작일 것이다. 그 자리의 모두가 들었다시피 쁘란이 낸 문제는 열댓 장 가운데 딱 한 장이었다. 그런데 정답은 성범수가 집어 들은 두 장이었다. 하나는 전임 달라이라마가 태어난 집이고, 다른 하나는 그가 어릴 적 자주 놀러 다니던 집 근처의 사원이었다. 성범수가 고른 건 그 두 장이었다. 게다가 성범수는 집 근처 사원을 먼저 골랐고, 다음으로 그가 태어난 집을 골랐다. 그렇게 골라야 옳은 건데, 그 일이 실제로 이루어졌다.

쁘란의 설명을 듣고 내가 얼마나 얼이 빠졌는지는 도무지 형언할 길이 없다. 나만이 아니라 아내도, 쁘란을 비롯한 파견단의 모든 라마 승도 마찬가지였을 것이다. 밀교의 오랜 비의가 눈앞에 드러나는 순간에 태연할 이는 없다. 그런 현기증은 너무 강렬해서 사람의 영혼을 단박에 움켜쥐기 마련이다.

나도 모르게 아들을 향해 넙죽 큰절을 올렸다.

5

마지막 시험이 남았으나 내게는 더 이상 아무런 의심이 없었다. 그

저 이별의 날이 다가오는 게 마음 아플 뿐이었다. 아마 예전의 나라면, 뭔가 이상하다는 걸 라마승들이 알아채기 전에 텔레비전과 냉장고를 새로 교체하고 식량도 좀 쟁여둘 궁리를 했을 것이다. 그러나 믿음을 갖게 된 나는 그러지 않았다. 다만 아들과 최대한 많은 시간을 보내고자 노력했다. 그런 내 마음을 아는지 모르는지 성범수는 나보다 파견단의 승려들, 특히 늙은 쁘란과 더 자주 시간을 보냈다. 거친 장난을 쳐도, 뭐든 명령해도 괜찮아서 그러는 모양이었다.

두 번째 시험이 끝나고 사흘인가 나흘인가 흐른 날이었다. 저녁 공양 후 범수는 승려들과 거실에서 놀고 우리는 식탁에 앉아 쉬고 있었다. 쁘란이 다가와 슬그머니 내 옆에 앉았다.

"잘 길러주셨습니다. 훌륭한 부모는 달라이라마의 환생에 반드시 필요한 조건이지요."

억양이 너무 우아해서 나이 지긋한 아나운서가 말하는 것 같았다.

"실은 두 분을 처음 봤을 때부터 알아차렸습니다. 달라이라마가 이 집을 지나치지 않으셨을 거라고 말입니다. 혹시 두 분은 어떻게 서로 부부가 되었는지 아십니까?"

그는 우리에게 기억하냐고 묻지 않았다. 아느냐고 물었다. 그건 자기가 이제부터 설명해주겠다는 뜻이어서, 그럴 때 눈치 없이 말을 끊으면 안 된다. 아니나 다를까, 쁘란이 아나운서 억양으로 말을 이었다.

"우리는 자유로운 영혼으로 태어나 각자 고유한 삶을 살아간다고 생각하지만, 사실 우주에는 단 하나의 정신밖에 없습니다. 그런데 단 하나의 정신은 너무 외로운 나머지 온갖 꿈을 꾼답니다. 그 꿈 하나하나가 바로 당신이고 달라이라마고 여기 쁘란 린뽀체지요. 신기한 건, 그 꿈들이 무한히 꾸어지는 과정에서 간혹 서로 겹치거나 이어지는 기적이 벌어지기도 한다는 점입니다. 말하자면 나는 당신이 꾼 달라이 라마가 꾸는 꿈, 꿈이 꾸는 꿈이며 이 공간이라는 꿈과 이 시간이라는 꿈에서 서로를 알아본 것입니다. 두 분은 그렇게 이어졌습니다."

쁘란이 꿈꿈대는 동안 성범수가 식탁으로 걸어왔다. 그저 눈빛만 오갔을 뿐인데 쁘란이 슬그머니 일어나 성범수를 안아 잠자리에 뉘었다. 그 밤, 아내와 나는 식탁에 나란히 앉아 손을 맞잡고 길고 긴 한숨을 쉬었다.

드디어 마지막 시험일이 되었다. 티베트의 국영방송국에서 사람이 나와 새벽부터 거실 곳곳에 조명과 카메라를 설치했다. 그들이 찍는 영상은 세계 각지로 송출될 예정이었다. 앞선 두 번의 시험이 긴장되었다면 이번 마지막 시험은 어딘가 무섭기까지 했다.

텔레비전을 비롯한 온갖 세간들을 전부 옆으로 밀어내 휑해진 거실 구석에 범수가 앉았다. 파견단 여섯 승려가 성범수와 일정한 간격을 두고 일렬로 정좌했다. 꿰뚫는 듯한 눈빛을 가진 중늙은이 롭쌍이 품에서 비단주머니를 꺼내어 그 안에 든 물건 다섯 개를 범수 앞에 늘어놓았다. 작은 염주, 큰 염주, 세모꼴에 금장이 수놓아진 손바닥만 한 헝겊, 둥근 옥구슬, 구리로 된 작은 종鐘이었다.

"하나를 고르시면 됩니다."

쁘란이 말했다. 그는 미소를 짓고 있었다. 아무것도 의심하지 않고 아무것도 두려워하지 않는 미소였다. 쁘란은 그리 태연하게 미소 짓는 법을 전생에서 배웠을 것이다.

범수가 장신구 다섯 개를 하나하나 만져가며 살펴보았다. 여섯 살 짜리 아이의 동작답지 않게 섬세하고 자연스러웠다. 모두가 믿고 있었다. 누구도 의심하지 않았다. 어디서 피운 건지 경건한 침향 냄새가 코끝을 스쳐 갔다. 성범수가 아까 내려놓았던 옥구슬을 다시 들었다. 이리저리 굴려보더니, 손바닥으로 꽉 쥐었다. 그리고 쁘란에게 손을 뻗었다.

늙은 라마승의 얼굴에서 미소가 사라졌다.

그냥 사라진 정도가 아니었다.

싸늘해졌다.

쳐다보기 무서울 정도였다.

놀랍게도 옥구슬은 제대로 된 답이 아니었던 것이다. 파견단이 크게 당황했고, 그 바람에 분위기가 완전히 이상해졌기 때문에 급히 성범수를 안아 들어 방으로 데려가야 했다. 아내가 뒤따라와 문을 닫아걸었다. 뭔가 잘못된 걸 알았던지 범수가 내 품에서 울먹거렸다. 거실은 소란스러웠다. 처음 만났던 때처럼 파견단 전원이 한꺼번에 입을 열어 시끄럽게 떠들어댔다. 대화를 할 마음이 아예 없는 사람들 같았다. 제발 입 좀 다물어주면 좋겠다고 생각했다. 아내도 나와 같은 생각이었을 것이다. 범수야, 하고 아내가 다정하게 말했다.

"괜찮아. 틀릴 수도 있는 거지. 저 아저씨들이 뭘 몰라서 그래. 괜찮아. 정말 괜찮으니까 이제 그만, 그래, 이제 다 그만두자. 엄마는 이제 그만하고 싶다."

범수가 그 말에 오히려 눈물을 주룩주룩 흘렸다. 엄마, 하고 기어들어가는 목소리로 말했다. "엄마, 내가 미안해요."

"미안하긴, 우리 아들은 잘못한 거 하나도 없어. 저 아저씨들이 잘못한 거야. 자기들이 잘못 찾아와놓고는 시팔 우리 아들한테 왜 그래 진짜?"

아내가 문 쪽을 흘겨보며 말했다.

범수가 손등으로 눈물을 닦으며 제 엄마를 보았다.

그리고 다른 손으로 무언가를 내밀었다.

"이거라고 했으면 이제 엄마 아빠랑 같이 못 살거든요."

구리로 된 종이었다.

그냥 들고만 있어도 딸랑거리는 종을 어떻게 몰래 슬쩍했는지 알 수 없었다.

아내가 입을 짝 벌리며 나를 보았다. 짧은 몇 초 동안에 우리 사이로 길고 긴 무언의 대화가 오갔다. 어쩌면 평생에 걸쳐 나눈 대화보다 길었을지 모른다.

아내가 슬그머니 일어나 문을 열고 밖으로 나갔다. 거실의 소란이 금방 가라앉았다. 이윽고 문을 똑똑 두드리는 소리가 났다. 아내가 우리 둘 모두 밖으로 나오라 했다.

순식간에 5분 전으로 돌아간 것 같았다. 조명 한가운데 티베트 승려들이 정좌해 있고, 카메라도 다시 작동하는 중이었다. 쁘란이 범수를 구석에 앉히고는 나긋나긋한 경어체로 물었다.

"혹시, 그거 가지고 있나요?"

범수가 나를 보고, 또 제 엄마를 보았다.

아내가 고개를 끄덕였다.

범수가 주머니에서 구리로 된 종을 조심스럽게 꺼냈다. 딸랑딸랑 작고 귀여운 소리가 났다.

"여기 있어요. 안 망가뜨렸어요."

쁘란이 자상한, 그러나 떨리는 목소리로 물었다.

"왜 이걸 가져가셨어요? 제 말은, 다른 예쁜 것들도 있는데 왜 이걸 가져갔지요?"

성범수가 다시 나를 보았다. 두 눈에서 광채로 휩싸인 꽃망울이 이제 막 봉우리를 터뜨리려 하고 있었다. 그리고 나는 떠올렸다. 논두렁 밭두렁에서 나를 낳아준 가난한 부모를 떠올렸다. 칼자국 모양 주름의 어머니와 고된 사포질로 은박지처럼 구겨진 아내의 손을 떠올렸다. 공원에서 소주 냄새 풍기며 밑도 끝도 없는 우울과 싸우던 순간을, 파견단을 만난 후로 우리가 종일 함께 지낸 날들을, 그러는 동안에 여섯 살짜리 아이란 얼마나 희한하고 황당하고 재미있는 존재인지 알아가던 시간을 떠올렸다. 그 모든 것들을 한꺼번에 기억해냈다. 그 기억들이 티격태격 패싸움을 벌였다. 모두 내 기억들이라 어느 한쪽 편을 들 수 없었다. 엉겁결에 고개를 끄덕이자, 성범수가 쁘란 린뽀체에게 고개를 돌리더니 한 단어 한 단어 야무지게 말했다.

"이게 내 장난감이니까요."

6

나는 전보다 더 아내에게 의지하는 남자가 되었다. 뭐든 자신이 없어서 아내에게 물어보았다. 아내가 말하는 건 전부 맞는 것 같았는데, 일단 동의하고 나서는 내가 자존심도 없고 생각도 굼뜬 당나귀처럼 느껴져 맥이 빠졌다

그분이 떠나간 집은 예상보다 넓고 적막했다. 티베트 정부에서 우리 부부를 귀족으로 임명하고 또 추가로 다섯 움큼의 사금을 보내왔다. 나는 그 사금으로 면사 공장을 다시 돌려 대박 칠 궁리를 했으나 아내가 잽싸게 낚아채 우리가 사는 월셋집을 매입했다. 무슨 의논이나 합의 같은 건 없었다. 우리 부부는 원래 그랬다.

한 달인가 어영부영 보낸 우리는 슬그머니 사포질을 재개했다. 아침을 먹고 나서 아내가 장난감 가구를 한 보따리 꺼내 온다. 전날 빨아둔 마스크를 쓰고 거실에 둘이 마주 앉는다. 조그맣게 잘라둔 사포를 손가락 사이에 낀다. 사사삭 소리가 들리기 시작한다. 사사삭 계속해서 들린다. 오후의 햇살이 이리저리 날아다니는 뽀얀 나무 먼지를 비추기 시작하면, 그러니까 하루가 반쯤 지난 것이다. 거기서 또 조금 시간이 지나 어둑어둑해지면 이제 내가 거실의 형광등을 켤 차례였다.

식사를 마친 후 잠시 쉴 때는 알맹이가 없는 대화를 나누곤 했다. 한번은 강아지를 기를 것인가에 대해 논의했는데, 뭐라고 결론을 내렸는지 기억도 나지 않을 만큼 흐지부지 끝났다. 아마 우리는 같은 상상, 그러니까 우리의 내밀한 일상에 끼어들게 될 강아지가 전생에 우리가 아는 누군가였을지 모른다는 상상을 했던 것 같다. 그건 아무래도 꺼림칙한 일이었다.

우리는 그분께서 의정부 가능동으로 돌아올 리는 절대 없을 것이라 생각했다. 티베트 라싸의 포탈라 궁전 집무실에서 세계평화를 위해 중요한 일을 해야 하니까. 적어도 서로에게는 그렇게 말했다. 하지만 우리는 의정부를 떠나 서울 노원구로 이사를 가려다가 막판에 그만두었다. 남해로 사나흘 여행을 다녀올 계획을 세웠으나 그 역시 출발 전날에 취소했다. 아무래도 집을 비우고 어딘가 다녀오는 게 내키지 않았다. 물론 그에 관해 곧이곧대로 털어놓은 적은 없었다. 연극하듯 이러쿵저러쿵 계획을 세우고, 어영부영 포기하고, 아쉬워하거나 탓하는 대신에 다음 차례의 가짜 계획이 나올 때까지 입을 꾹 다물었다. 혹은 꾸준히 알맹이가 없는 대화를 나누었다. 우리의 대화에 알맹이가 없었던 이유는 아들을 빼고 우리 자신에 관해 얘기했기 때문이었다. 그건 장마가 '비'라는 단어를 빼고 자기소개를 하는 것과 비슷했다.

겨울이 지날 무렵 교육부에서 우편이 왔다. 성범수의 초등학교 입학을 준비하라는 내용이었다. 입학이 어려울 경우—아마도 어딘가 다쳤거나 병이 들었거나 하는 경우를 말하는 것일 텐데— 미리 연락해 달라고 적혀 있었다. 아내는 답장을 썼다. 딱 한 문장이었다.

우리 아들이 티베트의 왕이올시다.

자랑보다는 비아냥 쪽이어서, 굳이 그런 어투를 써야 직성이 풀리는 건지 못마땅했다. 하지만 있는 눈치 없는 눈치 다 보며 살았던 내 학창시절을 떠올리면 한편으로는 조금 후련해지는 면도 있었다. 아내 역시 아마 그런 기분으로 썼을 것이다. 어쩌면 다른 마음일 수 있다. 이를테면 아내의 어투는 의기양양하게 까부는 것이 아니라 상처를 들쑤신 상대에게 화를 낸 것이었을 수 있다. 그럼에도 아내는 자신이 화가 났다는 사실조차 몰랐던 것이다. 그리고 나는 그때나 지금이나 내가 무슨 말을 하고 있는지 모른다. 우리 부부는 원래 그랬다.

인생은 한 번뿐인데…….

한동안 안 해서 이제 영영 안 하려나 보다 했다. 전에는 참 듣기 거북했는데, 오랜만이라 반가웠다. 그런데 아내의 말은 거기서 끝나지 않았다.

기왕에 사는 거, 좀 멋지게 살 수 없을까?

딱히 할 말이 떠오르지 않아 그러게, 하고 하나 마나 한 대꾸를 해버렸다.

아내는 잠시 머뭇거리더니 힘없이 내 말을 따라 했다.

그러게.

그러게 말이야.

봄은 그분의 첫 편지와 함께 도착했다. 우리는 리바트 식탁에 나란히 앉아 편지를 읽었다. 누군가 대필을 해준 모양으로, 한글은 한글인데 이상한 단어들이 많았다. 이태 동안 수련을 거쳐야 하며, 그 후에 형식적인 시험을 거쳐 달라이라마로 취임한다고 했다.

뭐야? 아직 달라이라마가 아니라고?

지난번 교육부에 보낸 편지를 떠올리며 내가 말했다.

그게, 하고 아내가 아무렇지 않은 척 말했다. 그냥 절차가 그런가 봐.

수련은 티베트에서 가장 학식이 높은 스승들이 주관한다고 했다. 그런데 우리나라의 초등학교와는 많이 다른 모양이었다. 무엇보다도 시간이 딱히 정해져 있지 않다고 했다. 티베트 사람들은 시간에 맞춰 사는 걸 별로 중요하게 생각하지 않으며, 일이란 시작되는 순간과 마치는 순간을 스스로 갖고 태어난다는 것이었다. 설명이 참 그럴싸했다. 대부분의 수업은 명상과 기도였다. 그분은 명상을 통해 스스로 깨우친 삼라만상의 원리를 가르쳐주었는데, 우리로서는 도통 알아들을 수 없는 소리였다. 그 외 사소한 일상사도 두서없이 적혀 있었다. 티베트는 지대가 높아 병이 거의 없다는 이야기, 저녁마다 산적처럼 생긴 아저씨가 와서 자기 발을 씻겨주는데 간지러워 눈물이 난다는 이야기, 두 명의 첸샵에게 토론술을 배우는데 그게 말대꾸와 어떻게 다른지 모르겠다는 이야기, 몰래 고기를 먹는 쭈그렁 노승을 발견해 혼쭐을 내주었다는 이야기, 5대 달라이라마의 가르침을 배우는데 선생들이 먼저 존다는 이야기, 이런 이야기, 저런 이야기……

아무리 찾아도 우리가 바라는 문장은 없었다. 슬그머니 고개를 들었더니 아내 눈에 눈물이 글썽거리고 있었다. 못 보는 편이 나았을 것이다.

어머, 내가 미쳤나 봐!

내 등짝을 있는 힘껏 후려갈기고는 낄낄거리며 웃었다.

첫 편지 이후로 매달 한 번씩 꼬박꼬박 편지가 도착했다. 겨울에는 삭막한 포탈라 궁에 머물러서 지루했는데 봄부터 노부링카라 부르는 사원에서 즐겁게 지낸다고 했다. 파견단의 일원이었으며 꿰뚫는 듯한 눈빛을 지닌 중늙은이 롭쌍 린뽀체가 주지로 있는 그곳에는 앵무새와 원숭이, 몸집이 커다란 티베트 개 독키, 낙타, 사향노루, 산염소 등 여러 동물들이 사는데 전부 롭쌍과 가족처럼 친하다고 했다. 특히 원숭이는 롭쌍만 보면 옷자락으로 파고들어 되게 부럽다는 것이었다. 자기도 잘 지내보고 싶은데 다가가기도 전에 도망을 가버린다며 이렇게 썼다.

왜 모두들 롭쌍 아저씨만 좋아하는 걸까요?

어째서요?

왜? 어째서요?

여름에 온 편지에는 이듬해 초봄에 열리는 축제인 로싸르와 무당 쿠텐이 티베트의 수호신인 도르제 드라크덴의 신탁을 받는다는 내용이 적혀 있었다. 그 일만 끝나면 드디어 대관식이 열릴 것이고, 그때는 우리도 초대를 받아 3주간 라싸의 포탈라 궁전에서 함께 머물 수 있다고 했다. 잔뜩 희망찬 이야기 다음에는 잔뜩 끔찍한 이야기가 이어졌다. 역시 파견단의 일원이었고 단장 쁘란 린뽀체 다음으로 나이가 많은 레팅 린뽀체가 반란을 일으켰다가 진압되었으며, 그와 추종자 서른두 명이 한날한시에 처형되었다는 것이었다. 아내는 가슴을 쓸어내리고는 어쩐지 한국에 있을 때부터 레팅의 눈빛이 그닥 좋아 보이지 않더라고 말했다. 하지만 그건 내 기억과 조금 달랐다. 나는 레팅이 꼬박

다섯 시간 동안이나 그분을 업고 있던 걸 기억하고 있었다. 그동안 레팅은 계속 미소를 지었는데, 마치 현생에 존재하지 않는 자기 아들을 업고 있는 듯한 미소였다. 레팅이 맡고 있던 직책도 달라이라마처럼 환생을 통해 계승되는 자리지만 반란으로 처형당했기에 영구히 폐지된다고 했다. 그날 밤 나는 어느 먼 나라의, 아마 인도 사람인 듯 눈이 크고 예쁘장하게 생긴 꼬마가, 왜 파견단이 자기를 데리러 오지 않는 걸까 의아해하며 저녁마다 노을 지는 창밖을 바라보는 꿈을 꾸었다.

가을에 온 편지에는 노부링카에서의 마지막 나날이 적혀 있었다.

떠날 때가 다 되어서야 간신히 물고기들과 친해졌어요.

아무에게도 알려주지 마세요.

비결은 곁눈질을 하면서 먹이를 던져주는 거예요.

그분의 편지가 도착할 무렵이면 우리는 괜히 분주해졌다. 함께 장을 보러 갔고, 집을 안팎으로 청소했다. 스티로폼 상자를 얻어다 흙을 깔고 가지런히 이랑을 파 상추를 기르기도 했다. 파란 새싹이 빽빽하게 올라오기 시작하면서부터 우리는 매일 한 움큼씩 싹을 솎아냈다. 나는 아침에 일어나자마자, 아내는 저녁에 물을 주기 전에 솎았다. 처음에는 남들보다 비실비실한 싹을 골라 솎았는데, 나중에는 너무 많이 올라오는 바람에 간격에만 신경 쓰며 대충 뽑아냈다. 뽑혀 나온 녀석들은 금세 축 늘어졌다. 그중에는 이다음에 굉장한 상추로 클 녀석도 있었을 것이다. 자라고 자라 멋진 고목이 되거나 울창한 숲을 이룰 녀석도 있었을 것이다. 우리가 손끝 한번으로 가볍게 솎아내지 않았다면, 다가올 세기의 경치는 크게 달라졌을지 모른다.

나는 편지의 마지막 장을 오래 들여다보곤 했다. 저 옛날 아내와 내가 며칠간 고심하여 지어주었던 이름은 보이지 않았다. 그 대신에 어

박형서 | 실뜨기 놀이   133

마어마한 호칭들이 말미에 세 줄로 적혀 있었다. 어쩐지 맨 마지막 줄은 그분이 한국에서 즐겨 부르시던 동요 같았다.

왕 중의 왕

스승들의 스승

오, 내 사랑 달라이라마.

7

성범수가 까까머리 거지 행색으로 돌아온 것은 겨울이 물러간 이듬해 봄의 어느 아침이었다. 인기척에 현관문을 열었더니 웬 전쟁고아 같은 놈이 서 있었다. 무슨 생각에서였는지 벨을 누르지 않고 한참 동안 문을, 그것도 귀를 기울여야 간신히 들릴 만한 소리로 노크한 바람에 멀리서 무슨 도로공사가 벌어진 줄로만 알았다. 아내가 황급히 밥상을 차려주자 며칠을 굶었던지 막 해둔 밥을 한 솥 다 먹었다. 지켜보는 내가 배탈이 날 정도였다.

일단 배를 채우고 나서는 한동안 어어 울더니 고꾸라지듯 잠이 들었다. 옷을 갈아입히고 젖은 수건으로 더러운 얼굴과 발을 닦아낸 후 방에 뉘였다. 아내는 잠시 볼일이 있다며 옷을 차려입고 나갔다. 나중에 한 다리 건너 들은 바로는, 외교부 청사에 침입해 공무원들에게 훈계 중인 장관 머리채를 붙잡고 누굴 빙다리 핫바지로 보냐며 난리를 쳤다 한다. 남부끄러워서 고개를 들고 다닐 수가 없었다.

훗날 여러 신문에 대문짝만하게 보도된 사태의 전말은 이러하다.

초봄의 축제인 로싸르에서 무당 쿠텐이 불길한 신탁을 받은 게 시작이었다. 뒤이어 묀람이라 불리는 기도회가 열렸는데, 고위 승려들이

도열한 왕의 정원에 들어가며 치른 세 차례의 간단한 문답 시험을 성범수가 전부 틀려버렸다. 사실 그건 시험이라기보다는 미리 정해져 있는 끝말잇기 같은 것이어서, 14세기의 초대 달라이라마 이래 한 번도 틀린 전례가 없었다. 상황이 이렇게 되자 반신불수의 섭정이 병상에서 성범수를 면담하고, 이번에는 성범수의 이마 모양을 트집 잡았다. 달라이라마는 전통적으로 매우 성스러운 이마를 갖고 태어나지만 성범수는 그냥 메뚜기 이마를 가졌기 때문이었다. 신문 보도에 따르면 이런 흐름은 모두 섭정의 권력 찬탈이고, 레팅 린뽀체를 비롯한 고위 라마들이 일으켰던 그간의 여러 반란은 사실상 성범수를 보호하기 위한 친위 쿠데타였다고 하는데, 내가 보기에 별 근거가 있는 소리는 아니었다. 그 무렵 미얀마로부터 파견단의 전갈이 도착했다. 여러 테스트를 거쳐 달라이라마 다음으로 고귀한 영적 권위를 지닌 빤첸 라마로 인정되었던 일곱 살짜리 소년에게 추가로 놀라운 징조가 발견되었다는 소식이었다. 몇 가지만 밝히자면 그 아이는 미얀마 말로 '폐'를 뜻하는 아숩 마을에서 오후 2시에 태어났으며, 등 뒤에는 초승달 모양의 화상 흉터가 있고, 부모는 불교사원에 용을 닮은 뱀의 왕 나가naga 장식을 하는 전통 목수였다. 무엇보다도 그 아이는 14대 달라이라마가 생전에 가까이 지냈던 모든 사람들의 이름과 특징을 또렷이 기억하고 있었다. 일이 그렇게 되자 티베트 제2의 도시인 시가쩨의 따시룬뽀 사원에 가야 할 아이가 방향을 틀어 라싸로 직행하게 되었다. 새로운 달라이라마의 행렬이 도착할 때까지 범수가 만약 라싸에 머물고 있었다면 쿠데타로 간주되어 일전에 반란을 일으킨 승려들과 마찬가지로 사형을 당했을 것이었다.

결론부터 말하자면, 그 아이가 바로 16대 달라이라마다.

신문에 난 사진만 보고도 나는 그 아이가 모든 면에서 옳다는 것을 알았다. 그는 세상 모든 사람들에게 평화를 나눠줄 만큼 고상한 머리통을 지니고 있었다. 눈이 일반인의 두 배, 입도 두 배였고 이마는 어림잡아 다섯 배쯤 되었다. 반짝거리는 그 이마에서 형언하기 어려운 존귀함이 뿜어져 나오고 있었다. 이건 과장이 아니다. 신기하게도 우윳빛으로 반짝이는 무언가 풍요로운 액체가 이마에서 질질 흘러나와 얼굴 전체를 덮고 있었다. 그 아이가 달라이라마가 되지 못했다면 젖소가 되었을 것이다.

그럼에도 나는 범수가 여전히 달라이라마라는 믿음을 버릴 수 없었다. 내가 그렇게 믿는다고 바뀔 건 없다. 나 역시 별로 단단하게 믿는 것도 아니다. 내 아들이 진짜 달라이라마다, 하고 가끔 속으로 중얼거릴 뿐이다.

아내는 나와 정반대였다. 사정을 모두 듣고 나서 '그럼 그렇지' 하고 코웃음을 친 후로는 전처럼 아들을 마구잡이로 대하기 시작했다. 예컨대 범수가 '엄마, 난 세상 사람들이 모두 행복했으면 좋겠어'라고 말하면 '이 새끼 네 앞가림이나 잘하세요.' 하고 쏘아붙였다. 초등학교에 입학한 성범수는 교사들의 근심거리였다. 혼자 멍하니 공상에 젖을 때가 많아 시험 성적이 대략 뒤쪽이었다. 뭐라 말이라도 걸어볼라치면 이상한 부처님 미소나 짓고 자빠졌다. 발육 좋은 급우들의 왕따 놀이에 단골로 초대받았다. 제정신을 가진 부모라면 앞가림을 걱정하는 게 당연했다.

그러나 말투와 달리 아내는 성범수에게 마음의 빚을 갖고 있었다. 언젠가 범수가 학교에 가고 없을 때 이렇게 말한 적이 있다.

걔를 팔아먹을 뻔했어. 다시 찾아 다행이야.

사실 우리는 아들을 팔아먹을 뻔했던 게 아니라 팔아먹었다. 다시 찾은 것도 아니고 저쪽에서 반품한 것이었다. 반품된 아들은 어딘가 몹쓸 버릇이 들어 있었다. 티베트의 왕으로서 17개월인가 18개월인가 받은 교육이 그 애를 이 땅의 예의범절로부터 한 뼘쯤 들어 올린 것 같았다. 툭하면 알쏭달쏭한 말을 그것도 반말로 늘어놓아 우리를 당황하게 만들었다. 발도 영 씻지 않았다. 남이 씻겨주던 습관이 몸에 배었던 것이다. 아내는 고무호스로 때리는 대신 매일 저녁 아들의 발을 씻겨주었다. 때리는 건 내 등짝이었다.

윤회는 무슨!

그렇게 말하고는 내 등짝을 있는 힘껏 후려갈기며 낄낄거렸다. 거의 매일이어서 골병이 들 지경이었다.

우리 진짜 웃겼어, 그치?

그럴 때 아내의 새빨개진 얼굴은 그 잊지 못할 가을 아침을 이야기하는 것이었다. 마침내 다가온 작별의 날, 집 안팎으로 만사가 분주하게 돌아가는 동안에 우리 가족은 안방에서 마지막 포옹을 나누었다. 아들아, 하고 입을 연 나는 뒷말을 차마 잇지 못하여 꺼이꺼이 울었다. 아내는 눈도 빨갛고 코도 빨갛고 볼도 빨갰지만 눈물만큼은 끝내 흘리지 않았다. 입 꼬리를 올려 억지로 웃으며 범수를 껴안았다. 그때 나는 범수의 귀에 대고 아내가 속삭인 말을 들었다.

네가 원하면 언제든 다시 엄마 뱃속에 넣어줄게.

아내는 그렇게 말했다.

그게 내가 들은 전부였다.

아내와 나는 집 앞에 나란히 서서 티베트의 왕이자 북방소승불교의 생불, 흰 연꽃을 든 관세음보살의 현신이 가마를 타고 떠나는 걸 지켜보았다. 우리 옆에는 한국 대통령도 서 있었다. 독실한 기독교도인 영부인은 갑자기 배탈이 나서 못 왔다고 했다. 전국 각지에서 모여든 불교도들로 인해 행렬은 수십 리가 넘게 이어졌다.

그렇게 떠난 아들이 거지꼴로 돌아왔으니, 그래, 웃기긴 웃겼다.

자꾸 생각을 해서 그런지 한동안은 티베트에서 날아온 소식이 옆동네 소식만큼 가깝게 느껴졌다. 하루는 새로운 달라이라마가 탄트라 전통 중에서도 가장 중요한 칼라차크라 의식을 전수받았다는 뉴스를 보았다. 세계평화를 기원하는 의식인데, 오직 달라이라마에게만 계승되는 티베트 불교의 위대한 전통이라 했다. 그날 범수는 방에 처박혀 온종일 울었다.

나 역시 기분이 싱숭생숭해 공원에 나가 술을 마셨다. 자정 무렵 집에 돌아와 아들 방에 슬쩍 들어가 보았다. 어둠 속에서 아내가 성범수의 목을 조르고 있었다. 뜯어말리려고 급히 다가가보니, 그게 아니라 뒤에서 꼭 껴안은 자세로 쿨쿨 자는 중이었다.

8

우리는 모두 여섯 차례 가족 여행을 갔고, 각각 한 번씩 이런저런 사정으로 입원 치료를 받았고, 한 달에 한두 번 정도 노래방에 갔다. 예전에 장난감 물총을 사 왔던 일용직 동료에게 사기를 당했지만 어찌어찌하여 대부분 돌려받았는데, 그 직후에 범수가 사고를 쳐서 그 돈을 고스란히 다시 날렸다. 공원에서 기분 좋게 취해 돌아오는 길에 내가 넘어져 앞니 두 개를 해먹었고, 달라이라마에 관한 다큐멘터리를 찍는다며 찾아온 중국인 영화감독을 아내가 공격했다. 다용도실에 작은 화재가 발생해 맞닿은 쪽 벽의 벽지가 그을렸고, 불이 난 그날을 포함하여 8년 동안 하룻밤도 빠짐없이 곰 세 마리처럼 한 방에 모여 잤다. 우리는 가끔 새로운 달라이라마의 소식을 들었다. 세계평화를 촉구하는 달라이라마의 연설이 텔레비전에 중계된 적도 있었다. 화면 한가운데에 잡힌 달라이라마의 이마는 그야말로 굉장했다. 우리는 그 이마를 함께 보았다. 그 이마를 볼 때 우리 셋은 서로 손을 꽉 잡았다. 딱히 손을 잡자는 합의 같은 건 없었는데, 그냥 그렇게 되었다.

잘하고 있네.

아내가 툭 던지듯 말했다.

저 꼬맹이 자식, 내 예상보다 훨씬 잘하고 있어.

아니꼬워하는 말처럼 들렸으나 그건 아내의 말투가 원래 막돼먹었기 때문이고, 속내는 달랐다. 나중에 아내가 직접 얘기한 적이 있다. 그 꼬맹이 역시 타국 출신이라 했다. 그 역시 성범수처럼 어느 가난한 집의 외아들이고, 부모와 생이별을 했고, 라싸에 간 뒤로는 맘껏 뛰어놀지 못한다고 했다. 아내는 그를 안쓰러워하는 동시에 사랑했다. 성범수를 어딘가 너무한 방식으로 쫓아내긴 했지만, 그건 달라이라마가 직접 한 게 아니라 밑에서 심부름이나 하는 쌍놈들이 한 짓이어서, 아무튼 한쪽 다리를 걸쳐보고 나니 포탈라 궁에 있는 그 꼬맹이를 저절로 사랑하게 되었다는 것이다. 그 말을 듣자 아내가 우리 가족을 배신한 기분이었다. 이어 아내는 처음이자 마지막으로 남의 가족에 대해 중얼거렸다.

인생은 한 번뿐인데…….

범수가 돌아오고 8년 후에 아내는 음주운전자가 몰던 검은색 쏘렌토에 치였다. 마침 근처를 지나던 이웃의 말에 의하면 아내는 허공으로 날아올라 두 바퀴를 돈 후 바닥에 떨어졌다가 그 즉시 발딱 일어나 몸을 탁탁 털었다 한다. 이어 주위를 찬찬히 둘러보고는, 잠깐 휘청거렸다가, 바닥에 털썩 주저앉았다가, 슬그머니 모로 누웠다는 것이다. 잔뜩 화가 난 것처럼 보이던 그녀의 창백한 얼굴이 한발 늦게 터져 나온 피로 순식간에 물들었다.

만신창이가 된 아내는 중환자실로 옮겨졌다. 의사가 뭐라 씨불이건 간에 나는 아내가 이겨낼 거라 생각했다. 아내는 실제로 용감하게 싸웠다. 이길 때까지 싸울 것 같았다. 그러나 다섯 시간이 넘어갈 무렵, 나는 아내가 슬슬 포기하고 있다는 걸 깨달았다. 어떤 신호 때문이었는지는 아직도 아리송한데, 다만 그 순간 내가 벼랑에서 떠밀려 홀로 추락하는 심정이었던 것만큼은 또렷이 기억난다. 아내는 그 직후에 안식을 찾았다. 나는 슬픔보다는 충격을 받았고, 그래서 장례도 엉망으로 치렀다. 아들과 나는 그 일을 결코 입에 올리지 않는다. 그에 대해서는 할 말이 없다.

정말 아무 말도 하고 싶지 않다.

나는 아내에게 별로 도움이 되는 남자가 아니었다. 그것까지 부모의 탓으로 돌리고 싶지는 않지만, 돌릴 여지가 전혀 없는 건 아니다. 아무튼 나는 만난 순간부터 헤어지는 순간까지 아내에게 전력으로 들러붙어왔다. 그래서 홀로 남겨진 후 상처를 받았다기보다는 며칠이고 몇 달이고 불안하여 갈피를 잡지 못했다. 이를테면 어둑해지는 저녁에 거실 형광등을 켜는 건 나였지만 늦은 밤 그걸 끄는 건 아내였기에 이제 그걸 내가 해야 한다는 사실을 받아들이기가 어려웠다. 당시의 나는 그저 공원의 용상 앞 벤치에 앉아 밤이 늦도록 소주나 마시는 어린아이였다. 취한 나를 부축해 집에 데려가던 열여섯 살 아들이 나보다 어른이었다.

아내의 2주기를 지내고 나서야 비로소 먼 곳으로 며칠 여행을 다녀올 기운이 생겼다. 범수는 통영의 비린내 나는 포구를 보며 즐거워했다. 사실을 말하자면 나 역시 그랬다. 초저녁부터 회를 한 접시 주문해 범수에게 먹이고 나는 옆에서 소주를 한 병인가 두 병인가 비웠다. 우리 둘 다 기분이 꽤 좋았다. 그런데 식당을 나와 어기적거리며 숙소로 걸어가는데, 갑자기 뒤쪽에서 낄낄거리며 웃는 소리가 들려오는 것이었다. 나는 황급히 몸을 돌렸다. 흘깃 본 게 아니었다. 나는 온몸을 휙 돌렸다. 범수도 마찬가지였다. 우리 부자는 동시에 몸을 휙 돌렸다. 그러나 눈앞에는 새하얀 갈매기 한 마리가 있을 뿐이었다. 그 뒤편으로 타박상처럼 불그스름한 저녁노을이 보였다.

이따금 나는 전남 나주에서 태어나 수많은 도시를 떠돌다 의정부에서 삶을 마친 한 여자를 생각한다. 순식간에 바뀌던 그 오만불손한 표정을 떠올리고, 인생은 한 번뿐이라 중얼거리던 목소리를 되새기며, 별안간 터져 나오던 낄낄거리는 웃음과 내 상투를 잡아 흔들던 박력을 돌아본다. 아무도 때리지 않았는데 등짝이 욱신거릴 때인지, 전과는 비교할 수 없게 사포질에 능숙해진 나 자신이 대견해질 때인지, 아니면 거실 형광등을 끄려다 말고 이건 본디 내 소관이 아니었다는 생각이 장대비처럼 쏟아질 때인지는 잘 모르겠다.

아내를 그리워한다는 건 인생이 한 번뿐이라는 말도 수긍하는 셈이다. 그러나 살다 보면 우리는 이런 꿈을 꾸기도 하고 저런 꿈을 꾸기도 한다. 때로는 이런 꿈이 잠깐 저런 꿈을 꾸기도 한다. 이런 모양의 꿈과 저런 모양의 꿈이 모여 앉아 둘을 반씩 닮은 아기 모양의 꿈을 꾸기도 한다. 그렇게 이어졌다가 끊기고, 잠시 다른 갈래와 엉켰다 돌아오기도 한다. 어디서 들은 것 같은데 누가 한 말인지는 모르겠다. 하지만 나는 그 말을 믿는다. 아내도 이제 믿을 것이라고 나는 믿는다. 우리는 어떤 식으로든 불멸하는 꿈들이어서, 가짜로 작별했고, 가짜로 외로우며, 다만 영원히 이어지는 실뜨기 놀이의 이번 차례를 마쳤을 뿐이기에, 언젠가 우리는 또다시 세월의 소음 속에서 서로를 찾아가 마치 처음인 것처럼 같이 쉬고 마지막인 것처럼 나란히 걸으며 이 놀이를 반복할 테고, 그러는 과정에서 겪어야 할 수많은 만남과 헤어짐과 이어짐과 끊어짐은 그저 놀이의 사소한 규칙인 것이라 믿는다.

그에 관하여 요즘도 가끔 아들과 이야기한다. ▪

송지현

여름에 우리가 먹는 것

1987년 서울 출생.
2013년 『동아일보』 등단.
소설집 『이를테면 에필로그의 방식으로』.

여름에 우리가 먹는 것

1

이모가 한 달 뒤에 유럽 여행을 갈 예정이라고 전화를 걸었을 때 나는 휴먼고시원의 침대에 누워 있었다. 내 방엔 다행히 창문이 있었고, 휴먼고시원 다섯 글자 중 '먼고' 두 글자가 창문에 거꾸로 붙어 있었다. 월세방 계약이 만료되어 새 방을 구하는 중에 잠깐 머무는 것이었는데, 고시원이라는 단어가 가진 임팩트는 대단했다. 주변 사람들이 날 자꾸 불러내어 밥이나 술을 사줬다. 밥이나 술을 얻어먹고 새벽의 고시원 복도를 살금살금 걸어 돌아올 때면, 임시라는 사실이 얼마나 안도가 되던지. 그런 날엔 아무나 붙잡고 묻고 싶어졌다. 어떻습니까, 우리 모두 이곳을 임시로 거쳐 가는 것이 맞겠지요, 휴먼?

그랬지만, 사실은 고시원과 다를 바 없는 방 정도를 구할 수 있는 사정이라 조금 슬펐다. 그래서 그날은 아무 약속도 잡지 않고 그냥 침대에 누워서 '먼고'만 바라보고 있던 것이다. 먼곳도 아니고 먼고라니. 창이 얇아선지 에어컨을 틀어도 영 시원해지지 않았고. 아, 이곳을 좀 떠나고 싶다. 그런데 이곳이란 게 고시원인가, 서울인가. 내가 떠나고 싶은 게 정확히 어디지. 그런 생각을 할 때였던 거 같다.

이모는 수화기 너머로 다짜고짜 이렇게 말했다.

— 얘, 여행 갈 동안 우리 뜨개방 좀 봐줘.

— 내가 거길 어떻게 봐.

— 그냥 정해진 시간에 열어두기만 하면 돼.

— 사람들이 뭐 물어보면 어떡해.

— 어차피 다 고수야. 다들 알아서 뜨개질하면서 수다나 떨어.

— 생각 좀 해보고.

전화를 끊고 나서 혼자 고민하고 있자니 머리만 복잡해져서 고교 동창인 b를 불러냈다. b가 좀 멀리 사는 탓에 나는 만나기로 한 맥주집에 미리 가서 앉아 있었다. 안주도 인테리어도 별 볼 일 없지만 맥주잔을 얼려주는 것이 좋아서 자주 오는 곳이었다. 맥주 한 잔에 한치를 시켜 먹고 있으니 b가 도착했다. 정장 차림의 그는 한치를 보자마자 날 타박했다.

— 난 술집에서 한치 시키는 게 그렇게 돈 아깝더라.

— 그렇다고 한치를 집에서 먹게 되진 않잖아.

그는 골똘히 생각하더니 대답했다.

— 그건 그래.

그는 그건 그렇다는 대답과는 별개로 모둠튀김을 시켰다. 음. 모둠

튀김도 좋은 안주지. 그러고 보면 대부분의 안주들이 다 무난하고 적당히 맛있는데 사람들은 이걸 어떻게 고르고 있을까? 누군가 무언가를 고른다는 것은 어떤 대상은 선택된다는 것. 안주마저도 선택되고 있는데 나만 비껴가고 있는 느낌. 말하자면 나는 한치랄까. 튀김류나 찌개류는 가성비와 대중적 입맛 부분에서 뛰어나기 때문에 선택되기 쉽지만 한치라는 것은 나처럼 돈 아까운 줄 모르는 애나 시켜 먹는 것이기 때문에. 그러고 보면 참 한치 같은 인생이네, 생각하며 한치 몸통을 씹고 있을 때 b가 말했다.

—평일에 웬일이야.

—어. 그냥.

—설마 평일인 줄 몰랐냐.

—그런 셈이지.

그는 날 흘겨보더니 아, 맥주 시키는 것을 깜빡했다, 고 말했다. 나는 소음 사이로 크게 소리를 질러 맥주를 주문해주었다. 그리고 물었다.

—넌 평일에 정장이 웬일?

—면접 봤어.

—웬 면접?

—아는 형 회사에 디자이너 자리 났대서.

—너 하던 작업은?

—……그건 나중에도 할 수 있으니까.

—뭐야 비장하게 말하지 마. 구려.

우리는 웃었고, 그의 입사를 기원하며 잔을 부딪쳤다. 하지만 나는 내심 그가 입사를 못 해 자신의 작업을 계속 해나가기를 바랐다. 그런 마음을 들키지 않기 위해 맥주를 연거푸 마시다보니 여느 때처럼 취

해버렸고 엿장수의 수레 앞에서 춤을 추려는 것을 b가 만류했다. 그리
고 암전.

2

그래서, 라는 접속부사를 좋아한다. 왠지 그래서, 라고 말하면 모든
말의 앞뒤가 맞아지는 것 같다. 별로 궁금하지 않은 이야기도 그래서?
라고 되물어주면 훌륭한 경청의 모습을 보여줄 수 있다. 그렇기 때문
에 b의 경우, 그래서? 라고 물으면 자신의 이야기에 내가 흥미 없어 하
는 걸 단번에 알아차린다. b는 나의 흑역사를 너무 많이 알고 있다. 그
래서 죽여줘야겠어, 라고 b에게 말한 적도 있다. 실제로 b에게는 한 톨
의 원망도 없는데도 나는 그런 말을 자주 한다. 진짜로 죽이고 싶은 사
람들은 따로 있다. 나는 남을 죽이고 내 인생이 망가지는 악몽을 자주
꾼다. 악몽 속의 나는 항상 사소한 실수로 살인을 한다. 원망도 증오도
없다. 그런 실수로 인생이 망가져버리는 것을 두고 볼 수가 없어서 나
는 시체를 유기한다. 하지만 결국 진실은 밝혀지는 법. 그런 꿈을 꾸다
깨어나면 그렇게 안도될 수가 없다. 내 인생이 망가지지 않았다는 것
이……. 그런데 망가지지 않은 것이 맞나? 어쨌든.
그래서, 나는 휴먼고시원의 생활을 정리하고 이모의 일도 미리 배
울 겸 고향으로 내려오게 된 거였다.

3

이모의 뜨개방은 재래시장의 긴 골목에 작게 위치하고 있다. 왼쪽

엔 원조소머리국밥집이, 오른쪽엔 민속이불집이 있는데, 원조소머리국밥집의 국밥은 맛있고 민속이불집의 이불은 촌스럽다. 원조소머리국밥집의 단점은 돼지머리를 대야에 담아 입구에 둔다는 것이다. 소머리국밥집인데 대체 왜 돼지머리가 있는 것일까, 라는 의문은 뒤로 하고, 입구에 들어설 때마다 희미하게 웃고 있는 것 같은 돼지 사체 옆을 지나가면 순간적으로 입맛이 떨어지기 마련이었다. 하지만 소머리국밥을 한 숟가락 뜨면 입맛은 바로 돌아왔고, 뭐 사실 돼지머리 같은 것이야 크게 상관없게 되는 것이다. 이불 가게의 경우 주 고객은 결국 시장 사람들로, 이모의 집에도 연두색 여름 러플 이불이나 커다란 꽃이 그려진 보라색 극세사 이불이 있다. 그걸 덮으면서 이모의 집에서는 임시로만 머물 것이며 언젠가 나도 내 취향의 이불을 켜켜이 쌓아둔 내 집이 생기겠지, 라고 생각했는데…….

이모는 내가 도착하자마자 시장을 돌아다니면서 나를 소개시켰다. 얘가 내 딸이야, 응, 내가 키웠으니 내 딸이지, 얘는 음악 해, 앨범도 냈어, 앨범 이름이 뭐더라, 하여튼 유튜브에 검색해봐, 이런 식이었다. 나는 이모를 쫓아다니며 인사를 꾸벅꾸벅하며 유튜브엔 잘 안 나와요, 멜론에는 있어요, 근데 안 들으셔도 되는데, 사인요, 하하, 어디 쓰시려고, 를 반복했다. 그렇게 반찬 가게, 생선 가게, 신발 가게에는 내 사인이 붙어 있게 되었다.

이모는 나를 데리고 다니면서 고등어와 콩나물, 칠게볶음을 샀다. 내게 신발을 사주려는 것은 필사적으로 막았다. 신발 디자인이 하나같이 시대를 너무 앞섰거나 너무 뒤쳐졌거나 했기 때문이다. 이모는 가게 문을 일찍 닫고 들어가 저녁을 차려 먹자고 했다. 메뉴는 고등어김치찜과 콩나물무침, 그리고 칠게볶음. 이모가 말했다.

—너 칠게볶음 좋아했잖아.

—내가?

—맨날 싸달라고 했잖아.

그건 사실이었다. 이모가 도시락으로 칠게볶음을 한 번 싸준 적이 있었는데, 그게 그날 아이들 사이에서 선풍적인 인기를 끌었던 것이다. 아이들은 그렇게 작은 게를 처음 본다는 것과, 게를 통째로 씹어야 한다는 사실을 신기해했다. 나는 그 뒤로도 몇 번이고 그걸 싸달라고 했다. 하지만 아이들의 관심은 새로운 메뉴로 떠났고, 정작 나는 칠게볶음을 좋아하지 않았다. 그런 얘길 이모에게 하지 않았나 보군.

내가 가게 문 옆에 앉아 칠게볶음에 관한 얘기를 하는 동안 이모는 가게를 정리했다. 가게의 삼면은 천장까지 색색의 실이 쌓여 있었고 가운데엔 앉거나 누울 수 있도록 마련된 큰 평상이 하나 있었다. 거기에는 작은 탁상이 하나 있었는데 이모가 쓰는 여러 바늘과 쪽가위가 담긴 큰 접시와 장부가 하나가 놓여 있었다. 나는 장부를 들춰 보며 말했다.

—이모 여행 가면 내가 실도 주문하고 해야 되는 거 아냐?

—요즘엔 다 인터넷으로 사.

—여기선 그럼 뭘 사는데?

—여기서도 가끔 사긴 하지.

이모는 소형 청소기로 여기저기 돌아다니는 실을 대충 흡입한 뒤 가게 문 닫는 것과 셔터 내리는 법을 알려주었다. 셔터에는 작은 새 모양의 구멍이 일정한 간격으로 나 있었다.

—셔터 예쁘다.

—한 지 얼마 안 됐어.

―누가 실 훔치러 와?

―그래도 해놔야 안심이 돼서.

4

이모는 희한하게 생긴 전자찜기에 각종 양념을 버무려 고등어를 쪘다.

―또 샀어?

―얘 그거 책자 봐라. 할 수 있는 게 어마어마해.

나는 찜기 옆에 놓인 까만 양장본의 설명서를 펼쳤다. 과연 설명서에 나온 음식 사진은 어마어마했지만 실제로는 모두 오븐 같은 게 필요한 요리들이었다. 다 읽고 나서,

―에어프라이어를 사지.

라고 말하자 이모의 심기가 불편해졌다. 나는 밥을 먹는 동안 고등어찜이 정말 맛있다며, 뜨개방을 접고 백반집을 해도 되겠다고 말했다. 비록 저 찜기로 고등어찜을 하려면 25분이나 걸려서 배고픈 손님들은 모두 화를 내고 나가버릴 것 같았지만.

저녁을 배불리 먹고 나는 거실에 누웠다. 이모가 자꾸 설거지를 하려고 해서 내가 이따 한다고, 놔두라고 했다. 그러자 이모도 내 옆에 누웠다. 리모컨을 계속 돌렸는데도 볼만한 TV 프로그램이 없어서 이모에게 리모컨을 넘겼다. 이모가 선택한 것은 홈쇼핑이었다. 호스트가 게스트와 함께 얼굴에 파운데이션을 바르고 있었다.

―너 하나 사줄까?

이모가 등을 돌리고 물었다.

—됐어. 요즘은 화장 안 하는 게 대세야.

—뭐 그런 대세가 다 있냐. 너도 예쁘게 하고 다녀.

—나 안 예뻐?

—……늙었어.

—서른이 넘었으니까 늙지.

—계속 애기 같으면 좋겠어.

나는 이모를 뒤에서 껴안고 등 뒤에 머리를 묻었다.

—이모, 나 서울 가지 말고 이모랑 살까.

—징그러운 소리 하지 마. 이제 음악 안 해?

우리는 그 뒤로 아무 말도 하지 않았고 쇼호스트가 하는 말만 잠자
코 들어야 했다.

5

일어나보니 이불에 덮여 있었다. 뜨개방 옆의 그 이불집에서 산 것
이 분명한 이불이었다. 디자인은 좀 그랬지만 폭신폭신하니 촉감은 좋
았다. 일어나서 거실 커튼을 쳤다. 처음 보는 식물들이 베란다에 많았
다. 천장까지 자란 나무도 있었다. 이모는 왜 이렇게 뭘 키우는 거지.
어릴 때는 개도 한 마리 키웠었다. 말티즈였는데 우리는 초롱이라는
흔한 이름을 붙여주었다. 초롱이는 예민해서 작은 소리에도 잘 짖었
다. 그때는 지금처럼 개를 키우는 방법에 대해 모두가 이야기하는 때
가 아니었다. 우리는 초롱이를 잘 키우진 못했던 것 같다. 초롱이는 자
궁축농증으로 앓다가 죽었다.

부엌은 깔끔하게 정돈이 돼 있었다. 식탁 위에는 만 원짜리 한 장이

메모와 함께 놓여 있었는데, 메모에는 '널 믿은 내가 바보다'라고 적혀 있었다. 나는 그걸 반으로 접어서 만 원과 함께 지갑에 넣었다. 대충 세수와 양치만 한 채 밖으로 나가니 날이 더웠다. 이 더운 날 만 원으로 뭘 하지, 생각하다 일단은 모교 쪽으로 걸었다. 초등학교, 중학교는 붙어 있고, 고등학교는 좀 멀리 있어서 초등학교, 중학교 쪽으로 걷기로 했다.

b에게 '다음 주부터 출근'이라는 메시지가 왔다. 나는 '쏴'라고 답했고 그는 서울에 언제 오느냐고 다시 메시지를 보내왔다. 문득 화가 나서 '안 가'라고 보내려다가 말았다. 왜 화가 나는지 모를 일이었다. 씩씩대며 걷다 보니 어느새 초등학교 운동장까지 도착했다. 나는 운동장을 가로질러 철봉을 향해 갔다. 철봉 옆에 휴대폰과 지갑을 두고 매달렸다. 체육장을 하면 철봉 종목으로 남자애들은 턱걸이, 여자애들은 매달리기를 했다. 그땐 매달리는 게 하나도 힘들지 않아서 학급의 신기록을 세울 때까지 대롱대롱 달려 있기도 했다. 지금은 다른 건 둘째 치고 손이 미끄러져서 매달리기가 힘들다. 손에 땀이 많이 나는 것일까, 악력이 모자란 것일까? 몸을 돌려 철봉 기둥에 발을 올리고 거꾸로 매달렸다. 다리로 매달려 있는 건 쉬웠다. 거꾸로 모든 걸 보다 보니 청년몰이라는 글자가 거꾸로 보였다. 나는 철봉에서 내려와 휴대폰과 지갑을 챙겨 초등학교를 빠져나왔다.

청년몰 1층엔 늘봄가죽공방과 102살롱, 핫도그가게가 있었다. 102살롱은 향초를 만드는 가게였고, 핫도그가게는 이름이 그냥 핫도그가게였다. 102살롱에 들어가 초를 구경했다. 생각보다 초의 모양이 다양했다. 기도하는 손 모양의 초가 특히 마음에 들었다. 한쪽 구석엔 원데

이클래스 일정이 적혀 있었는데 모두 한낮에 진행되었다. 주인에게 꾸벅 인사를 하고 나왔다. 늘봄가죽공방도 구경할까 하다가 나는 그냥 핫도그가게로 향했다. 오리지널 2,500원, 칠리핫도그 3,000원, 빅핫도그 4,000원 등으로 무난한 가격이었다. 사장으로 보이는 남자는 내 또래 같았다.

— 오리지널 하나 주세요.

— 한 번 더 튀겨드릴게요.

그는 진열돼 있던 소시지를 하나 꺼내 튀김솥 안에서 요리조리 뒤집었다. 어찌나 집중하는지 미간에 주름까지 잡혀 있었다. 소시지를 다 튀긴 그는 내게 물었다.

— 설탕에 굴려드릴까요?

— 그냥, 주세요.

설탕에 굴린다는 말이 좀 웃겼고, 나는 좀 웃었다. 그나저나 핫도그 소시지를 설탕에 굴려 먹는 사람도 있나. 그는 입구가 좁은 통으로 케첩과 머스타드를 정성스레 뿌려서 내게 건네주었다. 핫도그를 들고 가려는 내 등 뒤에서 그가 외쳤다.

— 쿠폰 있는데 찍어 드릴까요?

나는 괜찮다고 대답하고는 청년몰을 나왔다. 여긴 원래 어떤 건물이었지 생각하면서 핫도그를 한입 먹었다. 평범한 맛이었고, 날이 더워서 영 별로인 메뉴였다. 이래서야 팔릴까, 고민해봤자 내 가게도 아니고 해서 그냥 하염없이 걸었다. 내친김에 고등학교까지 걸어볼 생각이었다. 걸으면서 처음으로 음반을 산 가게를 지났다. 간판은 같았지만 더 이상 음반을 파는 것 같지는 않았다. 기타를 배웠던 학원도 사라진 듯했고. 첫 키스를 했던 공원을 지나는데 첫 키스의 순간은 생생히 기억나면서도 대체 상대가 누구였는지 도통 생각이 나지 않았다. 그쯤에서 핫도그 받침종이를 쓰레기통에 버렸고, 곧 고등학교에 도착했다. 학교엔 새로운 건물이 하나 더 생겨 있었다. 건물 외부에 정말 긴 계단이 있어서 멋지다고 생각했다. 학교 울타리를 따라 한 바퀴 돌아본 뒤에 귀가했다.

6

다음 날은 이모와 같이 뜨개방으로 출근했다. 이모는 내게 코바늘을 쥐어주더니 사슬뜨기를 알려주었다. 이게 제일 기초라고, 내 키만큼 떠보라고 했는데 쉽지가 않았다. 실은 아무리 꽉 쥐어도 손에서 빠져나갔으며, 바늘은 힘을 주어 흔들어 빼도 요지부동이었다. 나는 바늘과 실을 내려놓고 평상에 누웠다. 이모가 수세미를 뜨며 말했다.

—힘을 빼.

—아무리 빼도 안 돼.

—네가 힘을 빼야 실도 힘을 빼지.

—그게 내 맘대로 안 된다니까.

—실이 네 손에서 빠져나가도 괜찮다는 생각으로 쥐어. 그럼 실에 자연스레 공간이 생겨나. 그 사이로 바늘을 통과시키면 돼.

—…….

—꽉 쥐면 오히려 놓치는 거야. 대충해.

이모는 계속해서 바늘과 실을 움직이며 말했다. 금방 딸기 모양의 수세미 하나가 완성되었다. 이모는 딸기 모양 수세미를 몇 개 더 만든 뒤에 오렌지 모양, 수박 모양의 수세미들을 만들었다. 엄청난 속도였다.

—수세미는 앞에 내놓고 1,500원씩 받아서 팔면 돼.

—파는 거였어?

—그럼 뭐 하러 만드니.

그러게, 뭐 하러 만들까. 모든 게 팔리고 만들어지는데, 안 팔리는 것은 문제가 있는 것 아닐까. 이왕 이런 시대에 태어난 거 잘 팔리는 걸 만드는 능력이 있으면 좋을 텐데. 능력의 문제가 아닌 것 같기도 하다. 이건 뭐랄까, 안목이랄까, 선택이랄까, 애초에 그런 게 잘못된 느낌이다. 매번 실패하는 투자자처럼 시장성 없는 것에만 자신을 투신하는 안목. 그것을 알면서도 다른 선택지를 고를 기회에서 같은 선택을 한 번 더 하는 사람.

—잘 팔려?

—생각보다 팔려.

이모는 나 같은 사람은 아닌 모양이었다. 마침 손님이 들어와서 나는 뜨개질을 더 해보려고 노력하는 대신 가게에서 나왔다. 시장이 끝나는 길에서 한 블록을 더 가면 어제 간 청년몰이 있다. 그쯤 가니 왠지 미간을 찌푸리며 골몰하는 핫도그가게의 사장이 보고 싶었다. 이래서야 팔릴까 싶은, 딱 예상한 맛의 핫도그. 그 핫도그도 한 번 더 먹고 싶었다.

핫도그를 사 오자 이모는 애처럼 이런 걸 먹느냐고 했다. 그러면서도 이모 몫으로 사 온 핫도그를 잘 먹었다. 오늘은 칠리핫도그를 사보았는데 오리지널보다는 좀 나았다. 약간의 개성이 느껴진달까.

—이모, 맛있어?

—그냥, 사 왔으니까 먹는 거지. 이런 거 안 좋아해.

―이거 팔릴까?

―이런 건 위치가 중요하지 않나.

―청년몰에서 사 왔어. 어딘지 알아?

―거기 위치 별로야.

―초등학교 앞인데도?

―이거 얼만데?

―3,000원.

―애들이 3,000원짜리를 어떻게 사 먹어. 요 앞에 도너츠가 1,000원에 열 개야.

―그럼 망하겠네.

―곧 망하겠지.

그 뒤로도 사슬뜨기에 도전했지만 결국 포기하고 말았다.

7

b가 유튜브에 출연하게 되었다고 메시지를 보내왔다. 회사에서 유튜브 컨텐츠를 만드는데 사내 직원들이 돌아가며 한 번씩 출연한다는 것이었다. b는 네 앨범 홍보해줄까, 하고 물었고, 나는 5년도 더 된 걸 이제 와서 하면 뭐 해, 라고 답했다. b가 전화를 걸어왔다.

―근무시간 아냐?

―담배 피우러 옥상 옴. 뭐 해?

―그냥…… 이모네 가게.

―어디 말고, 뭐 하냐구.

―핫도그 먹고 뜨개질 배워.

─가게 이어받는 거야?

─뭔 소리.

─서울에 너 없으니까 술 마실 사람이 없어.

─질척대지 마.

─아직 오려면 한 달도 더 남았지?

─영원히 안 갈 수도 있어.

─퍽이나. 다음 주말에 놀러 갈까?

─오지 마.

전화를 끊자 이모가 누구냐고 물었다. b라고 대답하니 반가워했다. b 얘기만 나오면 이모는 b와 결혼하라는 둥 난리다. 아무리 그럴 일은 없다고 해도 이모는 벌써 자신이 손주를 봐주겠다며 혼자 미래를 약속했다. b를 닮은 아이를 낳는 상상을 했더니 징그러워 죽겠다.

가게 밖에서 누가 수세미를 집어 들고 얼마냐고 물었다. 나가봤더니 핫도그가게 사장이 딸기 모양 수세미를 들고 서 있었다.

─1,500원요.

그는 지갑에서 현금을 꺼내 지불하다가 내 얼굴을 보고 말했다.

─어…… 쿠폰…….

그는 내게 가게 주인이냐고 물었고 나는 이모네 가게라고 대답했다. 그가 딸기 모양 수세미를 들고 한참을 서 있기에 나는 들어오겠느냐고 묻고 말았다. 거절할 줄 알았던 그가 성큼 들어와서 이모와 손님 둘 다 놀라버렸다. 이모는,

─아는 사람이야?

라고 물었고,

─핫도그가게…….

라는 내 말이 끝나기도 전에 아유, 핫도그가 정말 맛있더라고 이모의 입 발린 소리가 시작됐다. 그는 천천히 내부를 돌아보았다. 그러더니 대뜸 수세미를 만들려면 얼마나 걸리느냐고 물었다. 이모가 기초만 배우면 금방 한다고 대답하자, 이번에는 강습료를 물었다.

―강습료는 없고, 실 사면 그냥 알려줘요.

그는 보라색 실을 하나 사서 자리를 잡고 앉았다. 역시나 그도 사슬 뜨기부터 시작했다. 그가 그러고 앉아 있으니 나도 왠지 같이 뜨개질을 해야 할 것 같아서 옆에 앉았다. 그는 몇 번 헤매더니 곧잘 했다. 이모는 그에게 본인 키만큼 사슬을 뜨라고 말했다가, 그건 너무 길겠다고 얘 키만큼만 뜨라며 나를 가리켰다. 그는 곧 내 키만큼의 사슬뜨기를 이모에게 보여주었다. 그러는 새에 나도 손에 힘을 푸는 법을 알게 되었고, 신기하게도 바늘은 실을 잘 빠져나왔다. 빡빡하지 않게 뜨는 게 요령이구나, 나는 혼자 고개를 끄덕끄덕하다가 결국 이게 이모가 한 말과 다름이 없다는 걸 알고는 좀 웃었다.

―잘 웃으시네요.

그가 말했고, 뭔가 들킨 기분이어서 나는 고개를 숙였다.

8

그 뒤로도 그는 이모의 가게에 며칠을 들렀다. 나도 하루에 한 번은 핫도그를 사 먹으러 갔다. 그는 나보다 세 살이 많았고, 서울에서 직장 생활을 하다가 핫도그가게를 차리려고 고향인 이곳으로 돌아왔다고 했다. 돌아왔다고 그는 힘을 주어 말했다. 우리는 같은 중학교를 나왔는데 학년이 겹칠 일이 없고, 다른 학년에 아는 사람도 없어 연결고리를 찾을 수 없었다. 그는 핫도그를 만드는 것보다 뜨개질에 재능이 있는 게 아닌가 싶을 정도로 금세 배워, 며칠 만에 수세미 정도는 만들수 있는 정도가 되었다.

나는 그의 가게 카운터 옆에 놓인 간이 의자에 앉아 핫도그를 먹으며 물었다.

—무섭지 않았어요? 돌아올 때.

나도 왠지 힘을 주어 말하게 되었다.

—돌아올 때 무서웠다기보다는…….

그는 말을 골랐다.

—돌아오지 못할까 봐 그게 내내 무서웠던 것 같아요.

나는 핫도그를 우물거리며 그 말을 곱씹었다. 한낮의 청년몰은 한산했다.

9

옷장을 정리하다 이모가 어릴 때 떠 주었던 초록색 스웨터를 발견했다. 이모는 스웨터를 언제나 세-타, 라고 발음하곤 한다. 퇴근한 이모에게 그걸 보여주자 이모가 세-타를 새로 하나 떠 줘야겠다고 말했다. 이모가 치수를 재야 한대서 나는 이모에게 등을 보이고 앉았다. 이모는 줄자를 내 등에 대고 어깨와 허리, 팔의 기장을 쟀다. 줄자가 목에 닿자 간지러워서 나는 어깨를 한껏 올렸다. 이모는 아랑곳없이 숫자를 메모지에 크게 크게 적었다. 그리고 방에서 초록색 실을 꺼내 와 뜨개질을 시작했다. 대바늘이 움직이는 소리에 집중하자니 어쩐지 눈을 밟는 소리와 비슷하게 들렸다.

─이모, 이렇게 더운데 스웨터?

─생각났을 때 떠 줘야지. 그동안 치수도 몰랐고.

나는 옷장을 마저 정리했다. 스무 살쯤에 입었던 옷들은 유행에 뒤처진 듯 유행 한가운데에 있었다. 특히 게스 부츠컷을 버릴 땐 솔직히 좀 아까웠다. 부츠컷의 유행이 다시 돌아온 참이다. 절대 돌아올 것 같지 않은 것들이 돌아온다. 허리 중간까지만 오는 볼레로들은 다행히 유행이 돌아오지 않아서 신나게 버릴 수 있었다. 한참 남길 옷과 버릴 옷을 분류하고 있는데 핫도그가게 사장에게 메시지가 왔다. '가게 닫았나요.' '네. 거긴 아직 안 닫았나요.' '네. 핫도그 드시러 오세요.' 그는 공짜예요, 라는 메시지를 하나 더 보내왔고 나는 이모에게 잠시 나갔다 온다고 말했다.

저녁인데도 더웠다. 오늘은 시장을 통과해서 걸었다. 밤의 시장이 제일 좋았다. 불이 반짝반짝하면 다 맛있어 보였고, 다 필요가 있는 물건처럼 보였다. 그다음으로 좋은 건 새벽의 시장. 조용한 가운데 셔터를 올리거나 천막을 여는 모습을 보는 게 좋다.

핫도그가게를 제외하고 1층의 상점은 모두 문을 닫은 상태였다. 나는 뒤돌아서 냉장고를 정리하고 있는 그의 등을 향해 말했다.

─저 왔어요.

─어, 재료 정리했는데.

─뭐예요, 오라고 해놓고.

─어…….

그는 잠시 어정쩡하게 서 있더니 냉장고에 재료를 넣고 말했다.

─그럼 같이 저녁 먹을까요.

10

우리는 소머리국밥을 먹었다. 그는 내게 덥지 않겠느냐고 물었지만 먹고 나서 가게 밖으로 나오면 정말 시원할 거라는 내 말을 믿어보기로 한 것 같았다. 밥을 먹으면서 우리는 그제야 서로의 이름을 알았다. 그러고 보면 같은 동네 출신이라고 통성명도 전에 어떤 학교를 다녔는지부터 묻다니, 게다가 소머리국밥이라니, 참 한국인 같다, 고 내가 말하자 그가 소리 내지 않고 웃었다.

ㅡ잘 웃으시네요.

내가 말하자 그가 고개를 숙이고 이번에는 소리 내어 웃었다. 땀을 뻘뻘 흘리며 국밥을 다 먹고 나오니 시원했다. 그에게도 시원하지 않느냐고 물었더니, 그는 대답 대신 미니 선풍기를 꺼냈다.

그의 집은 이모의 집과 멀지 않았다. 우리는 시장을 따라 같이 걷기로 했다. 시장 중간에 웬 철학관 간판이 나와 있어 우리는 그걸 유심히 봤다. '현진 철학관 (구)현모 철학관 작명 궁합 운세'라고 적혀 있었다.

ㅡ철학관 주인이 자신의 운세를 보고 철학관 이름을 바꾼 걸까요.

ㅡ그렇겠죠? 제 이름도 철학관에서 지었어요.

ㅡ저도요. 저는 이름이 세 개였어요.

ㅡ네?

ㅡ호적에 오른 이름은 원래 미화였고, 집에서 부르던 이름은 미정이었고, 철학관에서 지은 이름이 미주예요.

ㅡ와. 미화였던 미주 씨는 상상이 안 가네요. 그런데 이름에 다 미가 들어가네요.

ㅡ예쁘라고. 태어났을 때 못생겨서.

그는 아무런 대꾸도 안 했다. 보통은 지금은 예쁜데요, 라든가 어릴 때 못생기면 어쩌구 이런 종류의 이야기를 하기 마련인데. 그는 나를 잠시 바라보다 생각에 잠긴 채로 걸었다. 걷다가 문득 생각난 듯 말했다.

—이모님께서 미주 씨 음악 한다던데.

이걸 설명하는 게 제일 싫다.

—그냥 밴드 했는데, 망했어요.

—찾아서 들어봐도 돼요?

—뭘 허락을 받아요.

—그래도 몰래 듣고 혼자 알면 실례일 것 같아서.

—잘 안 나와요. 제목으로 검색해야 돼요.

나는 제목 몇 개를 알려주었다.

—미주 씨가 노래도 해요?

—네.

—다다음주부터 주말마다 야시장 축제가 열리거든요. 그때 노래 대회도 한대요. 나가봐요, 미주 씨.

그가 실실 웃으면서 말해서 진심이 아니라는 걸 알 수 있었다.

—그럴까요. 상금 있어요?

—야시장 쿠폰 준대요.

—그거 받으면 제가 쏠게요.

시답잖은 농담을 주고받으며 걷자 갈림길이었다. 그는 쌀집이 있는 골목으로, 나는 호프집이 있는 골목으로 손을 흔들며 헤어졌다. 집에 도착하자 그에게 메시지가 와 있었다. '미주 씨. 고춧가루.' 화장실로 달려가서 거울을 보니 과연 앞니에 커다란 고춧가루가 끼어 있었다.

11

b의 취업과 친구의 생일이 겹쳐 축하 파티를 한다고 했다. 나는 둘에게 줄 선물로 102살롱에서 기도하는 손 모양의 향초를, 늘봄가죽공방에서 갈색 카드지갑을, 각각 두 개씩 샀다.

　―핫도그는 선물을 못 하네요.

라며 그에게 짧은 서울행을 알리자 그는 내게 핫도그를 주며,

　―선물.

이라고 말했다.

12

친구들이 좀 늦어서 b와 내가 먼저 만났다. b의 단정한 차림이 낯설었다. 디자이너에게도 복장 규제가 있느냐고 물었더니 아직 적응하느라 그냥 눈치껏 입고 다닌다고 했다. 한여름에 긴 면바지와 셔츠를 입은 것을 놀리며 호시절은 다 갔다, 고 말했더니 b가 나를 가만히 보더니 말했다.

　―좀 쪘어?

　―응.

　―보기 좋네.

　―매일 핫도그를 먹었더니.

　―핫도그는 왜?

나는 동네에 청년몰이라는 것이 생긴 사실과 핫도그가게의 사장과 알고 지내게 된 일들을 이야기했다. b는,

―그새 누구랑 친해졌냐. 너도 너다.
라고 말하고는 그 뒤로 내게 말을 걸지 않았다.

친구들을 만나면 여전히 변하지 않은 것들과 너무 많이 변한 것들을 동시에 느낄 수 있다. 예를 들면 b는 여전히 소음을 뚫고 맥주를 주문하는 일을 잘하지 못했고, 나는 한치를 주문했으며, 생일을 맞은 친구는 청첩장을 들고 등장했다. 생일을 맞은 친구는 술 대신 콜라를 시켰고, 우리는 초를 세 번이나 꽂아서 축하를 해야 했다. 한 번은 b의 취업 축하였고, 다른 한 번은 친구의 생일, 그리고 마지막은 그 친구의 결혼과 임신이었다.

우리는 서로의 근황에 대해 이야기했고, 내 차례도 다가왔다. 요즘 고향에 내려가 있다고, 그렇게만 말했는데 다들 걱정하는 눈치였다. 나는 오늘도 얻어먹는 건가, 하고 생각했다. 선물 증정식을 한 뒤 얼마 떠들지 않았는데 벌써 버스를 타러 가야 할 시간이었다. 곧 일어나야 한다고 말하자 생일인 친구도 아직 임신 초기라 피곤하다며 같이 일어나겠다고 했다. 그러다 모두 집에 가는 분위기가 되어 자리는 파하고 말았다.

b의 자취방과 버스터미널이 가까워서 나는 그와 중간까지 지하철을 타고 같이 가게 되었다. b는 계속 말이 없었고, 나는 몇 번 말을 붙이려다가 말았다. 우리는 손잡이를 잡고 나란히 서서 모르는 사람처럼 서 있었다. 지하철 창문에 비친 그를 슬쩍 쳐다봤는데 창이 일그러져서 정확한 표정을 알 수가 없었다. 우리 앞에 앉은 사람이 일어나자 그는 나더러 앉으라고 했다.

그는 내리기 전에 내게 몸을 숙이고,

―너 정말 첫키스 한 사람이 누군지 기억 안 나?

라고 말했다.

설마 b였나?

물어볼 수도 없고 해서 휴대폰으로 b가 출연한 유튜브 방송을 보면서 돌아오는데, 핫도그가게 사장에게 메시지가 왔다. '미주 씨 음악 들었어요.' 그러면 안 되는데 묻고 말았다. '어땠어요.' '야시장 노래 대회 나가면 안 될 것 같아요.' 그는 정말이지 솔직한 사람이었다.

13

b가 SNS에 내가 선물한 초와 카드지갑을 찍어 올렸다. 나는 좋아요를 눌렀다.

14

곧 이모의 출국일이었다. 막상 날짜가 다가오니 이모 혼자 잘 다녀올 수 있을지 걱정이 됐다. 이모는 굳이 시장에서 복대를 사 왔다.

—요즘은 그런 거 필요 없다니까.

그러면서 나는 유럽의 강도에 대해 말해주었다. 유럽에서 강도를 만나 골목으로 끌려가서, 노 머니, 노 머니, 라고 말했더니 강도가 뒷주머니에서 꼬깃꼬깃한 종이를 펼쳤는데 거기에 '복대 내놔'라고 쓰여 있었다는 얘기였다. 이모는 그게 웃겼는지 한참을 복대 내놔, 복대 내놔, 하면서 웃었다. 이 얘기를 해놓고 나는 이모가 불안해할까 봐 인터넷에서 본 글이라고 얼른 말해주었다. 실제로 어디서 들었는지 모를 이야기니까 인터넷이 출처일 확률이 높았다.

이모가 방에서 초록색 스웨터를 꺼내 왔다.

—벌써 다 떴어?

—금방 뜨지.

스웨터는 넉넉하게 맞았다.

—루지핏이 유행이래서 그렇게 했어.

—루즈핏?

—그래, 루지핏.

정말 이모 혼자서 유럽 여행을 갈 수 있을까. 더워서 팬티에 스웨터만 걸치고 거울을 보는데 이모가 초록색 니트 가방을 주었다.

—이것도 뜬 거야?

—너 어릴 때 입던 스웨터, 그걸로 뜬 거야.

—그걸로 어떻게 떠?

—어떻게 뜨긴. 실 풀어서 새로 떴지.

—그게 돼?

—뜨개질은 다 돼. 풀면 새로 만들 수 있어.

그런 게 가능하다니. 뜨개질은 대단하구나, 몇 번이고 다른 모양이 될 수 있다는 것이, 하고 생각하며 초록색 가방을 메자 정말 차림새가 웃겼다. 팬티 바람에 초록색 스웨터와 초록색 가방. 피터팬도 아니고. 거울을 보며 혼자 웃고 있으려니 이모가 밤에 그렇게 웃으면 실없어, 라고 말하고는 방으로 들어갔다. 자기는 복대 내놔, 하면서 웃더니.

이모의 방에서 영어회화 소리가 흘러나왔다. 요즘 부쩍 방에서 뭘 한다 했더니 저거였나 보다. 더듬더듬 그걸 따라 하는 이모의 목소리도 들렸다. 위치 웨이 이즈……. 그걸 듣다가 나는 핫도그가게 사장에게 메시지를 보냈다. '역시 야시장 노래 대회에 나가볼까 해요.' 잠시 후 그에게 '그것만은……'이라는 답장이 와서 나는 스웨터에 팬티만 입은 채로 깔깔 웃었다. 이모는 곧 먼 곳으로 떠날 예정이었고, 나는 이미 떠나 온 기분이었다. 영원히 자라지 않을 것만 같네, 나는 생각했다. ▪

오한기

팽 사부와 거북이 진진

1985년 경기도 안양 출생.
2012년 『현대문학』 등단.
소설집 『의인법』. 장편소설 『홍학이 된 사나이』 『나는 자급자족한다』 『가정법』.

팽 사부와 거북이 진진

　우영빌라 임대인은 재작년 외동아들이 교통사고로 사망한 뒤 거북이를 기르기 시작했다. 특별할 것 없는 애완용 거북이를 상상하면 된다. 동물원 임상연구원이었던 아들의 전공이 거북이였다나. 아들의 어린 시절 애칭도 붙였다고 했는데, 몇 번 들었지만 지금은 기억에 남아 있지 않다.

　5년 전, 임대인은 우영빌라를 갭투자로 매수했다. 우영빌라는 91년 지어진 공릉동 소재의 5층짜리 다세대주택이다. 한 층에 2세대, 총 10세대가 거주 가능하며, 전세는 보증금 2억, 월세는 5천에 40만 원으로 타지역에 비해 저렴한 편이다. 낡고 협소했지만 남향이라 난방비가 절감됐고, 화랑대역과 지근거리여서 출퇴근에 용이했으며, 인근에 서울여대와 서울과기대가 있어서 카페와 맛집도 많았다. 여러모로 부담 없이 새로운 인생을 시작하기 좋은 조건이었다.

나 역시 독립이라는 새로운 인생을 우영빌라 401호에서 시작했다. 비록 그 시작은 크나큰 상처로 귀결됐지만. 전세 만기를 앞두고 임대인에게 보증금을 돌려줄 수 없다는 통보를 받은 것이다. 그 무렵이었던 것 같다. 옥상에 드나들기 시작한 건. 옥상에서 바라보면, 사방에 우영빌라와 흡사한 빌라들이 늘어서 있었다. 나는 그 풍경을 바라보면서 저 많은 세입자들 중에는 분명 나보다 더 딱한 세입자도 있으리라 생각하며 삶의 의욕을 충전하곤 했다.

본격적인 이야기에 들어가기 앞서 보증금 상환을 단념하기까지의 과정이 지난했다는 건 짚고 넘어가고 싶다. 보증금 받는 데 얼마나 걸리냐고 묻자 서울시 전월세센터에서는 1년, 법률구조공단에서는 1년 6개월을 예상했다. 그나마 보증금을 돌려받은 임차인, 그러니까 전세 사기 피해자의 30퍼센트에 대한 통계였다. 정부에는 기대를 걸지 않는 게 좋다. 한동안 여론 눈치를 보며 분주해 보이더니 실질적인 해결책 없이 전세보증보험 가입 촉구 정도로 마무리한 것이었다. 보증금반환소송, 강제경매 따위의 지리멸렬한 과정들은 악몽과도 같아서 정신 건강에 해로우니 생략하겠다. 마지막으로 한 마디만 더 하면, 전세 사기를 당할 경우 괜한 호승심을 부리기보다는 원만한 합의를 추천한다.

나와 달리 임대인은 태평했다. 임대인은 민주당 지역지부장을 연상시키는 호방한 외모의 60대 남성으로 501호에 기거하고 있었다. 생김새에서 짐작할 수 있듯 능글맞았는데, 갭투자를 하느라 목돈이 없다며 새로운 세입자를 구할 때까지 돈을 주지 못하겠다고 말할 때도 당당하기 그지없었다. 내용증명을 보내자 도올의 잠언이나 안도현의 시구를 회신해서 기가 찼고, 소송, 통장압류, 강제경매를 할 때도 피해자로서 합리적인 조치라며 고개를 주억거렸다. 사람 좋게 웃으며 순리, 도리 같은 말로 때우거나 시간이 약이다, 따위의 조언을 해주기도 했다. 처음에는 적반하장 격으로 대거리하지 않는 게 어디냐 안심했지만, 시간이 흐르자 그 태연자약한 태도에 오히려 약이 올라 미칠 지경이었다.

더군다나 보증금에는 근본적인 문제가 있었다. 보증금은 내 돈이 아니었다. 목돈이 없어서 약혼자에게 빌렸던 터였다. 여기까진 괜찮았다. 진짜 문제는 다음이었다. 결혼 날짜도 잡기 전에 약혼자는 부동산 투자를 한다며 신혼집을 덜컥 계약했고, 전세 만기에 맞춰서 중도금 치를 시기를 잡은 것이었다. 우리가 보증금 때문에 트러블을 겪은 건 불 보듯 뻔했다.

불행히도 좀처럼 집을 보러 오는 이는 없었다. 부동산을 몇 군데 돌아보니, 인근에 대규모 청년임대주택 단지가 들어서는 바람에 수요가 준 데다가 임대인이 지나치게 높은 전세가를 고집하는 게 원인이라고 했다. 전세가를 왜 내리지 않냐고 따지자 임대인은 자신의 권리를 침해하지 말라고 점잖게 타일렀는데 딱히 반박할 논리를 찾지 못했다.

기다리다 못해 직접 세입자를 찾아 나서기도 했다. 전세 중개 어플리케이션을 활용한 것이다. 보증금 반환이 불확실한 매물을 소개한다는 게 양심에 걸리긴 했지만 나부터 살고 봐야 했다. 장점을 쥐어짜내며 홍보에 공을 들였고, 복비는 내가 부담한다는 혜택도 제공했다. 수차례 시행착오 끝에 성사 직전까지 간 적도 있었다. 마침내 나와 입주 희망자와 임대인은 부동산에 모였다.

관상이 별론데?

계약서에 서명을 앞두고 있을 때 임대인이 입주 희망자에게 눈길을 던졌다.

집을 더럽게 쓸 것 같단 말이야.

임대인은 이렇게 투덜거리며 계약을 무르자고 했다. 입주 희망자는 욕설을 내뱉으며 돌아섰고, 나는 고개를 조아리며 사과해야 했다.

성질머리하고는. 예전 202호랑 닮지 않았어? 그 인간 이사 갈 때 장판 밑에서 구더기도 나왔다니까. 어디에서 저런 작자를 구해 왔어?

임대인이 혀를 찼다. 나는 돈 줄 생각이 있긴 한 거냐고 따졌다.

그 요새 유명한 영화가 뭐 있더라.

임대인이 말을 돌렸다.

그 상 많이 탄 영화 말이야. 감독 성이 특이했는데. 괴물 나오는 영화도 만들고.

임대인이 덧붙였다.

아, 봉준호. 「기생충」요?

나는 임대인이 무슨 꿍꿍이인지 머리를 굴리다가 포기하고 대답했다.

맞아. 「기생충」! 하도 좋다기에 엊그제 봤는데 송강호네 가족 보니까 우리 세입자들이 생각나더라고. 호의가 계속되면 권리인 줄 안다니까. 없는 사정 가엾게 여겨서 집을 저렴하게 빌려줬더니 배은망덕한 놈들. 저열한 것들이 인내심도 없어. 기를 쓰고 권리만 주장한다니까. 돈 며칠 늦게 받는다고 죽어? 그런데 왜 그런 찝찝한 영화가 상을 타고 그러지?

임대인은 껄껄 웃으며 떠나갔다.

그날 나는 전세 중개 어플에 장점을 하나 더 추가했다. 문화적 소양이 높고 유머 감각이 있는 임대인.

다시 옥상 이야기로 돌아가겠다. 옥상에 단지 남과 비교우위를 따지기 위해 올라간 것만은 아니었다. 나름대로 실리를 취하기 위해서였다. 옥상에는 상추, 고추, 블루베리 따위의 작물을 가꾸는 임대인의 텃밭이 있었는데, 이자를 받는 셈치고 작물을 슬쩍한 것이었다.

그러던 어느 날이었다. 어둑해질 무렵 옥상에 올라갔다가 텃밭을 서성거리는 또 다른 사람과 마주쳤다.

401호죠?

그가 물었다. 도둑질을 들킨 것처럼 심장이 덜컹거렸다.

보증금 못 받았죠? 보증금반환소송에서 승소하셨을 테니 보증금 2억에 대한 법정 이자 5퍼센트. 그러니까 한 달에 백만 원. 이자 대신 텃밭 털러 왔죠? 상추를 예로 들어볼까요? 상추는 한 묶음에 시가 2,000원 정도 하니 이 텃밭에 있는 걸 다 뽑아도 모자랄 겁니다. 그것도 365일 이 텃밭에 상추가 가득하다는 가정하에 말이죠. 그래도 해볼 때까진 해봐야죠. 원금 받기도 힘든 마당에 이자 받긴 더 힘들 테니. 아주 잘하고 계신 겁니다. 임차권등기명령 신청을 하고 이사를 가면 12퍼센트까지 이자를 받을 수 있는데, 보아하니 다른 집 구할 돈은 없어 보이네요.

그가 부동산 전문 변호사처럼 지식을 늘어놓았다. 나는 정신을 바로잡고 어떻게 알았냐고 물었다. 그는 자신도 보증금을 못 받았다면서, 401호처럼 설치면 서로 고달파지니까 순리대로 합시다! 라고 임대인 성대모사를 하며 실없이 웃었다. 전세 사기 피해자였다니. 마음이 조금 놓였다. 그러고 보니 낯이 익었다. 302호 세입자. 오며 가며 마주쳤던 것 같았다. 그 뒤 나는 302호와 띄엄띄엄 말을 섞으며 작물을 수확했다. 시간이 흐르자 302호가 석연치 않게 느껴졌다. 당연히 나처럼 상추 같은 걸 따는 거겠거니 했는데, 자세히 보니 작물에 무언가를 바르고 있었던 것이었다. 나는 302호에게 뭐 하는 거냐고 물었다.

투명 매니큐어를 칠하고 있어요.

302호가 대답했다. 나는 매니큐어는 왜 칠하냐고 물었다.

디부틸 프탈레이트. 톨루엔. 포름알데히드. 매니큐어에 포함된 독성 물질들이에요. 암살할 재간은 없으니 이렇게라도 해야 분이 풀리죠.

그가 고추에 매니큐어를 바르며 대답했다. 나는 그날 부로 텃밭 서리를 중단했다.

우리는 대동소이한 처지였다. 무엇보다 적이 같았다. 임대인 욕을 하고 임대차법을 비판하는 것만으로도 가까워지기 충분했다. 이름이 가물가물해서 뭐라고 부를까 고민하다가 최근 쓰고 있는 작품 속 인물을 따서 그냥 진진이라고 칭하겠다. 직업은 프리랜서 웹디자이너. 동갑인 데다가 그리 다가가기 힘든 타입은 아니어서 금세 말을 트고 지냈던 게 떠오른다. 유일한 재산은 살구색 소형차. 진진 역시 보증금이 묶여서 곤란에 처해 있었는데 가업과 관련된 대출이자 문제였던 걸로 기억한다.

우리는 합심했다. 내가 주로 아이디어를 냈고 진진은 실행했다. 특별한 이유는 없다. 상대적으로 내가 상상력이 좋다면 진진은 행동파였고 우리는 서로의 장점을 활용했을 뿐이다. 진진은 내 아이디어를 따라 임대인의 우편물에 손을 대거나 임대인의 차를 긁었고 임대인의 창문에 돌을 던졌다. 엘리베이터에 낙서를 하거나 계단, 복도, 주차장 등지에 오물을 뿌리기도 했다. 그나마 집을 보러 왔던 이들은 악취를 풍기고 너저분한 빌라를 보며 발길을 돌렸다. 그때는 그게 왜 그리 통쾌했는지 모르겠다. 전세가 안 빠지면 누가 봐도 내 손해였는데. 흐지

부지되긴 했는데, 내 전공이 문예창작이고 진진의 전공이 서양화라는 사실을 알게 된 뒤 웹툰을 같이 그리려고 하기도 했다. 비리비리한 세입자가 임대인을 숙주 삼은 외계인을 무찌르는 내용이었다. 그 무렵, 나는 홍보글에 장점을 하나 더 추가했다. 이웃 사이가 돈독함.

어느 순간 나는 진진이 단순한 행동파가 아니라는 것을 깨달았다. 말하자면 진진은 초현실적인 행동파였다. 상추에 매니큐어를 칠할 때부터 알아봤어야 했다. 언젠가 보여줄 게 있다고 해서 옥상에 올라갔더니 진진은 부적처럼 보이는 걸 텃밭에 묻고 있었다. 흰 바탕에 붉은색으로 생면부지의 한자가 쓰여 있는 부적이었다. 나는 무슨 한자냐고 물었다.

팽!

진진이 부적이 담긴 구덩이에 흙을 쓸어 담으며 내뱉었다. 대답인지 혼잣말인지 구분이 되지 않았다.

뭐라고?

팽이라고. 팽이라고 쓰여 있어.

진진이 대답했다.

무슨 뜻인데?

우리는 자본주의 시대에 살고 있어. 모든 걸 돈과 관련지을 수밖에 없지. 저주도 마찬가지야. 과장되면 안 돼. 적정한 값어치가 책정돼야 한다고.

진진이 동문서답으로 말을 받았다. 진진의 얘기가 무슨 뜻인지 짐작도 할 수 없었다. 그 뒤 나는 나도 모르게 고개를 절레절레 흔들었던 것 같다.

고개를 내두르는 게 마땅해. 무슨 말인지 모를 테니까. 일례로 자녀를 유괴당한 고통을 돈으로 환산하면 13만 달러라는 FBI 연구 결과가 있어. 그러니까 그 부모가 이 부적을 활용하면 유괴범에게 13만 달러, 한화로 1억 6천만 원가량의 저주가 내리는 셈이지. 이제 내 말을 이해하겠어?

진진이 히죽거렸다.

방법은 간단해. 이 요물을 적이 가장 소중히 여기는 대상에 붙이거나 묻으면 그만이야. 알아서 가격을 측정해준다니까. 우리는 더 간단하지. 2억 원이라는 피해 금액이 주어져 있으니. 그나저나 아들이 죽은 이상 임대인은 이 빌라를 가장 소중하게 여기겠지?

진진은 쉴 새 없이 입을 놀렸다. 주차장에도 붙였고 측면 화단에도 묻었고 이 텃밭이 마지막이라면서.

어디 2억짜리 고통을 한번 맛보시죠.

진진이 쿠엔틴 타란티노 영화에 나오는 악당처럼 흙을 꾹 눌러 밟으며 위악적으로 웃었다. 그때까지만 해도 나는 팽이라는 글자를 대수롭지 않게 여겼다. 솔직히 말하면 어떤 돌팔이 무당에게 속아서 산 부적이겠거니 속으로 비웃기도 했다. 한편으로는 2억 원어치의 고통이 대체 무얼까 궁금하기도 했다. 가능만 하다면 임대인에게 그 고통이 생기길 바라면서 말이다. 나중에 알게 된 건데, 그 한문은 삶을 팽烹 자였다. 삶아서 죽인다, 삶아서 죽이는 형벌, 이라는 뜻도 있다며 으스스한 미소를 짓던 진진이 떠올라서 아직도 몸서리가 쳐진다.

진진이 부적을 묻는 걸 목격하고 며칠이 지난 뒤였다. 진진은 뜬금없이 모임에 같이 나가자고 했다. 부적을 계기로 내게 부쩍 친밀함을 느끼는 듯했다. 나는 어떤 모임이냐고 물었다.

전두엽.

진진이 말했다. 나는 보증금을 돌려주지 않는 임대인을 납치해 머리를 드릴로 뚫고 전두엽을 파헤치는 집단인가 싶어서 무의식적으로 머리 위에 손을 얹었다. 진진은 피식 웃으며 진짜 전두엽이 아니라 '전세보증금을 반환하지 않는 임대인에게 두려움을 선사하는 임차인 연합'의 약칭이라고 말했다. 그뒤 진진은 전두엽에 대해 떠벌리며 근엄한 표정으로 돌변했다. 불현듯 '전세보증금을 반환하지 않는 임대인에게 두려움을 선사하는 임차인 연합' 중 엽에 해당하는 단어를 찾을 수 없다는 생각이 들었고, 따라서 전두엽은 착오에 의해 탄생된 무언가 근본부터 잘못된 조직 같다는 생각도 들었지만 말을 아껴야 했다. 왠지 디테일에 함몰되지 말고 큰 숲을 보라는 호통을 들을 것 같아서였다. 그만큼 진진은 진중했다.

전두엽은 전세 사기 가해자와 방해 세력을 처단하는 일종의 자경단이었다. 가해자에 대한 복수는 물론, 재판에 뜸을 들이는 판사나 불친절한 법원 사무관의 신상을 털어서 인터넷에 올리기도 했고, 국토부 장관 출몰 지역을 쫓아다니며 계란을 던지기도 했으며, 미국 대사관에 나는 소련 스파이다, 따위의 장난 전화를 걸기도 했다. 여기까지 말한 뒤 진진은 숨을 고르며 질문 없냐고 물었다.

그런데 미국 대사관은 전세 사기와 무슨 상관이지?

나는 조심스럽게 물었다. 진진은 숨을 깊이 들이마신 뒤 미국 서브프라임 모기지 사태와 한국 갭투자 폭증의 연관성에 대해 설명하기 시작했다. 어느 순간 나는 무언가에 홀린 듯 고개를 끄덕이며 진진의 제안을 받아들였던 것 같다. 왜 내가 그 이상한 자경단 모임에 참석하기로 했는지, 박근혜 탄핵 시위에조차 나간 적이 없는 내 성향을 돌이켜 봤을 때 지금도 이해되지 않는다. 아마 권리를 되찾기 위해 끊임없이 투쟁하는 진진에게 자극받았던 것 같다. 무엇보다 심신이 지친 상황이었다는 걸 참작해주길 바란다.

머지않아 회동 일자가 잡혔다. 진진이 이끈 곳은 빌라 주차장에 있는 본인의 차였다. 진진은 운전석에 나는 조수석에 올라탔다. 어디론가 가겠지 했는데 진진은 시동도 걸지 않았다.

왜 안 가?

내가 물었다.

여긴데 어딜 가?

어디가 여긴데?

말을 섞다 보니 무언가 핀트가 어긋나 있다는 게 느껴졌다. 때마침 약속 시간이 됐고, 진진은 손바닥 위에 핸드폰을 올려놓은 뒤 축성을 드리듯 신중하게 치켜들었다.

팽!

뒤이어 텃밭에서 들었던 글자가 진진의 입에서 흘러나왔다. 전보다 선명한 발음이 귀에 꽂혔다.

팽!

진진이 다시 외쳤다. 나는 진진을 바라봤다. 진진의 눈은 형형했다. 무슨 말이라도 하고 싶었지만 섬뜩해서 입이 떨어지지 않았다. 그사이 진진의 핸드폰이 울렸다. 문자가 온 듯했다.

왔다! 왔어!

진진이 들뜬 음성으로 말했다. 나는 누가 왔다는 건가 싶어서 창밖을 기웃거렸다. 그런데 아무도 없었다.

아니, 여기.

진진이 핸드폰을 고갯짓했다. 나는 핸드폰을 들여다봤다.

새로운 멤버인가?

그때 핸드폰에 문자가 입력됐다. 메시지 위에는 발신자 표시 제한 이라는 문구가 떠 있었다.

말씀드렸던 401호입니다.

진진이 대답했다.

동갑이라고 했었나? 올해는 85년생이 삼재니까 둘 다 몸을 사리도 록.

문자가 입력됐다. 그 뒤 진진은 금주 활동에 대해 보고했고, 문자메 시지는 대안을 제시하거나 조언을 했다. 나는 넋을 놓고 그 광경을 바 라보고 있었다. 핸드폰 속 정체불명의 존재가 진진의 음성을 이해하고 문자로 반응하다니. 초능력 같기도 했고 AI 같기도 했다. 그리고 그게 무엇이든 실로 황홀한 광경이었다.

부적 효과는 있나?

이어서 다른 문장이 입력됐다.

노력은 하고 있습니다만.

진진이 말끝을 흐렸다.

그럼 이 부적을 써보도록.

익명의 발신자가 이미지를 보냈다. 더 크고 진하고 화려한 필체로 쓰인 팽이었다. 그럼 이 작자가 부적을 써준 돌팔이 무당? 그런데 무 당이 왜 전두엽에? 혹시 무당도 전세 사기를 당한 건가? 발신자의 정 체에 대해 생각하고 있을 때였다. 진진이 내 손을 매만졌다. 그 뒤 내 가 뭘 했는지는 기억나지 않는다. 의식을 되찾고 보니 나는 진진과 함 께 핸드폰에 손을 포갠 채 눈을 감고 있었다. 생생하다. 상서로운 기운 이 손으로 흘러드는 듯했고, 전기뱀장어에 물린 상상이라도 한 것처럼 온몸이 찌릿찌릿했다.

팽의 내면에 정당한 복수와 합당한 저주가 깃들어 있나니.

어느 순간 귓가에 생전 처음 듣는 듯한 기괴한 음성이 쩌렁쩌렁 울려 퍼졌다. 인간의 음성도 기계음도 아닌, 미지의 세계에서 들려오는 해독 불가능한 데시벨 같았다.

팽!

귀가 찢어질 듯한 외침이 이어졌다. 정신이 번뜩 들었고, 눈이 저절로 떠졌다. 나는 핸드폰에서 서둘러 손을 뗐다. 홀로그램처럼 잡힐 듯 잡히지 않는 존재감이 손아귀에 남아 있는 것 같았다.

이게 뭐야? 대체 누군데?

내 목소리는 부들부들 떨리고 있었다.

팽 사부님.

진진이 핸드폰을 끈 뒤 차분하게 대답했다.

그게 누군데?

팽 사부님이라니까.

그러니까 팽 사부님이 누구냐고.

내가 거듭해 물었다. 진진은 그제야 정신을 차린 듯 아, 나만 알고 있었구나, 라고 중얼거리며 설명해나갔다.

팽 사부는 일제강점기 충북 제천에서 이름을 날리던 무당이었다. 본명 민활성. 본명보다 코를 푸는 듯한 특유의 주문과 팽 자가 쓰인 부적으로 유명해서 팽 사부로 불리었다. 팽 사부는 대쪽 같은 성품을 지니고 있었고, 부적 또한 팽 사부를 닮아서 정당한 복수에만 합당한 저주를 내린다고 알려져 있었다. 당시 팽 사부는 비밀리에 독립군을 지원하고 있었다. 독립군이 거사를 치르기 전 부적을 만들어준 것이었다. 1933년 3월, 제천 출신 독립군 이용준은 상하이 홍커우에서 주중 일본공사 아리요시 아키 암살을 시도했다. 암살은 실패했고, 팽 사부의 부적이 천황에게 하사받은 아리요시 아키의 칼집에서 나왔다. 수개월 뒤 팽 사부는 시체로 발견됐다.

쉽게 말하면 진진은 팽 사부와 현재를 연결하는 영매였다. 진진은 전세 사기를 당한 뒤 좀처럼 일이 풀리지 않자 신점을 봤고, 자신의 몸에 팽 사부가 깃들었다는 것을 알게 됐다. 그 뒤 팽 사부가 떡하니 부적을 문자로 보내면서 둘의 관계가 시작됐다. 핸드폰이 그들을 잇는 매개체라면, 팽이라는 외침은 팽 사부와 소통을 하거나 저주를 불러내기 위한 주문이었다. 정신을 차리고 보니, 라고 진진은 표현했다. 정신을 차리고 보니 진진은 팽 사부와 협심해서 전세 사기라는 범죄에 맞서고 있었다.

팽이라고 외치면 스마트폰을 통해 영혼과 대화를 나눌 수 있다고? 좋아. 다 좋다고 치자고. 그런데 팽 사부가 왜 네 몸에 깃든 거지? 그러니까 왜 전세 사기에 원한을 품은 건데? 독립운동을 하다 죽은 점쟁이 아니야?

내가 물었다. 목소리를 들은 이상 팽 사부의 존재를 무턱대고 부정할 수만은 없었다. 다만 혼란을 이겨내고 싶은 무의식이 발동돼 계속 따져 물었던 것 같다.

이제 그 시대처럼 나라를 빼앗길 일은 없을 테니까. 팽 사부님의 원혼은 복수 대상을 물색하다가 일제의 식민 지배와 현대 전세 사기의 공통점을 발견한 거지. 군국주의와 자본주의. 식민 지배와 전세 사기. 팽 사부님에게 전세 사기는, 즉 자본의 식민화를 뜻하는 거야. 더군다나 자본주의는 정당한 복수에 합당한 저주라는 팽 사부님의 철학에 부합한다고. 이제 이해할 수 있겠어?

진진이 얼핏 맞는 것 같지만 세세하게 따지면 모순투성이인 의견을 개진했다.

결합.

진진의 주장을 곱씹고 있을 때, 진진의 목소리가 들렸다. 나는 진진을 바라봤다.

과거와 현재의 결합. 미래로 나가는 길.

진진이 음성인식 기기처럼 무감정하게 일갈했다.

과거와 현재의 결합. 미래로 나가는 길.

순간 진진의 목소리에 또 하나의 목소리가 겹쳐 들렸다. 바로 팽 사부의 음성이었다.

자네도 미래에 합류하겠는가?

그 뒤 핸드폰이 켜졌고 이런 메시지가 타이핑됐다. 이상하게도 더이상 겁나지 않았던 것 같다. 내 곁엔 팽 사부보다 훨씬 더 공포스러운 현실이 도사리고 있었으니까. 보증금과 중도금. 약혼자와의 갈등. 암에 걸린 아빠. 현실을 압도하는 현실들. 초현실보다 버거운 현실들. 되돌아보면, 감당할 수 없는 현실들에 둘러싸인 채 삶이라는 바람 빠진 구명보트에 올라타기 위해 허우적거리는 비리비리한 세입자가 떠올라서 울적하다.

나는 팽 사부와 진진의 미래에 합류하기로 했다. 전두엽 회원이 된 것이다. 팽 사부를 경험한 건 사실인 데다가 백번 양보해서 보증금을 받지 못한 충격에 헤까닥해서 그렇다 치더라도 진진이 누군가와 짜고 나를 놀려서 얻을 이득은 전무하다는 판단이 들어서였다. 무엇보다 내게 중요한 건 팽 사부의 실존 여부 따위가 아니었던 것 같다. 내게 해를 가한 자들에게 어떻게든 벌을 주고 싶었다. 팽 사부의 힘을 빌려서라도.

나는 회동마다 팽 사부를 알현했고 진진과 함께 갖가지 소동극을 벌였다. 개인적인 복수도 시도했다. 진진이 전담하고 있으니 임대인을 제외하고라도 둘에게는 기필코 복수하고 싶었다. 임대인에게 보증금을 반환할 능력이 없다는 사실을 알고 있었지만 어수룩해 보이는 내게 이 빌라를 적극 추천한 공인중개사. 수수료는 수수료대로 받아놓고 젊은 세대 탓을 하며 은근슬쩍 나를 꾸짖던 법무사. 나는 진진에게 받은 부적 이미지를 프린트한 뒤, 부동산에 잠입해서 중개인의 가족사진 액자에 꽂아놨고, 상담받는 척하며 법무사의 사무실 곳곳에 부착했다. 그리고 나지막하게 외쳤다. 팽!

더 늦기 전에 개인적인 이야기를 하고 넘어가겠다. 아빠 이야기부터 하는 게 낫겠다. 아빠는 매년 생명을 갱신하고 있었다. 알코올중독으로 응급실 신세를 지고 다리를 절기 시작하더니 이듬해 위암으로 위전절제 수술을 받았고 지난해에는 식도암 발병으로 국립암센터를 오가며 양성자 치료를 받았다. 거동과 소화에 제약이 따랐지만 아빠는 삶을 지속하는 데 만족하는 것 같았다.

고백하자면 나는 숨이 막혔다. 간병에 지쳤고 언제 닥칠지 모를 죽음의 실체가 두려웠다. 나는 아빠가 위전절제 수술을 받고 어느 정도 회복한 뒤 간병인을 구했고 무작정 독립해서 우영빌라에 자리 잡았다. 간병인을 통해 아빠 소식을 접하니까 마음이 한결 편했다. 간병인은 다정다감한 성품을 지니고 있었다. 내가 처지를 비관하며 징징거릴 때마다 따뜻한 위로를 건네곤 했다. 어느 순간부터는 간병인이 가족처럼 느껴졌고, 아빠는 간병인의 인스타그램 팔로워처럼 느껴졌다.

나는 암이 없는데도 삶에 만족하지 못했다. 위대한 작가가 되고 싶어서 직장을 떠나왔지만 공모전에 얽매인 신세로 전락했고, 돈이 궁해서 다시 직장을 알아보고 있자니 인생이 한심하게 여겨졌다. 나는 취직 준비와 함께 신분 세탁 회사에 입사한 공시생을 다룬 시나리오를 써서 공모전에 냈고, 둘 다 신경 쓰느라 둘 다 성과를 거두지 못했다. 공모전 심사위원이 대표로 있는 제작사에서 관심을 표해서 잠시 희망을 품었지만 더 이상의 연락이 없는 것으로 희망의 막은 내렸다.

간신히 대학 선배의 소개로 직장을 구할 수 있었다. OTT 사업을 하는 스타트업이었다. 콘텐츠팀 소속이었는데, 플랫폼에 업로드할 콘텐츠 줄거리를 요약하고 시청자가 참고할 만한 리뷰를 남기거나, 자체 제작 콘텐츠 시나리오를 검토하는 업무를 담당했다. 팀원은 나 포함 셋이었다. 하나는 영화 평론가 하나는 독립영화 감독 출신이었는데, 초반에는 이들과 직접 흥행 영화를 기획하자며 의기투합했지만 관계가 소원해지는 바람에 유야무야됐다.

회사로 들어오는 콘텐츠나 시나리오는 엇비슷했다. 「비밀의 숲」류의 정치범죄 스릴러. 북한과 협력해서 일본을 제압하는 스파이물. 일제강점기가 배경인 오컬트물. 최근엔 부동산 소재 드라마가 압도적으로 많이 들어왔다. 향후에는 코로나 바이러스가 주소재가 될 것이다. 좀비물 혹은 괴수물. 에이즈와 사스가 결합된 중국발 생체무기라는 음모론. 방역 팀장이 신천지였다는 반전도 추가.

글만 쓰면 되는 일이 아니었다. 겪고 보니 내 직무는 일종의 서비스직이었다. 작품의 완성도 같은 건 중요하지 않았다. 임원은 광고주나 제작사 대표의 입맛에 맞게 리뷰를 써주길 원했다. 톱스타 캐스팅 여부에 따라 걸작과 졸작으로 나누어 제작 여부를 판가름하기도 했다. 어느 순간 양심을 지키려고 노력해봤자 퇴근만 늦어진다는 것을 알아차렸다. 나는 누군가의 의지대로 움직이기 시작했고, 언제부턴가는 그걸 내 의지라고 믿는 데 이르렀다.

예상외로 나는 직장 체질이었다. 비록 작가로서는 성공하지 못하지만 직장에 붙어 있으면 승진수가 따른다는 사주는 정확했다. 자체 콘텐츠 시리즈가 대박을 치는 바람에 매출이 늘었고 인정을 받아 승진을 한 것이다. 그뿐인가. 예술가라는 자의식은 바닥에 내버린 지 오래였고, 다시는 줍지 않는 게 인생살이에 유용하다는 것도 깨달아버렸다.

직장에서는 승승장구했지만 종종 처참한 기분에 휩싸이곤 했다. 임원이나 광고주가 방향을 설정해주지 않으니 내 작품을 쓰지 못하는 지경에 처한 것이었다. 퇴근한 뒤 노트북 앞에 앉은 채 절망하다가 콘텐츠를 검토하듯 인생이 왜 이렇게 됐는지 되새겨보기 일쑤였다. 나를 주제 삼은 리뷰의 결론은 언제나 하나였다. 자기혐오라고 해도 상관없다. 나에 대한 리뷰는 늘 처참했으니까.

해가 바뀌었다. 「기생충」은 아카데미를 휩쓸었고, 아빠는 죽기 전에 한국 영화가 아카데미를 탄 걸 보다니! 라고 간병인을 통해 전해주었으며, 임대인은 드디어 봉준호라는 이름을 외웠다고 떠벌렸다.

약혼자와는 채무자와 채권자 관계가 됐다. 우리는 틈만 나면 전화를 붙들고 공방을 벌였다. 약혼자는 신혼집 중도금을 치르기 위해 대출을 끌어오느라 만신창이가 됐다. 이자만 해도 만만치 않았고, 나 역시 월급의 대부분을 이자 갚는 데 쓰고 있었다. 약혼자는 걸핏하면 원금을 갚으라고 짜증을 냈고, 나는 신혼집을 서둘러 구하자고 고집을 피운 건 너라고 받아쳤다. 약혼자의 울분을 이해하지 못하는 것은 아니었지만, 나도 나름대로 사정을 이해해주지 못하는 게 섭섭했다. 둘 다 입 밖으로 꺼내진 않았지만 결혼이 기약 없이 미뤄진 건 의심할 여지가 없었다.

전두엽도 시들해졌다. 잡범 취급도 받지 못할 만한 소동극을 연출한다는 게 유치하게 느껴졌달까. 회동 때마다 팽 사부에게 새로운 부적을 받았지만 저주가 좀처럼 일어나지 않자 의심이 가기도 했다. 사적인 복수도 이루어지지 않았다. 부적 위치를 옮겨봤지만 마찬가지였다. 공인중개사 카톡에는 행복해 보이는 가족사진이 수시로 업데이트됐고, 법무사는 아예 사옥을 사들여서 신입사원을 대거 채용했다. 팽이라는 주문이 잔기침보다 더 무의미하게 여겨진 건 당연한 결과였다.

나는 회사가 바쁘다는 핑계로 더 이상 아이디어를 내지 않았다. 진진은 참지 못하고 직접 아이디어를 냈다. 선을 지키지 못한달까. 초현실적인 행동파답게 모조리 상식을 뛰어넘는 아이디어들이었다. 하이라이트는 죽은 아들의 이름으로 임대인을 원망하는 편지를 써서 우편함에 넣어둔 것이었다. 아빠가 증오스러워서 달리는 차에 뛰어들어 자결했다는 내용의 편지였다. 내심 임대인의 아킬레스건을 건드려서 그가 무너져 내리는 꼴을 보고 싶었던 것 같다. 진진의 계획을 듣고 가만히 고개만 끄덕였으니.

머지않아 임대인이 넋이 나간 채 빌라를 배회하는 모습을 볼 수 있었다.

아들이 살아 있었어. 내가 개새끼래.

나와 마주치자 임대인이 울먹거렸다.

내가 그렇게 개새끼야?

임대인이 물었다.

됐어. 자네는 당연히 그렇게 생각하겠지.

임대인이 내가 대답하기도 전에 자리를 떴다. 그 능글맞던 임대인이 쩔쩔매는 꼴을 보는 게 통쾌하긴 했지만 왠지 마음 한구석이 불편했다. 잠시 뒤, 집에 들어왔는데 진진이 찾아왔다.

우는 꼴 봤어? 본인이 개새끼인 줄 이제 깨달았나 봐?

진진이 키득거렸다. 그때였던 것 같다. 진진과 결별해야겠다는 다짐을 한 건.

아니나 다를까 진진은 사고를 쳤다. 아들의 편지를 빌미로 귀신이 나오는 건물이라며 퇴마 유튜버에게 제보한 것이었다. 유튜버는 우영빌라에 실제 귀신이 있는 것처럼 편집해서 방송했고, 덕분에 만기를 앞둔 일부 세입자는 보증금을 받지 못할 위기에 처했다. 집을 보러 오는 사람이 씨가 말랐던 것이었다. 세입자들은 진진에게 항의했다. 진진 때문에 전세금을 제때 주지 못하는 거라며 임대인을 동정하기도 했다. 진진도 내게 세입자들이 주제 파악을 못 하는 것 같다고 불만을 토로했다. 나는 동조하는 척하며 은근히 비꼬았지만 진진은 알아듣지 못하는 눈치였다. 임대인의 조언처럼 순리대로만 했어도 진작 이 빌라에서 탈출했을지도 몰라. 어쩌다가 진진과 어울려서. 당시 내 머릿속엔 후회로 가득 차 있었다.

나는 전두엽 활동을 중단했다. 진진과 팽 사부에게 해코지라도 당할까 봐 공식적으로 말하지는 못했지만, 되도록 진진을 피해 다녔고 회동에도 발길을 끊었다. 그들과 거리를 두자, 팽 사부의 존재가 꿈결처럼 느껴졌고, 내 광기에 진진의 광기가 더해져서 보인 환각이라는 생각도 들었다.

거북이가 결정타였다. 진진과 완전하게 갈라서게 된 계기 말이다. 어느 날, 쓰레기를 버리러 나가다가 현관문 앞에서 버티고 서 있는 진진과 맞닥뜨렸다. 진진은 요새 자신을 피하는 것 같다고 시니컬하게 인사를 건넸다. 회사가 바빴다는 핑계를 대자 진진은 퉁명스럽게 상의할 게 있다고 했다. 부적을 계속 바꾸는데도 저주가 발현되지 않는다는 것이었다.

그 부적에 효능이 있다는 걸 전제했을 때 알 수 없는 건 단 하나. 임대인이 가장 소중하게 여기는 것. 그러니까 임대인이 이 빌라보다 더 사랑하는 무언가가 있는 것 같은데? 그런 건 위대한 팽 사부님께서 안 가르쳐주디?

내가 비아냥거렸다.

그래, 그거야. 내가 왜 그 생각을 못 했지? 알고 있었으면 진작 말해주지 그랬어?

진진은 내 의도와는 달리 진지하게 맞장구를 쳤다.

그럼 임대인이 제일 아끼는 게 뭘까?

진진이 비밀을 누설하듯 속삭였다.

글쎄, 아들 아닐까?

나는 아들의 편지를 받고 눈물을 보였던 임대인을 떠올리며 답했다. 무엇보다 아무런 대답이나 하고 빨리 이 영양가 없는 만남을 끝내고 싶었다.

무슨 소리야. 아들은 죽었잖아.

진진이 고개를 갸웃했다.

아니, 그 거북이 말이야.

문득 머릿속에 거북이가 떠올랐다. 거북이라는 단어를 듣는 순간 진진은 확신에 찬 표정으로 돌변했다. 맞다. 단초는 내가 제공했다. 진진은 그날 곧바로 거북이 납치를 감행했다.

성공! 성공! 거북이를 납치했어!

진진이 밤새 문을 두드리는 통에 숨죽이고 있느라 고생했던 게 떠오른다.

다음 날부터 임대인은 미친 듯이 거북이를 찾으러 다녔다. 기다란 막대를 든 채 온 동네를 들쑤셨고, 전신주마다 거북이를 찾는다는 전단지를 붙였다. 집집마다 벨을 누르며 거북이가 있는지 살펴보게 해달라고 애원하기도 했다.

그로부터 사흘 뒤였다. 출근길에 진진이 따라붙었다. 진진은 거북이를 차 트렁크에 숨겨놨는데 임대인이 눈치채지 못한 것 같다며 킬킬거렸다. 내가 별다른 반응을 보이지 않으니까 진진은 다급하게 어제 전두엽 회동이었는데 팽 사부가 내 칭찬을 했다고 전했다. 나는 진진을 얼른 떼어내기 위해 무슨 칭찬이냐고 물었다.

서당 개 3년이면 풍월을 읊는다더니. 그 친구 드디어 영적 동지로 성장했군.

진진이 팽 사부를 흉내 내면서 임대인과 거북이를 엮은 건 탁월한 직관이라는 말도 했다고 덧붙였다. 한 번에 이해가 되지 않아서 서당개, 풍월, 영적 동지, 직관 같은 단어들을 머릿속에서 꿰맞추고 있는 동안, 진진이 팽 사부가 생각지도 못한 제안을 했다는 얘기를 꺼냈다.

핵심은 저주의 이식이야.

의미심장한 말투였다.

저주의 이식?

내가 되물었다. 아무리 냉담하게 대하려 해도 저주의 이식이라는 조어는 궁금증을 자극하기 충분했다. 진진은 관심을 보일 줄 알았다는 듯 내 어깨에 팔을 두르며 결론부터 말하면 거북이 여러 마리를 구해서 등껍질에 팽을 새긴 뒤 빌라에 풀어놓는 작전이라고 했다.

부적은 전근대적이야. 나는 시대착오적이고. 회동 중 팽 사부님이 갑작스럽게 말씀하셨어. 내 핸드폰을 통해 인터넷에 접속했다가 우연히 트랜스휴먼이 제작되는 과정, 그러니까 인체에 바이오칩을 삽입하는 동영상을 보고 충격을 받았다고 하셨지. 팽 사부님은 고심 끝에 부적이라는 물성에 얽매일 필요가 없다는 결론을 내리셨어. 즉, 거북이 자체가 부적이 되는 거지. 설혹 거북이를 목표 삼은 판단이 틀리더라도 임대인에게 혼란을 가할 수 있다는 게 장점이지. 장기적인 관점에서 바라보면, 거북이를 테스트 삼아 향후에도 저주의 이식을 적극적으로 도모할 예정이야. 그 나이에도 끊임없이 배움을 갈구하고 변화를 꾀하다니 존경스러운 분이라니까.

진진이 관심에서 멀어지는 게 두렵기라도 한 듯 빠르게 말을 쏟아냈다.

팽 사부님이 굳이 트랜스휴먼을 연구할 필요가 있을까? 본인이 이미 포스트휴먼인데. 인간이 아니라 귀신이잖아? 하는 김에 네 얼굴에도 팽을 그려놓고 테스트해보지 그래? 아, 널 좋아하는 사람은 없을 테니 적합하지 않으려나?

더 이상 참을 수 없었다. 일순간 진진의 표정이 굳었다. 진진은 다시 한번 말해보라고 했다. 나는 왜 애꿎은 거북이한테 화를 푸냐고, 초등학생처럼 유치하게 굴지 말고 어른스러운 방법을 찾아보라고 했다. 진진은 신나서 동참할 땐 언제고 이제 와서 비겁하게 내빼는 거냐고 소리를 높였다. 나 역시 흥분해서 너는 소시오패스일지도 모르니 정신감정이나 받아보라고 쏘아붙였다. 진진은 나를 잠시 꼬나보곤 침을 퉤 뱉으며 지나쳐 갔다.

그날 퇴근한 뒤였다. 나는 어김없이 노트북 앞에 앉았다. 시나리오를 구상하던 중 책상 위로 거북이 한 마리가 느릿느릿 지나가고 있는 게 보였다. 거북이 등껍질에는 부적처럼 붉은색 팽이 쓰여 있었다. 불현듯 눈앞에서 벌어지고 있는 상황이 방금 쓴 시퀀스처럼 허구적으로 느껴졌다.

드디어 나타나셨군요, 아드님.

나는 거북이를 불렀다. 거북이는 나를 외면한 채 기어나갔다.

어떻게 들어오셨나요? 배수관을 타고? 문이 열린 틈을 타서? 아니면 진진이 문을 따고 넣어줬나요?

나는 계속 귀찮게 굴었다. 그동안 거북이는 책상 끝에 도착했고, 뒤로 돌아 책상의 다른 끝을 향해 걷기 시작했다.

아드님이 아니라면 아드님께 전해주세요. 아버님이 기다리고 계시다고.

나는 거북이에게 얼굴을 붙인 채 속삭였다. 마침내 거북이가 고개를 늘어뜨린 채 나를 바라봤다. 인간사와는 동떨어져 있는 듯한, 그 좁쌀만 한 검은자위를 바라보고 있으니 나도 모르게 등줄기에 식은땀이 흘렀다. 동시에 눈앞에서 벌어지고 있는 상황이 시나리오가 아니라 현실이라는 자각이 들었다. 곧 모종의 공포가 밀려왔다. 그러자 팽 사부의 음산한 기운이 401호에도 깃드는 것 같았고, 숨이 턱 막히는 기분이 들었다. 나는 노트북을 덮고 거실로 나왔다. 거실에는 팽을 이식받은 다섯 마리의 거북이가 더 있었다. 소파에 두 마리. 텔레비전에 한 마리. 싱크대에 한 마리. 아일랜드 식탁 위에 한 마리. 나는 비명을 질렀다. 비명을 지른 건 나뿐만이 아니었다. 나와 닮은 비명이 층간 소음처럼 아래위에서 울려 퍼지고 있었다.

어느덧 우영빌라는 거북이들에게 점령당했다. 거북이들은 워낙 생명력이 강했다. 보이는 대로 먹어치웠고, 순간이동이라도 하듯 이 집에서 저 집으로 드나들었으며, 실내뿐만 아니라 주차장에서도, 복도에서도, 계단에서도, 엘리베이터에서도, 옥상에서도 발견됐다.

거북이 등껍질에 이식된 부적은 임대인뿐만 아니라 세입자에게도 영향을 끼치는 것 같았다. 세입자들은 마주치기만 하면 거북이를 화제로 삼았다. 101호는 민물동물 특유의 물비린내가 몸에 뱄다고 불평했다. 202호가 거북이에게 물렸는데 살점이 떨어져 나가서 응급실에 다녀왔다고 하니까 301호가 다큐멘터리에서 봤는데 거북이에게는 이빨 대신 단단하고 날카로운 부리가 있다며 자칫 잘못하면 치명상을 입을 수도 있으니 조심하라고 했다. 나름대로 팽을 해석하기도 했다. 402호는 삶은 팽 자인 걸 보니 거북이를 섬기는 사이비 교도가 우리를 삶아서 교주에게 바칠 계획인 것 같다고 했다. 502호는 가문의 원수를 갚기 위해 거북이로 환생한 팽 도령이라고 하기도 했다. 내가 굳이 말하지 않아도 거북이 유포범은 오래지 않아 밝혀졌다. 진진이 거북이들을 빌라 곳곳에 뿌려놓는 장면이 CCTV에 고스란히 찍혀 있었던 것이다.

입주자 회의가 소집됐다. 의제는 두 가지였다. 임대인의 아들을 찾는 것. 그리고 진진을 벌하는 것. 우리는 임대인의 집에 모였다. 거북이들을 모아놓고 보니 서른 마리 정도 되는 것 같았다. 거북이들의 움직임에 맞춰 바글거리는 팽들을 보고 있자니 멀미가 날 지경이었다.

임대인은 단숨에 거북이 하나를 골라 들었다.

아빠는 언제 어디서나 너를 알아볼 수 있단다. 우리 애기 아빠 품으로 오렴.

임대인이 아무리 봐도 다른 거북이들과 구분되지 않는 거북이에게 입맞춤을 퍼부었다. 거북이는 등껍질 속에 숨었고, 임대인은 등껍질에 얼굴을 비볐다.

이놈이 이렇게 부끄럼이 많다니까.

임대인이 호탕하게 웃었다.

이걸 입히면 더 잘 보일 거예요. 다시는 아드님을 잃어버리지 마세요.

세입자 중 누군가가 이렇게 말하며 노란색 애완거북용 등 싸개를 선물했다. 임대인은 그 자리에서 아들에게 등 싸개를 씌웠다. 박수와 환호성이 이어졌다.

임대인이 마련한 다과로 요기를 한 뒤 다음 안건이 입에 올랐다. 세입자들은 진진을 상대로 소송을 걸자고 했고, 임대인은 이번 사건으로 느낀 게 많다면서 이게 다 보증금을 제때 돌려주지 못한 본인의 업보라고 선처를 호소했다. 이어서 내게 공개 사과도 했다. 보라, 저 훌륭한 인품을! 임대인 역시 피해자다. 세입자 사이에 이런 공감대가 생긴 듯했고, 나 역시 그렇게 생각하는 척해야 했다. 전세 만기가 도래한 세입자들은 임대인의 사정을 고려해서 새로운 세입자가 들어올 때까지 기다려주기로 합의했다. 나도 얼떨결에 통장 압류를 풀고 강제경매를 취하하기로 약속했다. 회의 말미에 누군가 내게 진진과 어울리지 않았냐고 물었다. 나는 진진이 먼저 접근했는데 즉시 이상한 사람인 걸 눈치채고 멀리했다고 변명했다. 의심을 완전히 피하기 위해 사람이 먼저

지 돈이 먼저냐며 임대인을 이렇게까지 희롱하는 건 사람이 아니라는 증거라고 비판도 서슴지 않았다.

회의가 끝난 뒤 우리는 단체로 302호를 찾아갔다. 예상외였다. 진진은 입을 다문 채 비난을 받아들였다. 한편으로는 고맙기도 했다. 무슨 꿍꿍이인지는 몰라도 나를 공범, 아니 영적 동지로 지목하지 않아줬으니.

세입자들은 남은 거북이들을 방생했다. 그러나 시간이 흐르자 거북이들은 슬며시 모습을 드러냈다. 어디에서 나타났는지 짐작도 되지 않았다. 배는 불어난 것 같았는데 정확한 수는 가늠할 엄두도 나지 않았다. 거북이들을 보고 있으면 팽 자가 눈에 들어왔고 부지불식간에 불안해졌다. 진진이 거북이는 시작에 불과하다며 선전포고하는 상상이 저절로 그려졌다. 공공연하게 배신한 걸 드러냈으니 상상으로 끝날 일도 아니었다. 진진의 지시를 받은 거북이들이 등에 둘러멘 팽을 사방에 옮겨놓을 것만 같았다. 나는 하루가 멀다 하고 집을 헤집었지만 팽은 어디에서도 나오지 않았다.

어느 날, 유독 진한 팽을 새기고 있는 거북이가 눈에 띄었다. 문득이 모든 게 팽 사부의 머릿속에서 시작됐다는 사실이 떠올랐다. 그 이름도 거창한 저주의 이식 말이다. 나는 약이 올랐다.

팽!

나는 핸드폰에 대고 주문을 외웠다. 핸드폰은 고요했다.

여러분을 배신한 대가는 뭔가요?

내가 물었다. 팽 사부는 여전히 묵묵부답이었다.

진진과만 이야기한다 이건가요? 그 돌팔이 영매랑? 빌어먹을, 내 죄는 얼마짜리냐고! 팽! 팽!

나는 고래고래 소리를 질렀다. 거북이가 슬금슬금 달아나기 시작했다.

거북이들과의 동거에 익숙해지고 저주의 공포에도 둔감해질 무렵 기다리던 소식이 들렸다. 임대인이 친척에게 돈을 빌리기로 했으니 두 달만 시간을 달라고 한 것이었다. 약혼자에게 전했더니 관계가 회복됐고, 결혼 이야기도 다시 오갔다.

나는 진진과 교류를 아예 끊었다. 돈을 받기로 한 마당에 진진과 엮인 게 드러나면 여러모로 불리할 것 같아서였다. 한편으로는 그동안 진진을 이용한 것 같아서 미안하기도 했다. 나는 진진과 되도록 맞닥뜨리지 않기 위해 숨어 다녔고 가끔 마주치더라도 외면했다. 진진 역시 나를 본체만체했다.

그러던 어느 날이었다. 약혼자와 통화도 할 겸 바람도 쐴 겸 옥상에 올라갔는데 진진이 텃밭에 주저앉아 있었다. 내가 들어온 줄도 모른 채 핸드폰을 응시하며 입술을 달싹이고 있었다. 팽 사부와 대화를 나누고 있는 것 같기도 했다.

팽 사부님은 잘 계시지?

내가 말을 걸었다. 사이가 틀어지고 나서 이렇게까지 가까이에서 마주친 적은 처음이었고, 어색함을 떨치기 위해 나도 모르게 튀어나온 말이었던 것 같다. 진진이 나를 봤다. 진진은 이목구비가 뚫린 원혼처럼 공허한 표정을 짓고 있었다. 나는 미안하다, 그날 세입자들과 몰려가서 널 비난한 건 본심이 아니었다, 사실 임대인에게 돈을 받기로 했다, 너도 조금 양보하고 협의해봐라, 어쨌든 우리 목표는 보증금이지 않냐, 따위의 말을 늘어놓았다. 그때였다. 진진이 일어나서 다가왔다.

위압감이 느껴졌고, 나는 뒷걸음질을 쳤다. 그러나 진진은 나를 그냥 지나쳐 갔다.

팽.

내 귓가에 이 한 글자를 남긴 채.

팽이었다. 약혼자와 통화를 한 뒤 집에 돌아왔는데 노트북 위에 붉은 팽이 박혀 있었다. 뭐로 썼는지 세정제, 아세톤, 왁스를 총동원해도 잘 지워지지 않았다. 옥상에 올라가기 전까지만 해도 분명 없었는데, 통화를 하는 그 짧은 순간 진진이 들어와서 그려놨다고 생각하니 오싹했다. 그때였다. 언젠가 진진이 목숨과도 바꿀 수 있는 게 있냐고 물었던 게 떠올랐다. 노트북에 내 모든 게 들어있다고 대답했던 기억도 머릿속에 스쳐 지나갔다.

다른 세입자들도 사정은 비슷했다. 아내와 주고받았던 연애편지에. 만기를 앞둔 적금 통장에. 딸이 처음 그린 그림에. 돌아가신 부모님 사진에. 승진한 직책이 새겨진 명함에. 명품 코트 내피에. 갓난아기 배냇저고리에. 팽은 기하급수적으로 늘어나며 집 안 곳곳에서 발견됐다. 세입자들은 집에 잠입한 것도 그렇지만 의미 있는 물품에 불길한 문양을 새겨놔서 소름 끼치도록 꿈꿈하다고 했다. 굳이 말하지 않아도 모두 진진을 의심하고 있었다. 팽에 미친 작자는 진진뿐이었으니까.

진진은 일주일 넘게 모습을 드러내지 않았다. 세입자들은 진진을 더욱 수상하게 여겼고 결국 경찰에 신고했다. 경찰 조사 결과 진진이 부산 본가에 내려가 있었다는 게 밝혀졌다. 진진은 범행 일체를 강하게 부인했다고 전해졌다. CCTV와 블랙박스를 모조리 살펴봤지만 진진은커녕 의심할 만한 용의자는 우영빌라에 얼씬도 하지 않았다. 혹시나 해서 내 노트북에 팽이 쓰인 것으로 추정되는 시각도 살펴봤지만 진진이 옥상에서 3층으로 내려가는 장면만 녹화돼 있었다. 경찰은 물증이 없으니 도리가 없다는 말을 남기고 돌아갔다.

사실 나는 유력한 용의자를 하나 더 알고 있었다. 바로 팽 사부였다. 진진이 아니라면 부적을 새길 만한 위인은 팽 사부뿐이었다. 더군다나 팽 사부라면 어디나 자유롭게 드나들 수 있고 CCTV 같은 데 찍혔을 리도 없었다. 나는 고개를 가로저었다. 이 말을 꺼냈다가는 도리어 나를 수상하게 여길지도 몰랐다. 그때부터였던 것 같다. 어쩌면, 아주 어쩌면 팽 사부가 실재할지도 모른다는 생각을 한 건.

통계는 정확했다. 과연 보증금 받는 건 녹록지 않았다. 임대인이 살해된 것이다. 기억이 맞다면, 보증금 반환 사흘 전에 벌어진 일이다. 세입자 몇몇은 진진을 의심했지만, 경찰에 따르면 진진은 여전히 부산을 벗어나지 않았다.

범인은 곧 밝혀졌다. 범인은 임대인의 최측근이었다. 다름 아닌 아들 거북이 말이다. 임대인의 목에는 거북이에게 물린 자국이 나 있었다. 열댓 마리의 거북이가 사건 현장을 기어다니고 있었는데, 그중 노란 등 싸개를 입은 거북이 주둥이에서 임대인의 혈흔이 검출됐다. 팽 사부의 저주가 분명했다. 내 예상대로 임대인이 사랑해 마지않는 존재는 거북이가 맞았다. 거북이를 들먹이며 본의 아니게 진진을 부추겼던 것에 대한 죄책감도 들었다.

2억 원 상당의 저주는 참혹했다. 사랑하는 대상에게 살해된다는 건 동서고금을 막론하고 인간이 상상할 수 있는 최대치의 저주이리라. 2억 이상의 저주를 떠올리려고 노력해봤지만 감히 상상할 수도 없었다. 비로소 내 몫의 저주도 정체를 드러낸 것 같았다. 그때까지만 해도 내게 할당된 저주가 임대인의 죽음 그 자체라고 여겼던 것 같다. 그것도 돈을 되돌려 받기 직전에 말이다.

세입자들에게 배당된 저주는 우영빌라였다. 우영빌라는 처치 곤란이었다. 임대인에게는 사망한 아들을 제외하곤 직계 자녀가 없었고, 친척들도 상속세를 내는 것도 모자라 보증금까지 떠맡아야 한다고 하니까 상속을 거부했다. 우영빌라는 경매에 넘겨졌다. 보증금이 잔뜩 껴 있었고 퇴마 방송에 더해 살인까지 벌어진 빌라가 낙찰될 리 만무했다. 우영빌라는 연거푸 유찰됐다. 세입자들은 보증금 대신 우영빌라를 받는 수밖에 없다고, 아파트 붐으로 빌라의 가치가 낮아져서 되판다 한들 본전도 못 건질 거라고 한숨을 쉬었다.

세입자들은 폭음을 했고 가정불화를 겪었으며 공황장애나 우울증을 앓았다. 반면 나는 생각보다 빨리 회복됐다. 냉정하게 들리겠지만 따지고 보면 보증금은 약혼자의 돈이었다. 임대인이 죽지 않아서 보증금을 받았다고 가정해도 약혼자의 돈이었고 우리 사이가 어떻게 될지는 아무도 모를 일이었다. 한마디로 나는 잃은 게 없었다. 아무리 생각해봐도 보증금은 내 몫의 저주가 아닌 것 같았다. 진진이 번지수를 잘못 짚은 건가? 그렇다면 노트북에 담긴 작품들은 내게 중요하지 않다는 건가? 그럼 대체 무엇일까? 확실한 건 단 하나였다. 이대로 포기할 진진이 아니라는 것.

날이 갈수록 불안은 증폭됐다. 나는 반쯤 미쳐 있었다. 어디에서든 강박적으로 팽을 찾아다녔고, 행여나 아빠나 약혼자가 피해를 입는 게 아닌가 싶어서 하루에도 몇 번씩 연락을 취했다. 약혼자는 내 행태를 못마땅해 하며 약속일이 지났는데 대체 보증금은 언제 받는 거냐고 캐물었고, 나는 임대인이 거북이에게 살해당해서 보증금을 돌려받지 못할 것 같다고 고백했다. 약혼자는 당연히 내 말을 믿지 않았다. 관계는 최악으로 치달았고 돈을 갚는다 해도 회복될 것 같지는 않았다. 혹시 진진의 노림수가 이게 아닌가 싶기도 했다.

진진은 어디로 갔니?

참다못해 거북이에게 물은 적도 있었다.

차라리 눈앞에 있었으면 좋겠어. 그럼 덜 불안할 테니.

나는 중얼거렸다. 거북이가 모르는 척 발을 놀렸다. 내 투정을 피해 달아나려는 듯했다. 나는 거북이를 움켜잡았다. 거북이가 버둥거렸다. 그때 좋은 생각이 떠올랐다.

그냥 네가 진진 할래?

내가 물었다. 거북이는 묵비권이라도 행사하는 것처럼 요지부동이었다.

긍정의 의미로 받아들이지. 진진, 포위됐으니 부는 게 좋을 거야. 팽을 어디에 숨겨놨지?

나는 거북이를 심문했다. 진진이 손바닥 안에 있다고 생각하니 안정감이 느껴졌다. 나는 거북이를 협탁 위에 올려놓고 손에 힘을 뺐다. 거북이가 내 손아귀를 벗어나 협탁 위를 뱅글뱅글 돌았다. 탈출구를 찾는 듯했다.

거북이가 재산을 노리고 임대인을 살해했다는 소문이 파다했다. 501호에 거북이가 살림을 꾸렸다는 이야기도 나돌았다. 우영빌라 임대인이 거북이라는 우스갯소리도 퍼졌다. 특히 괴상한 문양을 짊어진 거북이가 전염병을 옮긴다는 유언비어는 우영빌라를 기피 대상으로 만들었다. 공인중개사들은 복비를 배로 준다고 해도 우영빌라를 알선

하지 않았다. 형편이 되는 세입자들은 우영빌라를 비워둔 채 떠났다. 남은 세입자들은 거북이 사냥에 나섰다. 덫도 놓았고 방역도 했고 용봉탕 업자도 불렀다. 사라지는 기색도 잠시였다. 거북이들은 다시 나타났다. 등에 팽을 새긴 거북이도 있었고 없는 거북이도 있었다. 종도 다양해진 것 같았다. 새끼 거북이들이 보이는 걸 보니 번식한 것 같기도 했다. 별수 없었다. 거북이를 임대인 삼아 살아가는 수밖에.

그즈음 진진에게 연락이 왔다. 거북이가 아니라 인간 진진에게서 말이다. 진진은 나를 주차장으로 불러냈다. 우리는 진진의 차 안에서 근황을 주고받았다. 진진은 그동안 가업을 돕고 있었다면서 멀리 떨어져서 객관적으로 돌이켜 보니 분풀이에 내 상황을 이용한 것 같다고 머리를 숙였다. 보증금을 받을 수 있었는데 어떻게 하냐며 걱정을 해주기도 했다. 세입자 모두에게 사과하고 싶지만 면목이 없다고 하기도 했다. 임대인이 죽은 건 고의가 아니었으며 바라지도 않았다고 흐느끼기도 했다. 나는 거북이가 임대인을 문 건 네 의도가 아니었으며, 그게 죄라면 나도 한몫했으니 혼자 죄책감 느끼지 말라고 했다. 나는 알고 있었다. 진진은 죄가 없었다. 초현실보다 더 초현실 같은 현실을 상대로 고군분투했을 뿐.

그 뒤 우리는 미래에 대해 이야기했다. 나는 당분간 직장에 다닐 거라고 했고, 진진은 짐을 챙기러 왔다며 302호를 비워둔 채 다시 본가로 내려갈 거라고 했다. 대화는 흐지부지됐던 웹툰으로 옮겨갔고, 나는 나중에 시나리오를 써서 우리 회사로 가져오라고 너스레를 떨었다.

헤어질 무렵, 나는 나를 비롯한 세입자들의 집이 팽투성이가 된 이야기를 꺼냈다. 진진은 경찰에도 진술했듯 영문을 모르겠다고 했다. 나는 CCTV에 아무도 찍히지 않아서 모두 겁을 집어먹었다고 했다.

팽이 살아 움직이는 것 같았다니까. 그런데 진짜 네가 아니야?

내가 떠봤다. 진진은 아니라고 정색했다.

내 노트북에 팽을 새긴 것도?

내가 또 물었다. 진진은 이 마당에 왜 거짓말을 하겠냐고 얼굴을 붉혔다. 나는 농담이라고 진진을 달래며 혹시 네 집에도 팽이 침입했었냐고 물었다. 그 질문에 진진이 뭐라고 답했는지는 기억나지 않는다. 진진의 슬픈 표정에 연신 고개를 주억거리던 내 모습만 어렴풋이 떠오를 뿐이다.

혹시 팽 사부 아닐까?

아무튼 그 뒤 나는 진짜 묻고 싶었던 질문을 던졌다. 진진은 정신없이 일만 하니까 오히려 머리가 맑아진다면서 예전엔 보증금에 혈안이돼서 미쳤던 것 같다고 팽 사부 같은 건 애초에 존재하지 않았다고 했다.

그런데 분명 나도 팽 사부를 같이 봤잖아?

내가 물었다. 진진은 어깨를 으쓱하며 팽 사부 타령은 그만하라고 핀잔했다.

그렇지? 아니지?

나는 내심 안심했다.

얘기 나온 김에 마지막으로 전두엽 모임이나 할까?

진진이 실실대며 핸드폰을 내밀었다. 나는 분위기에 취해 핸드폰에 손을 대고 눈을 감았다.

팽!

진진의 목소리가 들렸다. 이후는 잘 기억나지 않는다. 정신을 차리고 보니 진진은 사라지고 없었다. 핸드폰에 닿았던 손이 화상을 입은 것처럼 뜨거웠다. 들여다보니 손바닥에는 팽 자가 선명하게 쓰여 있었다. 달군 쇠로 지진 것 같은 자국이었다.

팽은 희미해지다가 하루가 지나니까 사라졌다. 그러나 각막에 각인되기라도 한 듯 시야 어딘가에 계속 어른거렸다. 마치 나라는 인간 자체에 새겨지기라도 한 것처럼. 그러고 보니 내게 가장 소중한 건 나일지도 모른다는 생각이 들었다. 끊임없이 나를 리뷰하는 것도, 아빠에게서 탈출한 것도, 약혼자와의 갈등에서 잘못을 끝끝내 인정하지 못하는 것도, 전부 자기애가 지나치게 강하기 때문이라는 생각이 들었다. 참고로 지금도 팽이 보인다.

불길한 예감대로 내 삶은 균열이 가기 시작했다. 우선 아빠 상태가 악화됐다. 입원. 항암. 전이. 여명. 이런 단어가 간병인의 입에서 흘러나왔다. 약혼자에게는 고소를 당했다. 송장이 도착했고, 급여 통장이 압류됐으며, 약혼자의 변호사는 가압류를 통보했다. 끝이 아니었다. 어떤 제작사에서 영화를 크랭크업했다는 소식을 접한 것이었다. 맞다. 내 시나리오에 관심을 표했고 한참 동안 연락을 기다리던 그 제작사 말이다. 한 다리 건너 알아보니 그 영화는 내 시나리오와 흡사했다. 신분 세탁 회사에 취직한 낙오자라는 설정이 같았다. 경찰공무원 장수생에서 승부 조작에 연루된 야구 유망주로 바뀌었을 뿐. 피디에게 따지자 제작사 법무팀에서 연락이 왔다. 법무팀장은 조목조목 표절이 아닌 이유를 들었다. 내가 인정하지 못하니까 내용증명을 보낼 테니 법적으로 해결하자고 했다. 나는 더 이상 법적으로 무언가를 할 기운이 없었다. 대신 피디에게 크레디트에 올려달라고 호소했고, 피디는 검토해 본다고 했다. 무엇이 저주인지는 불분명했다. 단, 증명된 게 하나 있긴 했다. 역시 보증금은 내게 내린 저주가 아니라는 것 말이다.

마침내 나도 우울증 상담을 받기 시작했다. 의사는 감정을 표출하라고 조언했다. 분노를 풀 대상이 필요했다. 임대인은 죽었고, 제작사는 부담스러웠으며, 진진은 연락도 되지 않았다. 그러니 애꿎은 거북이를 진진이라고 부르며 괴롭히는 수밖에. 돌이켜 보면 거북이들에게 미안할 따름이다.

그러는 사이 문제의 영화가 개봉했다. 유명 배우가 캐스팅되지는 않았지만 젊은 비평가들을 중심으로 호평이 퍼지고 있었다. 나는 한달음에 달려가서 영화를 봤다. 인정한다. 신분 세탁 회사라는 설정만 따왔을 뿐 아예 다른 각본이었다. 당연히 엔딩크레디트에도 내 이름은 없었다. 나는 귀가한 뒤 노트북 앞에 앉아서 생각에 잠겼다. 오늘 본 영화는 대체 누가 쓴 거란 말인가. 내 작품은 어디로 사라진 것인가. 노트북에 저장된 작품은 허상이란 말인가. 모든 게 손바닥에 새겨진 팽 때문이다. 팽 때문이라니. 이게 대체 무슨 말인지 아무도 이해할 수 없을 것이다. 이쯤 되면 모든 걸 내 탓으로 돌리는 게 편하다는 생각이 들었다. 그렇다. 모두 내 탓이었다. 그렇게 낙담과 좌절에 빠진 채 나를 리뷰하고 있을 때였다. 간병인에게 전화가 왔다.

아버님이 거북이를 기르기 시작했어요. 며칠 됐어요. 어디로 들어왔는지 모르겠는데 거북이 한 마리가 아버님 주변을 맴돌고 있더라고요.

간병인의 목소리가 들떠 있었다. 나는 깜짝 놀랐다. 거북이라니. 설마 거기까지 기어갔단 말인가.

거북이요?

내가 물었다.

네. 엉금엉금 거북이. 거북이를 키우면서 아버님이 삶의 희망을 되찾은 것 같아요.

간병인이 대답했다. 거북이 때문인지 몰라도 눈에 띄게 밝아졌다나. 방금 검진 결과를 들으러 병원에 다녀왔는데 암 수치가 좋아졌고 종양 크기도 줄어들었다고 했다.

혹시 거북이 등껍질에 무슨 글자가 쓰여 있나요?

내가 물었다. 간병인은 자세히 안 봐서 잘 모르겠다며 그 질문은 왜 하냐고 했다. 나는 별일 아니라고 했다.

그런데 목소리가 왜 이렇게 안 좋아요?

간병인이 물었다. 코끝이 찡해졌고 눈물이 흘러내렸다. 간병인은 내가 눈물을 그칠 때까지 잠자코 기다려주었다. 잠시 뒤 나는 모든 걸 잃었다고 말했다. 아빠는 여전히 아프고, 약혼자는 영원히 떠나버렸고, 전세금 돌려받기는 아예 불가능해졌고, 공들여 쓴 작품은 증발해버렸다고. 간병인은 암 환자들을 돌보며 느낀 건데 죽지 않은 걸 행운으로 여기며 이왕 이렇게 된 거 모든 걸 내려놓은 뒤 새 출발 하라고 했다. 아버님은 이미 새로운 삶을 시작한 것 같다면서.

거북이 덕분이에요. 어때요? 아버님 걱정은 덜었죠?

간병인이 쾌활하게 말했다. 그 뒤 나는 전화를 끊고 조금 더 울었다. 그때 거북이가 눈앞을 지나쳐 갔다. 등껍질 위에 팽은 군데군데 지워져서 다른 글자처럼 보였다.

진진!

내가 부르자 거북이가 나를 바라봤다.

이제 분이 좀 풀렸니?

내가 물었다. 거북이는 고개를 왼편으로 기울이면서 입을 오물거렸다. 팽이라고 중얼거리는 것 같았다. ▪

윤성희

네모난 기억

ⓒJung Meenyoung

1973년 경기도 수원 출생.
1999년『동아일보』등단.
소설집『레고로 만든 집』『거기, 당신?』『감기』『웃는 동안』『베개를 베다』.
중편소설『첫 문장』. 장편소설『구경꾼들』『상냥한 사람』.
〈현대문학상〉〈이수문학상〉〈황순원문학상〉〈이효석문학상〉
〈한국일보문학상〉〈김승옥문학상〉 등 수상.

네모난 기억

1

수술을 받는 동안 정민은 돌아가신 아버지를 만났다. 어린 정민은 목욕탕에서 아버지의 등을 때수건으로 밀고 있었다. 꿈속이었지만 정민은 그곳이 어디인지 알았다. 일요일마다 갔던 장수목욕탕이었다. 카운터에 머리가 하얀 할머니가 앉아 있던 곳. 아버지는 어릴 적 경운기에서 떨어져 척추를 다쳤다. 그 일로 다리를 절게 되었는데 또 그 덕으로 대학을 갈 수 있었다. 몸이 성치 못하니 공부라도 해야 사람 구실을 한다며 할머니가 할아버지의 반대를 무릅쓰고 대학을 보낸 것이다. 4남 4녀의 형제자매들 중에서 대학을 간 사람은 아버지가 유일했다. 정민의 아버지는 아들이 등을 밀어줄 때면 항상 그 이야기를 했다. "그때 안 다쳤으면 공무원도 될 수 없었고 그러면 또 엄마를 만나지도 못했겠지. 그럼 등을 밀어줄 아들도 없고. 인생 새옹지마란다." 어린 정민은 아버지의 등을 미는 게 무서웠다. 툭 튀어나온 척추뼈들은 건들기만 해도 망가질 것만 같았다. 무서워서 정민은 새옹지마라는 말을 주문처럼 중얼거리며 등을 밀었다. 그게 무슨 뜻인지도 잘 모르면서. 목욕을 마친 뒤 아버지는 팬티만 입은 채 탈의실 평상에 앉아 발톱을 깎았다. 그 옆에서 정민은 바나나 우유를 마셨다. 톡, 톡, 톡. 아버지의 발톱이 사방으로 튀었다. 그중 하나가 정민의 이마를 맞추기도 했다. 발가락은 열 개인데 아버지는 계속해서 발톱을 깎았다. 이상하네, 정민이 중얼거리자 아버지가 말했다. "이놈아, 아버지 발가락은 백 개란다." 그래서 정민은 꿈속에서 백 개의 발톱을 깎는 소리를 들어야 했다. 마취에서 깨어난 뒤에도 그 소리는 사라지지 않았고 그 후로 정민은 20년 넘게 편두통에 시달리게 되었다.

사고는 다음 날 아침 뉴스에 보도되었다. 승용차가 분식집을 덮쳤다. 운전자는 아버지 차를 몰래 끌고 나온 중학생이었는데, 좌회전을 하면서 속도 조절을 하지 못해 사거리 모퉁이에 있는 분식집으로 돌진을 한 것이다. 정민은 한 학년 선배인 민정과 떡볶이를 먹고 있었다. 정민은 민정을 인문대 매점 앞에서 본 뒤로 짝사랑에 빠졌다. 그래서 만화에 관심도 없으면서 민정이 부회장으로 있는 만화 동아리인 네모네모에 가입을 하기도 했다. 사고가 난 그날, 동아리 신입생 환영회가 있었다. 학교 앞에 있는 경양식집인 베를린에서 생맥주를 마셨다. 술잔이 장화 모양이었다. "나 때는 진짜 신발에 술을 따라 마셨어." 어느 선배가 말했다. 술자리가 끝날 무렵 회장이 정민을 손가락으로 가리키며 말했다. "신입생! 니가 민정이 좀 집에 데려다줘." 정민은 자신을 지목해준 선배가 너무 고마워 헤어질 때 사랑합니다, 선배님, 하고 인사를 하기도 했다. 민정의 집은 학교에서 세 정거장 떨어진 곳에 있었다. 거기가 학교 앞보다 월세가 싸다고 길을 걸으면서 민정이 말했다. "걷기에 적당하고. 우리 집에서 학교 인문관까지 딱 5,000보거든." 그걸 어떻게 아느냐고 정민이 묻자 민정이 만보기를 꺼내 보여주었다. 거기에는 8,300이라는 숫자가 찍혀 있었다. "오늘은 많이 걸었네. 집에 가면 만 보가 훨씬 넘겠다." 정민은 만보기를 처음 보았다. "어제가 제 생일이었는데 저도 하나 사주세요. 만보기." 정민이 용기를 내서 말했다. 그리고 들릴락 말락 한 소리로 중얼거렸다. "민정과 정민. 이름부터 운명 같지 않아요?" 정민의 말이 끝나자마자 민정이 큰 소리로 말했다. "아직 문 안 닫았네. 떡볶이 먹고 가자. 여기가 세상에서 최고로 맛있는 집이야." 마지막 손님이라며 아주머니가 떡볶이 판에 남은 떡볶이를 전부 주었다. 그러면서 정민을 가리키며 애인이냐고 물었다. "후배예요." 민정이 대답했다. "후배지만 3월에 태어나서 몇 달 차이 안 나요." 정민이 재빨리 대꾸했다. 정민은 민정의 생일은 몰랐지만 별자리가 사수자리인 것은 알았다. 동아리방 민정의 캐비닛 문에 사수자리 모양의 별 스티커가 붙어 있었기 때문이었다. "그럼 친구네." 아주머니가 종이컵에 어묵 국물을 담아 민정에게 내밀며 말했다. 그때 길을 걷던 누군가 어, 하고 큰 소리를 질렀다. 그 소리에 정민이 몸을 돌려 뒤를 돌아보았다. 그리고 승용차가 분식집을 덮치려는 순간 민정이 서 있는 쪽으로 몸을 날렸다.

척추와 두 다리뼈가 부러진 정민은 두 달 넘게 병원에 입원했다. 팔에 깁스를 한 민정이 사흘에 한 번씩 병문안을 왔다. 정민의 어머니는 민정이 돌아가고 나면 흉을 보았다. 그 흉을 듣고 나면 정민은 어머니를 미워하지 않기 위해 늘 똑같은 장면을 떠올려야 했다. 아버지가 돌아가시고 일주일쯤 지났을 때였다. 정민이 학교에서 돌아오자 어머니가 거실에서 몸을 동그랗게 만 채 울고 있었다. 왜 그러냐고 정민이 묻자 어머니가 손바닥을 펴 보였다. 거기에 초승달 모양으로 잘린 발톱이 있었다. "니 아빠 발톱. 청소하는데 소파 밑에서 나왔어." 정민은 아버지의 발톱을 만져보았다. 무좀에 걸려 누렇게 변한 엄지발톱. 그때 정민은 초등학교 5학년이었다. 울고 있는 어머니를 안아주며 말했다. "내가 행복하게 해줄게요. 다시는 울지 마요." 그 말을 듣고 어머니가 더 서럽게 울었다. 퇴원을 하는 날, 정민은 어머니에게 그 발톱을 어떻게 했는지 물어보았다. "무슨 발톱?" 어머니는 처음 듣는 이야기라고 했다. "꿈꾼 거 아니니?" 어머니가 되물었다. 그날 민정은 퇴원 선물이라며 만보기를 사 왔다. 그리고 사고 당시 119 구급차를 기다리는 동안 정민이 했던 말을 들려주었다. "니가 내 가슴을 가리키면서 말했어. 피. 피가 나. 그 말을 하고 기절했어. 기절한 니 뺨을 때리며 내가 말했지. 떡볶이 국물이라고." 정민은 웃었다. 입원한 뒤 처음으로 소리를 내서 웃어보았다. 정민이 웃자 민정도 따라 웃었다. "고마워. 오늘부터 선배라고 부르지 말고 민정이라고 불러." 민정이 말했다. 정민은 민정에게 아버지가 돌아가시고 난 뒤에 소파 밑에서 찾은 발톱에 대해 이야기를 들려주었다. 그걸 만진 감촉이 아직도 느껴진다고. 그런 말을 한 다음 정민이 말했다. "선배. 누워 있는 동안 곰곰이 생각해보니 선배는 제 이상형이 아니었어요." 민정이 떠나고 난 뒤 정민은 떡볶이집 아주머니가 했던 마지막 말을 떠올렸다. 그럼 친구네. 재활치료를 마치고 학교로 돌아가면 민정에게 처음 그 말을 하리라고 결심했다. 하지만 정민은 다시 학교로 돌아가지 않았다. 여섯 달을 치료했지만 오른쪽 다리를 살짝 절게 되었고, 그래서 군 면제를 받게 되었다. 군대에 가지 않게 되자 시간을 벌었다는 느낌이 들었다. 정민은 재수를 했다. 재활을 하며 견뎠던 시간을 생각하며 공부를 했더니 서울에 있는 대학에 합격할 수 있었다.

2

민정은 대학을 졸업하고 부모님 집으로 돌아왔다. 졸업식을 며칠 앞두고 부모님이 교통사고를 당했기 때문이었다. 고향에 사는 큰아버지의 생일이어서 내려가던 길이었다. 7남매의 첫째였던 큰아버지는 열다섯 살에 역 앞에서 찐빵을 팔아 동생들을 가르쳤다. 처음에는 노점에서 팔았는데 장사가 잘되자 나중에는 역 앞에 가게를 차리게 되었다. 그 찐빵 가게는 40년 동안 그 자리를 지켰다. 그러다 큰아버지의 장남이 가게를 이어받았고, 텔레비전에 몇 번 방송되더니 사람들이 전국에서 찾아왔다. 가게 밖으로 길게 늘어선 줄을 본 동생들이 하나둘씩 똑같은 이름으로 찐빵 가게를 내기 시작했다. 그때부터 형제 간에 이런저런 송사가 시작되었다. 큰아버지는 모두와 인연을 끊었고 유일하게 찐빵 가게를 차리지 않았던 민정의 아버지만을 동생으로 받아들였다. 민정의 아버지가 찐빵 가게를 차리지 않은 것은 욕심이 없어서가 아니었다. 어머니가 찐빵을 싫어했기 때문이었다. 찐빵 냄새조차 싫어했다. 운전을 한 아버지는 현장에서 사망을 했고 어머니는 목숨은 건졌지만 오른팔과 오른발을 못 쓰게 되었다. 머리를 다쳐 언어장애까지 왔다. 민정은 어머니를 돌봐야 했기에 저녁에만 일을 했다. 처음에는 동네 보습학원에서 중학생을 상대로 국어를 가르쳤다. 6개월 후 원장이 불미스러운 일에 휘말려 잠적을 했고 민정은 두 달 치의 월

급을 받지 못했다. 새 일자리를 구하다 어느 식당 앞에 붙은 구인광고를 보았다. 갈비찜을 파는 식당이었다. 민정은 갈비찜 요리만큼은 배우고 싶었기에 한 달만 일해보자는 마음으로 식당 문을 열었다. 그 후 민정은 계속 식당에서 일을 했다. 몸이 힘들어서 좋았다. 또 언제든지 그만둘 수 있어서 좋았다. 민정이 사는 동네에서 한 블록 떨어진 곳이 유흥가라서 저녁에만 일을 하는 아르바이트 자리를 구하는 일은 어렵지 않았다. 일주일에 한두 번씩 민정은 자신이 일하는 식당에서 가장 맛있는 음식을 사서 퇴근을 했다. 가끔 공짜로 가져가라는 주인도 있었지만 민정은 꼭 돈을 냈다. 집에 오면 12시가 넘었다. 욕조에 물을 담아 반신욕을 했다. 새벽 1시가 되면 민정은 식당에서 싸 온 음식을 안주로 술을 마셨다. 그러다 음식이 지겨워지면 다른 식당을 알아보았다. 민정은 어머니가 마흔에 낳은 딸이었다. 부모님은 동갑이었는데, 스물여섯에 만나 스물여덟에 결혼을 했다. 그리고 다음 해에 아들을 낳았다. 다섯 살 때 서예학원에 보냈더니 한 달 만에 천자문을 다 외웠다는 아들. 민정은 그 이야기를 듣고 또 들으면서 자랐다. 그 아들은 여덟 살 때 주산학원에서 단체로 수영장에 갔다가 사고로 죽었다. 부모님 집 거실 창 너머로 주산학원이 보였다. 어머니는 거실 창의 커튼을 치고 살았다. 주산학원이 없어진 뒤로도 커튼은 그대로였다. "그래서 우울증에 걸린 거야. 사람이 햇빛을 봐야 하거든." 대학 합격을 하고 난 뒤 민정이 자취를 하겠다고 했을 때 아버지가 말했다. 꼭 해가 잘 드는 집으로 구하라고. 그리고 아버지는 사과를 했다. 다시 아이를 낳으면 어머니가 예전으로 돌아올 줄 알았다고. 미안하다고. 민정은 독립을 하기 위해 일부러 집에서 먼 거리에 있는 대학을 골랐다. 자취방에서 처음 잠을 자던 날 민정은 졸업을 해도 다시 부모님 집으로 돌아가지 않으리라 결심을 했다. 아버지가 돌아가시고 옷장을 정리하다 민정은 오래된 상자 하나를 발견했다. 상자에는 죽은 오빠가 탄 상장들이 있었다. 그중에는 암산대회에 나가 탄 상장도 있었다. 그 상장을 본 뒤로 민정은 저녁마다 악몽을 꾸었다. 물에 빠져 허우적대는 꿈이었다. 자기 전에 술을 마시게 된 것은 그래서였다. 그렇게 5년이 지나자 매일 소주 한 병을 마셔야만 잠을 잘 수 있게 되었다. 몸무게는 10킬로그램이나 늘었다. 장례식장에서 정민을 다시 만났을 때 정민이 민정을 한 번에 알아보지 못한 것은 그래서였다.

돌아가신 분은 민정 어머니의 사촌언니였다. 어머니는 친자매가 없어서 사촌언니와 자매처럼 지냈다. 아버지가 지물포 처형이라고 불러서 민정도 지물포 이모라고 불렀다. 어렸을 때 민정은 어머니와 이모네서 일주일 정도 지낸 적이 있었다. 이모가 도배를 하러 갈 때 어머니와 같이 따라가기도 했다. 무엇 때문에 울었는지는 기억이 나지 않지만 어머니한테 혼난 적도 있었다. "뭘 잘했다고 우니." 어머니는 앙칼지게 말했다. 그때 도배를 하던 이모가 목에 두르고 있던 수건으로 어머니의 등을 때렸다. "넌 뭘 잘했다고 애를 혼내니!" 그리고 이모는 수건으로 민정의 얼굴을 닦아주었다. 수건에서 나던 땀 냄새. 그 냄새는 오래 민정을 따라다녔다. 만나는 친척마다 어머니의 안부를 물었고 그때마다 민정은 그냥 그래요, 하고 말했다. 그렇게 서른 번쯤 대답을 한 다음 민정은 자리에서 일어났다. 그리고 발인에는 못 올 것 같다는 말을 하려고 육촌오빠를 찾았다. 육촌오빠는 회사 사람들하고 이야기를 하고 있었는데 그 테이블 끝자리에 정민이 있었다. 어, 하고 민정은 자신도 모르게 소리를 내었다. 정민이 민정을 보고는 누구세요? 하고 되물었다. "도깨비 분식에서 마지막으로 떡볶이를 먹은 사람." 민정이 말했다. "민정 선배구나." 정민이 자리에서 일어나 손을 내밀었다.

　둘은 장례식장 로비에서 커피를 마셨다. 정민은 아직 취직이 된 건 아니고 두 달 전부터 인턴으로 일을 하고 있다고 말했다. 육촌오빠가 대리라고 했다. 민정은 네모네모라는 동아리는 없어졌다고 말했다. 회장이 학교에서 받은 동아리 보조금을 몰래 쓰다 걸렸다. 그 일로 동아리 방에서 쫓겨났고 갈 곳이 없어진 회원들끼리 서로 네 탓 내 탓을 하다 결국 해체를 했다. "그러니 너네가 마지막 기수야." 민정이 말했다. 정민이 종이컵을 만지작거리다 말했다. "저 아직도 그 만보기 가지고 있어요." 만보기라는 말을 듣자 민정은 정민에게 그걸 선물했던 날이 떠올랐다. 정민의 병문안을 마치고 병원을 나섰더니 비가 오고 있었다. 우산이 없었지만 민정은 그냥 걸었다. 비가 금방 어깨를 적셨다. 민정은 주차장 쪽에서 휠체어를 탄 사람이 자기 쪽으로 다가오는 것을 보았다. 휠체어를 탄 아빠의 무릎에 아이가 앉아 있었다. 아이가 두 손으로 우산을 들고 아빠는 두 손으로 휠체어 바퀴를 굴리고 있었다. 다행이다. 부자가 민정 옆을 지나갈 때 민정은 자기도 모르게 그렇게 중얼거렸다. 만약 민정이 정민의 고백을 받아주었다면 민정은 정민에게 왜 떡볶이를 먹자고 했는지 말해주려 했다. 운명 같지 않아요? 정민이 그 말을 해서 그랬다. 그 말을 못 들은 척하려고. 정민은 민정의 죽은 오빠 이름이었다. 그날 민정은 죽은 아들의 이름을 뒤집어 딸의 이름을 지어준 부모님을 얼마나 원망하는지 고백할 뻔했다. 그 이야기를 하지 않게 되어서 다행이다. 민정은 생각했다. "선배, 술 한잔할까요?" 정민이 물었다. 민정이 나중에, 라고 대답했다. 그날 이후로 정민은 가끔 민정에게 전화를 걸었다. 주로 퇴근을 하고 집에 가는 길에 전화를 했는데, 그 시각 민정은 식당에서 일을 하고 있어서 전화를 받을 수가 없었다. 그때마다 정민은 짧은 메시지를 남겼다. 뭐 해요? 저녁 먹었어요? 오늘 덥네요. 같은 말들. 집에 돌아와 술을 마시면서 민정은 그 메시지를 여러 번 반복해서 읽었다. 답은 보내지 않았다. 그렇게 몇 달이 지나자 메시지가 더 이상 오지 않았다.

3

둘은 4년 후 어느 장례식장에서 다시 만났다. 민정은 식당 사장의 장례식에 갔다. 영업이 끝나고 나면 직원들에게 야식으로 제육볶음과 짬뽕을 자주 만들어주곤 했던 사장이었다. 전날 딸이 결혼을 한다며 직원들에게 자랑을 했는데 심장마비로 세상을 떠났다. 정민은 부장님의 어머님이 돌아가셔서 회사 사람들과 장례식장에 갔다가 복도에서 민정을 만났다. 민정은 화장실에 갔다 나오는 길이었고 정민은 화장실을 찾아 두리번거리는 중이었다. 이번에는 정민이 먼저 민정을 알아보았다. 그사이 정민은 살이 8킬로그램이나 쪘다. 인턴으로 일을 했던 회사에는 취직을 하지 못했다. 인턴을 50명 뽑았는데 그중 정직원이 된 사람은 세 명에 불과했다. 그 후 몇 군데 서류를 더 냈고 국수 공장으로 시작해서 다양한 식품을 생산하는 중견기업에 취직을 했다. 본사는 서울에 있지만 정민은 제1공장이 있는 S시로 발령이 났다. S시는 민정이 사는 C시와 이웃해 있었고, 둘이 만난 장례식장은 그 두 도시의 경계에 있었다. 정민은 회사 앞에 있는 오피스텔을 얻어 독립을 했다. 식품 회사라 그런지 구내식당 밥이 너무 맛있었다. 정민이 밥을 먹는 걸 보고 부장이 웃으며 말했다. "고봉밥을 먹네." 그러면서 장모님이 식당을 하는데 가게 이름이 고봉밥과 갈치조림이라는 이야기를 해주었다. 부장의 한마디 이후 정민의 별명은 고봉밥이 되었다. 별명을 그렇게 지어서 살이 찐 거라고 정민은 민정에게 말했다. "아, 우리 동네에 그런 이름의 식당이 있는데." 아직 가보지 않았지만 점심시간에 늘 사람으로 꽉 차 있는 곳이라고 민정은 말했다. "갈치조림 하니까 먹고 싶네. 선배, 우리 술 한잔할까?" 정민의 말에 민정이 그러자고 했다. "그럼 상주에게 인사하고 나올게." 민정이 자리에서 일어나자 정민도 자리에서 일어났다. "나도 인사하고 나올게. 여기서 봐요." 장례식장을 나와 한참을 걸었지만 갈치조림을 파는 집은 보이지 않았다. 둘은 설렁탕을 파는 가게에 들어가 수육에 소주를 시켰다. 민정은 앞접시에 수육을 놓고 그 위에 부추와 양파절임을 올렸다. 그리고 건배를 하자며 정민을 향해 술잔을 내밀었다. 민정은 술을 한잔 마시고 앞접시에 덜어놓은 안주를 먹었다. 민정은 술을 마시기 전에 꼭 앞접시에 다음 먹을 안주를 올려놓았고 어느 순간 정민도 그걸 따라 하게 되었다. 수육 한 점에 소주 한 잔씩. 그러다 보니 소주 두 병이 금방 비워졌다. "한 병 더요?" 정민이 묻자 민정이 고개를 끄덕였다. 그리고 메뉴판을 들고 첫 장부터 하나씩 살펴보다가 소주병을 들고 온 종업원에게 비빔냉면과 녹두전을 주문했다. 민정은 녹두전 위에 비빔냉면을 올려 먹었다. 술을 마시면서 정민은 민정에게 일을 하면서 알게 된 것들을 말해주었다. 케첩 용기는 은박으로 막혀 있는데 마요네즈 용기는 은박이 없다는 사실 같은 것들. 그걸 말하면 대부분의 사람들은 왜?라고 되물었다. 하지만 민정은 왜 그런지 묻지 않았다. "난 이상하게도 케첩이라 부르면 맛이 없게 느껴져. 케찹은 케찹이지." 민정이 말했다. 그러고는 마요네즈를 너무 좋아해서 라면에 넣어 먹는 남자도 있다는 말을 덧붙였다. "애인이에요?" 정민이 묻자 민정이 예전에, 라고 대답했다. "케참을 뿌릴 때 늘 하트모양을 내야 하는 여자도 있어요." 정민이 말하자 민정이 애인이냐고 물었다. "예전에요." 정민이 대답했다. 2차를 가겠느냐고 정민이 묻자 민정이 나중에, 라고 대답했다. 정민이 술값을 계산하면서 말했다. "약속했어요. 나중에. 그때 2차는 선배가 내요." 그리고 6개월 뒤 우연히 또 장례식장에서 만났을 때 정민은 민정에게 말했다. "2차 안 잊었죠?"

돌아가신 분은 민정 아버지의 친구였다. 같은 중고등학교를 나와서 군대도 같은 부대를 갔던 사이였다. 자식을 낳으면 둘이 결혼을 시켜 서로 사돈을 맺자는 약속까지 했었다. "그러니 니가 태어났을 때 아저씨가 얼마나 기뻤게. 아들이 셋이니 니가 골라." 그렇게 말하며 어린 민정에게 용돈을 자주 주었다. 그 세 아들 중 막내아들이 정민의 회사 동료였다. 같은 부서 사람들은 전날 조문을 왔다 갔는데 정민은 아버지의 제사여서 뒤늦게 혼자 왔다. 정민은 아는 사람이 있나 두리번거리다 혼자 앉아 있는 민정을 보았다. 정민은 민정의 테이블에 맥주 두 캔을 내려놓았다. "회사 입사를 하고 이 장례식장에 열 번은 왔나 봐요. 그래서 알게 된 사실. 여기 코다리조림이 진짜 맛있어요." 둘은 코다리조림을 안주 삼아 맥주를 한 캔씩 마셨다. 그리고 장례식장을 나와 택시를 탔다. 정민이 택시 기사에게 민정이 사는 동네 근처를 말해서 민정은 깜짝 놀랐다. "며칠 전에 직원들이랑 거기 가봤어요. 고봉밥과 갈치조림. 거기가 동네라면서요. 그때 누군가 알려줬어요. 근처에 맛있는 닭갈비집이 있다고." 민정은 닭갈비집은 문을 닫았다고 말해주었다. 사장 부부가 결혼 30주년 기념으로 여행을 갔다고. "문 닫은 것도 알고. 단골이에요?" 정민이 물었다. 민정은 단골이라고 거짓말을 했다. "맛있어요?" 정민이 물어서 아주아주 맛있는 집이라고 말해주었다. 그건 사실이었다. 맛있어서 6개월째 그곳에서 일을 하고 있었으니까. 민정은 정민을 데리고 무한 리필 참치집에 갔다. 맛있어서가 아니라 민정이 일을 하지 않았던 식당이라서. 초밥을 만들어 먹을 수 있도록 초밥용 밥도 무한으로 제공해주는 집이었다. 민정은 참치에 와사비와 무순을 올려 먹었고 정민은 참치를 밥 위에 올려 초밥을 만들어서 먹었다. "밥을 그렇게 먹으니 별명이 고봉밥이지." 민정이 정민을 놀렸다. 그 말을 들은 사장님이 초밥으로 먹을 때 더 맛있는 부위라고 정민 쪽에만 새로운 참치를 올려주었다. "돈은 제가 내는데요?" 민정이 농담을 하자 이번에는 민정에게만 새로운 참치를 올려주었다. "배꼽살이에요." 민정은 그 부위를 먹으면서 생각했다. 참치도 배꼽이 있구나, 하고. 밖에 나오니 비가 오고 있었다. 우산을 사기에는 애매한 양이었다. 그래서 그냥 비를 맞으며 걸었다. 걸으면서 정민은 신입생 환영회에서 민정이 자기에게 한 첫 말이 무엇인지 기억하느냐고 물었다. 민정은 기억이 나지 않았다. "바나나 우유 나도 좋아하는데." 정민이 매점에서 바나나 우유를 사는데 그 옆을 지나가며 민정이 그렇게 말했다. "그러면서 선배가 노래를 흥얼거렸어요. 원숭이 엉덩이는 빨개. 그 노래요. 그런데 이렇게 부르는 거예요. 빨가면 자두. 자두는 맛있어, 하고요." 민정은 어릴 적부터 그렇게 불렀다. 사과를 싫어했기 때문이었다. 정민이 동요를 불러보았다. "원숭이 엉덩이는 빨개. 빨가면 자두. 자두는 맛있어. 맛있으면 바나나." 그러자 민정이 이렇게 바꿔 불렀다. "원숭이 엉덩이는 빨개. 빨가면 앵두. 앵두는 맛있어. 맛있으면 바나나." 갑자기 비가 세차게 내리기 시작했다. 비를 맞으면서 둘은 계속해서 노래를 불렀다. 정민은 이렇게 바꿔 불러보았다. "원숭이 엉덩이는 빨개. 빨가면 떡볶이. 떡볶이는 맛있어. 맛있으면 바나나." 민정

은 이렇게 바꿔 불러보았다. "원숭이 엉덩이는 빨개. 빨가면 쫄면. 쫄
면은 맛있어. 맛있으면 바나나." 그러게 노래를 부르며 길을 걷다 보니
어느 감자탕집이 보였다. "빨가면 감자탕. 감자탕은 맛있어. 맛있으면
소주." 정민이 그렇게 중얼거리며 감자탕집 문을 열었다. 식당 주인이
수건 두 장을 가져다주며 말했다. "비 맞고 감자탕 먹으면 진짜 맛있
어요." 그 말에 둘이 웃었다. 정민은 술을 마시다가 취했다. 취하자 갑
자기 민정아, 라고 이름을 불렀다. "한 번만 더 장례식장에서 만나거든
그땐 사귀자." 민정은 정민의 첫인상을 떠올려보았다. 동아리에 왜 가
입을 했느냐고 물었더니 얼굴이 네모나서 왔다고 말했다. 그 말을 들
은 이후에 민정은 네모난 것을 보면 정민의 얼굴이 떠오르곤 했다. "그
래. 만약 장례식에서 다시 보거든." 민정이 정민에게 대답했다.

4

정민은 장례식장에 가게 되면 주변을 두리번거리는 버릇이 생겼
다. 일부러 화장실을 왔다 갔다 하기도 했다. 그런 날은 저녁에 민정에
게 문자메시지를 보냈다. 누가 죽었다는 말은 하지 않고 날씨 이야기
만 적었다. 내일 비가 온대. 일교차에 감기 조심. 오늘 밤에 눈이 온다
네. 같은 말들. 민정도 가끔 답장을 보냈다. 민정은 어머니를 요양원에
입원시켰다. 뇌졸중이 찾아와 대소변을 가리지 못하게 되었기 때문이
었다. 뇌졸중. 민정은 그 단어가 이상했다. 뇌가 졸업하는 중이라니. 어
머니를 보러 갈 때마다 민정의 머릿속에는 졸업이라는 단어가 맴돌았
다. 그러고 보니 부모님은 한 번도 민정의 졸업식에 오지 못했다. 초등
학교 때는 졸업식 날 외할아버지가 돌아가셨다. 중학교 때는 민정이

맹장수술을 받았다. 민정의 아버지가 학교에 가서 졸업장을 받아왔다. 고등학교 때는 민정이 오지 말라고 했다. 친구들도 다들 부모님을 부르지 않는다고, 부모님이 오면 친구들한테 놀림받는다고, 거짓말을 했다. 민정은 누워 있는 어머니에게 사과를 했다. 그때 꽃다발을 들고 부모님이랑 졸업사진을 찍었어야 했다고. 고등학생 때 민정은 따돌림을 당했다. 그 아이들 앞에서 부모님과 웃으며 사진을 찍을 자신이 없었다. 민정은 어머니에게 그때 이야기를 들려주었다. "절 가장 많이 괴롭혔던 아이가 있었어요. 그 아이가 부모님이랑 웃으며 사진을 찍더라고요. 그걸 본 순간 제가 무엇을 잘못했는지 알았어요. 그 아이 앞에서 제가 더 환하게 웃으며 가족사진을 찍었어야 했다는 걸." 그날 민정은 그 아이의 부모님에게 다가가 이렇게 말했다. "딸 마음에 뭐가 있는지 들여다보세요. 검은색 구멍이 얼마나 많은지." 그리고 민정은 웃었다. 강당을 빠져나오는데 등 뒤에서 미친년이라고 욕하는 소리가 들렸다. 하지만 뒤돌아보지 않았다. 민정은 일주일에 한 번씩 요양원으로 어머니를 보러 갔고 그때마다 긴 수다를 떨었다. 어머니가 자신의 이야기를 듣지 못할 거라는 생각이 들자 감춰두었던 속 이야기가 터져 나왔다. 주로 어린 시절 이야기였는데, 말을 하다 보니 행복했던 기억들도 꽤 있었다는 것을 알게 되었다. 만두를 빚다 남은 밀가루 반죽으로 수염을 만들어 붙였던 일. 수염을 붙인 민정을 보고 어머니가 배꼽 빠지겠다, 라며 웃었던 일. 그 말에 민정이 어머니 배꼽이 궁금해져 옷을 들춰 배꼽을 구경했던 일. 그날 어머니는 딸이 배꼽을 구경하는 동안 가만히 있었다. 열 살 때인가 어머니 화장대 서랍에 감춰져 있던 오빠의 사진 중 한 장을 훔친 적이 있었다. 그걸 지갑에 넣고 다니다 고등학생 때 수학여행에 가서 캠프파이어를 하는 도중 불 속에 던졌다. 원래는 쪽지에 소원을 적고 그걸 태우는 행사였는데 민정은 오빠의 사진 뒤에 소원을 적었다. "엄마, 사진 뒤에 뭐라고 적었게요?" 민정은 어머니에게 말했다. "제 꿈에 찾아오면 그때 말해줄게요." 하지만 민정의 어머니는 돌아가신 뒤에도 꿈속으로 찾아오지 않았다. 조문을 온 사람들은 민정의 등을 두드리며 할 만큼 했다고 말했다. 그 말을 들은 민정은 달리 대답할 말을 찾지 못해 코다리조림이 맛있으니 식사를 하고 가시라는 말만 했다. 장례식이 끝나고 일주일 뒤 큰아버지가 찾아와 암에 걸려 몇 달밖에 살지 못한다는 이야기를 했다. 그러면서 미안하다고 사과를 했다. "니 아빠가 바빠서 못 온다는 걸 내가 역정을 냈거든. 대학 등록금까지 내준 사람이 누구냐면서. 미안하다. 내가 외로워서 그랬어." 큰아버지는 민정에게 돈 봉투를 주었다. 봉투를 열어 보고 민정은 깜짝 놀랐다. 아껴 쓴다면 일을 안 하고도 10년은 버틸 수 있을 만큼의 큰돈이었다. 민정이 거절하자 그걸 받지 않는다면 죽어서 동생을 볼 수가 없다고 큰아버지는 말했다. "사촌오빠들은요? 상의했어요?" 그러자 큰아버지가 망할 놈들이라고 중얼거렸다. "내가 번 돈이다. 걱정 마라." 큰아버지가 민정에게 손을 한번 잡아보자고 해서 민정이 손을 내밀었다. 민정은 식당 일을 그만두었다. 집 도배를 다시 했고 화장실을 수리했다. 그리고 커다란 책상을 사서 거실 한가운데 두었다. 거기 앉아서 앞으로 무슨 일을 할 것인지 민정은 생각하고 또 생각했다.

정민은 대학 동기의 돌잔치에 갔다가 민정의 육촌오빠를 만났다. 육촌오빠는 2년 전에 회사를 옮겼는데 그게 대학 동기가 다니는 회사였던 것이다. 둘이 이런저런 안부를 주고받다가 정민은 민정이 얼마 전에 상을 치렀다는 이야기를 전해 들었다. 그날 집으로 돌아오는데 정민은 이유를 알 수 없이 화가 났다. 화가 나서 정민은 대청소를 했다. "화가 나면 청소를 해." 그건 정민의 아버지가 알려준 방법이었다. 그러면서 친구한데 놀림을 받아 화가 난 정민에게 유리창 청소를 시켰다. 아버지는 마당 수도에 호스를 연결해주었고 정민은 호스를 들고 거실 유리창을 향해 물을 뿌렸다. 그때 무지개가 생겼다. "엄마 무지개 봐요." 정민이 소리쳤다. "우리 정민이 자주 화나야겠다. 우리 집 유리 깨끗해지게." 어머니가 무지개를 보며 말했다. 오피스텔은 창문이 활짝 열리지 않았다. 그래서 밖의 유리를 닦을 수가 없었다. 정민은 그게 불만이었다. 계약 기간이 지나면 창이 활짝 열리는 집으로 이사를 가야겠다고 정민은 생각했다. 정민은 맥주잔을 모으는 취미가 있었다. 그 맥주잔을 전부 꺼내 닦으면서 정민은 왜 화가 났는지 생각해보았다. 유치하게도 장례식장에서 다시 만나고 싶지 않아서 연락을 하지 않았다는 생각이 들었다. 말도 안 되는 생각인 줄 알았지만 그래도 자꾸 그 생각만 들었다. 설거지를 하다 맥주잔이 하나 깨졌다. 물로 헹구는데 컵 하나가 어디에 부딪히지도 않고 그냥 깨졌다. 그 바람에 오른손 손바닥을 다쳤다. 응급실에 가서 열여섯 바늘을 꿰맸다. 택시 기사가 정민의 손을 보고 어쩌다 다쳤냐고 물어서 설거지를 하다 다쳤다고 대답했다. 그랬더니 가정적인 남편이라며 칭찬을 했다. 그러고는 자기가 좋아하는 야구선수도 어제 설거지를 하다 다쳐서 손가락을 꿰맸다는 이야기를 했다. 팀이 4강에 들어가느냐 마느냐 중요한 시기인데 하필이면 이때 다쳤다며 속상해했다. 꿰맨 상처가 아물 동안 정민은 손가락을 다친 선수가 있다는 팀의 경기를 종종 보았다. 5위로 내려갔다가, 4위로 올라갔다가, 다시 5위로 내려갔다. 정민은 그 팀이 지길 바랐다. 그러면서 정민은 뒤늦은 후회를 했다. 민정의 소식을 들었을 때 화를 내면 안 되었다. 걱정을 했어야 했다. 자신이 그것밖에 안 되는 놈이라는 사실 때문에 정민은 자신이 실망스러웠다. 손가락을 다친 선수는 3주 후에 돌아왔다. 팀은 간신히 5위를 해서 와일드카드를 얻었지만 첫 게임에서 5 대 1로 패했다. 내년에는 잘하길. 중계를 보면서 정민은 생각했다. 그리고 다음 해 정민은 그 팀을 열심히 응원했다. 주말이면 경기장을 찾았다. 전국의 야구장을 모두 가보는 걸 목표로 세우기도 했다. 대전 야구장에서 정민은 파울볼을 피하려다 옆자리에 앉은 여자의 옷에 맥주를 쏟았다. 정민이 사과를 하자 여자가 말했다. "제 맥주도 쏟았으니 한잔 사주세요." 그래서 정민은 생맥주를 사러 갔다. 생맥주 두 잔을 들고 돌아와보니 여자가 자리에 없었다. 한참 후에 여자가 떡볶이를 들고 왔다. "농심가락 떡볶이예요. 여기 오면 꼭 먹어야 하는 거예요." 그날 둘은 떡볶이에 맥주를 두 잔씩 마셨다. 헤어질 때 여자가 말했다. "마산 경기장 가실 계획 있어요? 거기 가면 단디마셔라는 막걸리 꼭 마시세요." 그래서 정민이 갈 거면 같이 가는 건 어떠냐고 물었다.

5

정민은 신혼집을 얻기 위해 무리해서 대출을 얻었다. 회사에서 차로 30분 정도 떨어진 곳에 있는 전원주택을 샀다. 똑같은 모양의 땅콩집이 수십 채 모여 있는 단지였다. "너무 똑같잖아." 아내의 말에 정민은 입구에 앵두나무를 심을 계획이라고 말했다. "음식을 시킬 때마다 이렇게 말할 수 있잖아. 마당에 앵두나무가 있는 집이에요." 그 집에서 정민은 3년을 살았다. 이혼을 했을 때 집을 팔려고 내놓았지만 팔리지 않았다. 바람 부는 날이면 근처 공장에서 이상한 냄새가 넘어왔다. 집은 전세를 주었다. 그리고 전세금으로 대출금을 갚았다. 정민은 다시 회사 앞에 있는 오피스텔로 이사를 갔다. 아들이 이혼을 했다는 사실을 들은 어머니는 집을 팔아서 이모가 살고 있는 제주도로 내려갔다. 제주도에는 은퇴한 뒤 살려고 자매들끼리 사둔 집이 있었다. 정민은 과장이 되었다. 출장을 가는 일이 잦아졌다. 예전에 잠깐 다녔던 대학이 있는 도시로 간 적도 있었다. 그래서 정민은 학교 앞에 베를린이란 술집이 그대로 있는지 궁금해서 가보았다. 술집은 없어졌다. 정민은 학교에서 나와 예전에 민정이 자취를 했던 동네 쪽으로 차를 몰았다. 그 일대는 아파트 단지가 되었다. 사거리에서 신호를 기다리다 정민은 떡볶이집을 보았다. 도깨비 분식. 가게 이름도 그대로였다. 정민은 떡볶이와 튀김 1인분을 주문했다. 정민 또래의 남자가 일을 하고 있었다. "주인이 바뀌었나 봐요?" 정민이 물어보자 남자가 28년째 같은 자리에서 장사를 한다고 말했다. 그러고는 주방 안쪽에 딸린 방을 향해 소리를 쳤다. "엄마 나와봐. 옛날 단골이 왔나 봐." 안에서 아주머니가 나왔다. 잠을 잤는지 머리가 한쪽으로 눌려 있었다. 그럼 친구네, 라고 말해주던 그 아주머니인지는 잘 기억이 나지 않았다. 아주머니가 정민의 얼굴을 보더니 고개를 갸웃했다. "예전에 차가 여기로 돌진한 적 있죠?" 정민의 말에 아주머니가 크게 박수를 쳤다. "혹시?" "네, 그때 차에 깔린 그 남학생이에요." 아주머니가 정민에게 다가와 껴안았다. "잘 컸네. 잘 컸네. 다행이다." 그날 정민만 다친 것은 아니었다. 아주머니는 갈비뼈가 골절되면서 폐를 다쳤다. 아주머니는 남편과 이혼을 하고 아들을 혼자 키우고 있었다. 중학생 때는 설거지나 청소도 잘 도와주던 착한 아들이었는데 고등학생이 되면서 엇나가기 시작했다.

그러다 친구들이랑 오토바이를 훔치다 걸려서 소년원까지 가게 되었다. "그랬는데 내가 다치는 바람에 저 녀석이 정신을 차렸잖아." 그 말에 떡볶이 판을 국자로 젓고 있던 남자가 벽에 걸려 있는 광고판을 가리켰다. "접니다. 저. 이젠 떡볶이 달인이 되었어요." 벽에는 맛집을 소개하는 텔레비전 프로그램에 나왔다는 홍보판이 붙어 있었다. 그 말에 매장 밖에 서서 떡볶이를 먹던 여학생이 헐, 하고 소리를 질렀다. "아저씨 소년원 출신이에요?" "그래, 그러니 떡볶이 남기면 혼나." 남자의 말에 여학생이 입을 삐죽거렸다. "내가 언제 남긴 적 있어요?" 정민은 아주머니에게 척추를 다치는 바람에 가난한 집에서 대학까지 갈 수 있었던 아버지 이야기를 들려드렸다. "인생 새옹지마란다. 아버지는 늘 그렇게 말했어요." 그러자 그 말을 엿들은 여학생이 또 물었다. "새옹지마가 뭐예요." 그 말에 정민은 새처럼 날고 말처럼 뛰란 뜻이란다, 라고 거짓말을 해주었다. 도깨비 분식집을 갔다 온 뒤로 정민은 편두통이 사라졌다.

신입사원 중에 면 요리를 너무나 좋아해서 그걸로 웹툰을 그리는 친구가 있었다. 정식 연재는 아니었고 도전 만화라는 코너에 연재를 했다. 그 친구의 만화를 보다가 정민은 네모네모라는 이름의 만화가를 보았다. 그 사람이 그린 것을 따라 읽다가 정민은 그 작가가 민정일지도 모른다는 생각이 들었다. 주인공이 노래를 부르기 때문이었다. 원숭이 엉덩이는 빨개. 빨가면 자두. 자두는 맛있어. 그렇게 노래를 불렀다. 정민은 그 만화에 이런 댓글을 달았다. 도깨비 분식은 아직도 있어. 아주머니도 여전하고.

민정은 '나의 식당 알바기'라는 만화를 그렸다. 누구에게 보여주고 싶은 마음이 있었던 것은 아니었다. 처음에는 노트에 낙서를 하는 수준이었다. 일기처럼 매일매일 네모를 그렸다. 하루에 네모를 네 개만 만들자. 그렇게 생각했다. 그렇게 몇 년이 지난 뒤 민정은 웹툰을 그리기 위한 태블릿을 샀다. 태블릿에 노트에 그린 그림을 첫 장부터 다시 그렸다. 그리고 그것을 도전 만화에 올렸다. 누가 보는지 서너 개의 댓글이 꾸준히 달렸다. 그러다 어느 날 네모얼굴이라는 아이디를 가진 사람이 남긴 댓글을 보았다. 민정은 네모얼굴에게 쪽지를 보냈다. 정민이구나. 잘 지냈어? 하고. 이틀 후에 답장이 왔다. 이번 주 토요일에 볼까? 민정이 정민에게 만날 장소를 적어 보냈다. 정민과 민정이 사는 곳 중간쯤에 있는 식당이었는데, 얼마 전에 텔레비전에 나와서 꼭 한 번 가봐야지 하고 민정이 메모를 해둔 곳이었다. 만두전골을 파는 가게였다. 음식을 먹기 전에 민정이 사진을 찍자 정민이 달라졌네, 라고 말했다. "뭐가?" 민정이 묻자 정민이 음식 사진 같은 거 안 찍잖아요, 라고 말했다. "내가 언제?" "참치회를 먹을 때 그랬어." 그 말에 민정이 고개를 끄덕였다. "내가 그랬네. 미안. 그땐 내가 재수 없었지." 민정의 말에 정민이 고개를 끄덕였다. "어느 정도는." 민정은 어머니가 돌아가시고 난 뒤 노트에 자로 반듯하게 네모를 그렸다는 이야기를 정민에게 했다. 노트 한 페이지에 네모를 두 칸 그렸다. 노트를 펼치면 네 칸의 네모가 보이도록. 그걸 오전 내내 들여다보다가 점심을 먹었다. 그리고 오후가 되면 그 네모에 각기 다른 자신의 모습을 그려보았다. "그러다 알았어. 내가 얼마나 잘 못 살았는지." 그래서 민정은 네 칸의 네모 중 한 칸은 반드시 웃는 얼굴을 그려야겠다고 결심을 했다. "그랬더니 지금 이렇게 되었어." 민정이 웃었다. 점심을 먹고 나왔더니 맞은편에 종합운동장이 보였다. 거기에 '제58회 전국육상대회'라는 깃발이 나부끼고 있었다. 민정과 정민은 찻길을 건너 운동장으로 갔다. 관중은 몇 명 없었다. 민정과 정민은 캔커피를 사서 맨 뒷자리에 앉았다. 허들 경기가 열리고 있었다. 선수들이 출발선에 설 때마다 민정과 정민은 응원하는 선수를 골랐다. 그리고 한 게임에 1,000원씩 내기를 걸었다. 민정이 5,000원을 벌었다. "다시 태어나면 허들 선수가 되고 싶어." 정민이 말했다. "다쳤을 때 허들을 뛰어넘는 꿈을 종종 꾸었거든." 그래서 민정이 허들 선수가 나오는 만화를 그려주겠다고 말했다. 주인공 이름은 정민이라고. 정민이 손가락을 걸고 약속을 해달라고 해서 민정은 손가락을 걸고 약속을 해주었다. 허들 경기가 끝나고 둘은 밖으로 나왔다. 버스정류장 쪽으로 길을 걷다가 정민이 말했다. "우리 장례식장에서 다시 만나면 사귀기로 한 거 안 잊었지?" "안 잊었어." 민정이 대답했다. 버스정류장이 나왔는데도 정민이 계속 걸었다. 자기네 집에 가는 버스는 거기에 서지 않는다고 해서 민정도 따라 걸었다. 사거리를 지나 다음 길로 들어섰다. 그리고 어느 버스정류장에 도착했다. 민정은 노선도를 살펴보았다. 다행히 집에 가는 버스가 지나가는 곳이었다. 버스정류장에 앉아서 버스가 오길 기다렸다. "넌 몇 번 타야 해?" 민정이 묻자 정민이 다른 말을 했다. "저기 봐." 민정은 정민이 손가락으로 가리킨 곳을 보았다. 맞은편이 종합병원의 후문이었다. 장례식장이 보였다. 정민이 장례식장의 네온사인을 가리키며 웃었다. ■

임솔아

단영

소설집 『눈과 사람과 눈사람』.
장편소설 『최선의 삶』.

단영

조는 밥솥을 열었다. 입김을 불었다. 주걱으로 완두콩을 조심스레 뒤섞었다. 완두콩이 빼곡하게 모인 부분을 우선 밥그릇에 담았다. 완두콩이 드문드문 박힌 부분을 두 개의 밥그릇에 나눠 담았다. 나머지에는 쌀밥을 담았다. 주는 오른손으로 두부를 부쳤다. 왼손으로 비지찌개를 휘저었다. 쟁반 위에 반찬들을 차례차례 올렸다. 아란이 부엌으로 들어왔다. 두 팔을 크게 뻗어 쟁반을 들었다.

"얘는 왼쪽으로 가."

조가 완두콩이 빼곡한 밥그릇을 가리켰다. 왼쪽 상에는 효정이 혼자 앉았다. 그 옆에 아란과 단영이 마주 앉았다. 마지막 상에는 조와 주가 있었다. 밥알을 씹어가며, 단영은 쉴 새 없이 재잘거렸다. 대훈이가 자기 연필을 부러뜨렸다거나. 여기는 여자들만 있어서 자기를 괴롭히는 사람이 없어 안심이 된다거나. 아이들과 다 같이 떠들었는데 자기만 담임에게 혼났다거나. 청하가 솔로 앨범을 냈다거나. 아무도 반응하지 않았다. 단영은 더 필사적으로 종알거렸다. 한 손으로 소매를 잡아가며 두부를 자르던 효정이 젓가락을 내려놓았다.

"단영아."

효정은 단영에게 웃음을 지어 보였다. 단영은 조용해졌다. 밥상을 물렸다. 단영은 등교 준비를 하러 나갔다. 효정은 아란에게, 오랜만에 피아노 소리 좀 들어보자고 했다. 아란은 피아노 뚜껑을 열어 건반에 손끝을 올렸다. 처음 이 피아노를 쳤던 건 7년 전이었다. 그때 아란은 열일곱이었다.

"제가 피아노 치는데 그 자식이 실실 쪼개잖아요."

그때 효정이 이곳에 온 이유를 묻자 아란은 대뜸 이 말부터 했다. 폭행이 처음은 아니었다. 대안학교도 종류별로 다녔다. 아란은 굳이 문제아를 연기할 필요가 없다는 걸 이곳에 온 지 얼마 되지 않아 파악했다. 화난 것을 보여주기 위해 눈썹을 찡그릴 필요가 없었다. 바닥에다 찍 소리를 내며 침을 뱉을 이유도 없었다. 그런 것을 보여줄 사람이 없기 때문이었다. 서열다툼을 할 또래도 없었다. 훈계하는 교사도 없었다. 화장을 해야 할 이유도, 매칭을 세련하게 하기 위해 거울 앞에 서서 옷차림을 살펴볼 필요도 없었다. 아란은 머리카락을 질끈 묶고 다녔다. 효정이 건네준 밴딩바지 두 벌을 바꿔가며 입었다. 이곳 사람들은 대체로 아란을 예뻐했다. 어리다는 이유만으로 아란은 사랑받았다. 방에서 나와 얼굴을 비추기만 해도 사람들로부터 간식거리를 듬뿍 얻었다. 피아노만 쳤다 하면 모두들 모여들어 박수갈채를 보냈다. 예술고등학교에 입학한 이후로는 칭찬이란 것을 받아본 적 없는 피아노 실력이었다.

효정이 주머니에서 천 원짜리 다섯 장을 꺼내 아란에게 건넸다.

"차 마셔야지."

아란은 부엌에서 쟁반을 챙겨 자판기로 향했다. 밀크커피 두 잔은 주와 조의 것이었고, 율무차 세 잔은 효정과 아란, 그리고 단영의 것이 었다.

"같이 걸을까?"

종이컵을 든 채 효정과 아란은 걸었다.

"아무것도 없는 곳에 나를 혼자 보내셨지."

효정은 그 시절을 간명하게 요약했다. 눈을 반쯤 내리깐 채 미소를 지었다. 효정의 얼굴에는 암담했던 한 시절을 회상하는 표정이 잠시 머물렀다 거둬졌다. 이내 성공을 거머쥔 특유의 자부심으로 환해졌다.

종단에서 하은사에 약속한 건 초기 공사 비용뿐이었다. 그 비용으 로는 대웅전도 완공할 수 없었다. 신도가 필요했다. 공사장 같은 사찰 을 찾아오는 사람은 당연히 없었다. 처음 효정은 기도하는 법밖에 몰랐 다. 공사가 중단되고 인부들이 떠난 뒤에도 기도만 했다. 그렇게 2년이 지났을 때, 효정의 은사 스님이 서울의 신도들을 이끌고 하은사를 방 문하겠다는 연락을 해왔다. 효정은 그들을 위해 안동에서 삼베 침구를 주문했다. 근근한 생활비와 운영비를 접대비로 모두 썼다. 방문자들 의 이름을 미리 적어 연등 아래에 하나하나 매달아두었다. 면접을 앞 둔 취업 준비생처럼 설교도 철저히 준비했다. 암기하고 암기했다. 그 러나 방문자들을 감동시켰던 건 질경이 장아찌였다. 식사를 하던 신도 한 명이 이 음식이 무엇이냐고 물었다. 효정은 질경이라고 답했다. 미안한 마음에 약간의 의미를 보탰다. 삼베 침구도, 효정의 설교도, 자신들의 이름이 적혀 있던 연등도 신도들의 눈에 들지 못했다. 그 대신 집으로 돌아갈 때에 손에 들린 질경이 장아찌 한 병에서 그들은 부처님의 은덕을 느꼈다.

"그때 잭팟이 터졌지."

효정은 아란에게 진담을 말했다. 농담처럼 들렸다. 귀한 손님에게는 산초 장아찌를 대접해야 했지만, 그때 제철이 아니었다. 8월 중순의 열흘 정도 기간에, 열매가 갓 맺혔을 때에만 톡톡 터지는 식감의 산초를 구할 수 있었다. 어렵게 구해 장아찌를 담가도, 최소 3개월은 익혀야 맛이 들고 1년 정도는 묵혀야 제맛을 냈다. 질경이는 어디에서나 뜯을 수 있었다. 밟아도 죽지 않는 데다, 굳이 뜯어 음식으로 먹는 사람도 드물었다. 한 달이면 충분히 숙성됐다. 효정에게 질경이는 차선책이었다. 다른 사찰들이 귀한 손님에게 관례처럼 내어주는 산초 장아찌가 신도들에게는 오히려 당연한 음식이었다.

효정은 질경이 장아찌를 대량 생산하기로 했다. 인력센터에서 사람들을 사 왔다. 한밤중에 일을 진행했다. 하은사의 밤하늘은 간장 냄새로 뒤덮였다. 곳간에 수천 개의 유리병이 차곡차곡 쟁여져갔다. 효정은 질경이 장아찌를 판매용으로 사용하지 않았다. 거액의 불사를 하는 신도에게만 질경이 장아찌를 선물했다. 신도들은 비구니가 만든 사찰음식을 자신의 집 냉장고에서 두고두고 꺼내 먹기 위해 절을 찾아오는 것처럼 보였다. 비구니에게 기도나 설교는 바라지 않았다. 영험한 말씀을 원했다면 비구를 찾았을 거였다. 이 점을 효정은 정확하게 파악했다.

다른 유명 사찰이 유튜브에 법회 영상을 올리거나 홈페이지로 온라인 예불을 모시며 시대를 앞서가는 걸 표방할 때에, 하은사는 은둔하는 사찰을 추구했다. 그게 경쟁력이 있다고 효정이 믿었던 건 아니었다. 하은사의 인력으로 온라인 사업은 엄두를 낼 수 없었다. 물건이 좋으면 팔린다. 효정의 소신이었다. 좋은 물건은 좋은 의미를 부여해야 한다. 사찰 안에서 저절로 자라나는 잡초에 영험함을 부여하는 것이 효정의 전략이었다. 스피커에서 흘러나오는 예불 소리를 듣고 자란 식재료라 영적인 효험을 보장한다고 신도들에게 자주 말했다.

수익사업은 나날이 확장세였다. 기복 없이 번창했다. 주요 사업은 입시 발원문이었다. 하은사의 발원문은 특화되어 있었다. 어머니의 마음을 이어받아 기도를 올린다고 광고했다. 자신의 아이만을 위한 기도는 효험이 없고, 모든 자녀들을 위하여 대의적 기도를 함께 올려야 부처의 마음이 움직인다는 점을 강조했다. 자기 자식의 합격 발원문만 올리는 데에는 비용이 많이 들지 않았지만, 효험이 더 좋은, 모든 아이를 위한 대의적 발원문은 비용이 셌다. 주지와 통성명을 하며 지내는 대부분의 신도는 당연히 대의적 발원문을 내고 거액을 불사했다. 수능 100일 전부터는 줄을 서야지만 발원문을 받을 수 있었다.

효정에게는 재정문제보다 해결하기 더 어려운 문제가 있었다. 효정의 뒤를 이어 하은사를 맡아줄 후계자가 없었다. 노인 부양 문제가 불교계에서도 중요한 이슈가 된 지 오래였다. 고아인 단영을 키우고 있었으나, 단영은 어려서부터 무엇이든 해보고 싶어 하는 아이였다. 티브이를 보면 코미디언이 되고 싶다고 했고, 태권도를 보면 태권도를 배우고 싶다고 했다. 꿈이 많은 단영의 모습을 효정은 석연치 않게 지켜봤다. 동자를 더 구해야 한다는 생각을 효정은 한 편에 늘 품고 있었다. 아이들이 필요했다. 같이 살아보며 싹이 보이는 아이 한 명을 골라야 했다. 많은 아이들을 손쉽게 거둬들일 사업이 필요했다. 어떻게 해야 투자에 대한 손실 없이 아이들을 데려올 수 있는가가 효정에겐 고민이었다.

"얼마나 많은 돈을 벌어야 그 많은 아이를 다 구할 수 있나."

효정은 신도들 앞에서 자주 이 말을 했다. 구원에 대한 원대한 포부가 담긴 것 같은 말투를 일부러 사용했다. 효정은 예불 시간에 신도들에게 말했다.

"하은사는 대안학교가 될 겁니다."

신도들이 박수를 쳤다. 효정이 무슨 말을 하든 신도들은 박수를 쳤다.

"지원 보살님은 오늘부터 음악 교사이십니다."

효정은 신도 한 명 한 명을 즉석에서 교사로 임명했다. 대안학교의 커리큘럼도 즉흥적으로 만들어졌다. 효정은 신도들을 교사로 등록시켰다. 명상센터의 VIP룸을 리모델링했다. 거실과 욕실과 침실이 잘 구비된 1인 기숙사가 완성되었다. 공익사업을 하는 비영리단체로서 대안학교 승인절차를 쉽게 통과했다. 시내에 있는 가장 큰 서점에서 인문학과 불교 분야의 청소년 도서를 모조리 구입했다. 거실 한 면에 짜맞춘 목재 책꽂이를 한 번에 채웠다.

한 달에 한 명씩, 1년 동안 열두 명의 10대 여성이 하은사에 머물렀다. 하은사가 300억 규모의 자산을 가진 절이라는 것과 비구니가 되기로 한다면 이 모든 것을 물려받을 수 있다는 것을, 이곳에 입주해 지내다 보면 누구나 금세 알 수 있었다.

효정은 아란에게 행자생활을 권했다. 아란은 자신의 단발머리가 모두 사라진 두상에 대해 상상했다. 승복을 입는 것도 머리를 깎는 것도 나중의 일이었다. 지금은 달라질 게 사실상 없다고 효정은 말했다.

"주민등록증만 주면 돼."

나머지 절차는 효정이 밟겠다 했다. 아란에게 지내왔던 대로 지내기만 하면 된다고 했다. 아란이 지갑 속의 주민등록증을 효정에게 건네기만 한다면. 6개월의 행자생활을 마치고 수미계를 받고 정식 후계자가 된다면. 효정의 설명대로라면. 아란에게 그리 어려운 과정은 아니었다.

"며칠 생각해볼래?"

아란은 고개를 끄덕였다.

스피커를 통해 염불 소리가 퍼져나갔다. 신도들이 차례차례 법당으로 들어갔다. 11시 예불이 시작되었다. 아란은 수련원 옆길로 빠져나갔다. 주차장 옆으로 늘어선 음식점과 기념품 가게를 지나 등산로로 방향을 틀었다. 삼나무 숲이 나타났다. 숲 한가운데에서 끊긴 길과 만났다. 산을 타고 올라갔다. 너무 오래 걷는 것 같다는 느낌이 들 즈음 바위가 나타났다. 자세히 보지 않는다면 불상이라는 걸 알아챌 수 없었다. 불상의 머리는 반쯤 깨져 있었다. 이목구비도 없었다. 손가락 윤곽이 사라진 불상의 손바닥 위에 크래커 부스러기가 떨어져 있었다. 단영이 크래커를 올려놓으러 어제쯤 이곳에 혼자 왔을 것이다.

"불상이야. 내가 찾아냈어."

단영은 법당에는 발을 들여놓지 않았다. 신도에게 받는 예쁨이 싫다고 했다. 신도들이 쥐어주는 떡과 과자가 싫다고 했다. 스님이 되라는 말도, 스님은 되지 말라는 충고도 싫다고 했다. 7년 전에 두유병을 손에 들고 다니던 다섯 살 단영은 이제 열두 살이 되어 하은사의 거의 모든 것을 싫어하게 되었다. 단영은 아이돌 노래를 찾아 들었다. 그들의 영향을 흡수하며 영 앤 리치가 꿈이라고 말했다. 방과후에는 롯데리아에서 햄버거를 사 먹었다. 여분의 햄버거를 포장해서 책가방에 숨긴 채로 절에 돌아왔다. 효정에게 햄버거가 발각되었을 때, 자신은 출가를 하지 않을 것이니 햄버거를 먹어도 된다고 단영은 대들었다. 이것은 명백한 아동학대라고 덧붙였다.

"무슨 절이 이래요? 스님은 스님이에요? 사업가예요? 여긴 전부 다 가짜 아니에요?"

단영은 참아왔던 말을 효정에게 쏟아냈다.

"너 같은 중생에게 내가 가짜로 보여도 나는 상관이 없다."

장래희망이 승려라고 외쳐오던 단영은 햄버거를 위하여 서슴없이 꿈을 버렸다. 아무도 모르는 이 불상에, 아무도 몰래 찾아와서 크래커를 두고 가는 것은 단영에겐 이 절에서 누리는 유일한 즐거움이었다. 늘 크래커는 사라졌다. 다람쥐일 거라고 단영은 아란에게 말했다.

"다람쥐가 이 손바닥에 앉아서 크래커 먹겠지? 너무 귀여워!"

단영은 이 정체불명의 불상에는 흥미가 없었다. 불상의 손바닥에 올라앉을, 한 번도 만난 적 없는 다람쥐와 크래커로 우정을 쌓고 있었다. 다른 종단에서 만든 불상에 공양물을 바치는 건 용납되지 않았다. 사이비 행위였다. 단영이 아란을 믿어서 이런 비밀을 누설하는 것은 아니었다. 단영이 믿는 것은 아란의 묵언수행이었다. 아란은 침묵하며 지냈으므로 당연히 비밀 또한 누설할 리 없었다.

아란의 눈앞에 숲이 펼쳐졌다. 눈을 가늘게 떴다. 이 시간에 숲을 바라보는 것이 아란의 유일하게 소중한 비밀이었다. 나뭇잎에 초점을 맞추었다. 바람이 지날 때마다 한 장 나뭇잎은 미세하게 흔들렸다. 나뭇잎의 앞면과 뒷면의 색감 차이가 나뭇잎을 반짝이게 했다. 이 반짝거림을 좇다 보면, 바람의 동선을 읽을 수 있었다. 바람과 함께 눈동자로 숲을 타고 다녔다. 밤나무는 유난히 반짝였다. 밤나무를 알아보는 방법을 알려준 건 능원이었다.

"기다려. 바람이 불 때만 알아볼 수 있어."

능원은 아란이 하은사에 돌아온 며칠 후에 이곳에 왔다.

그날 아란은 양말 두 겹을 겹쳐 신었다. 새벽은 사계절 내내 겨울이었다. 법당은 유독 서늘해서, 무릎을 꿇고 있어도 발이 저리지 않았다. 무감각해지기 때문이었다. 그래서 동상에 걸리지 않는 것이 중요했다. 점퍼까지 껴입으면 종송이 시작되었다. 차갑게 내려앉은 공기를 아란은 가로질렀다. 종이 울릴 때마다 숫자를 셌다. 열다섯 번에서 스무 번 사이에 대웅전에 도착할 수 있었다. 촛불만 밝힌 대웅전은 어두웠다. 촛불이 흔들릴 때마다 불상의 얼굴에 맺힌 그림자가 휘청였다. 무릎을 꿇고 있는 능원의 옆모습을 아란은 보았다. 능원은 새벽 예불 시간에만 법당에 나타났다. 사람들과 식사를 하지도, 제사나 저녁 예불에 참여하지도 않았다. 묵언수행을 하고 있는 것도, 참회기도를 하고 있는 것도 아니었다. 능원이 방에서 혼자 무엇을 하는지는 아무도 알 수 없었다. 누군가는 종일 핸드폰으로 웹툰을 볼 게 뻔하다고 했다. 누군가는 종일 잠만 잘 거라고 했다. 조와 주도 공짜로 먹고 논다며 능원을 흘겨보았다. 능원의 눈은 반쯤 감겨 있었다. 입꼬리는 무심하게 늘어져 있었다. 능원은 지루하고 심드렁해 보였다. 예불을 모시기 위해서

가 아니라 능원을 훔쳐보기 위해 아란은 새벽에 일어났다.

효정은 능원에게 웰컴센터를 맡겼다. 신규 신도를 등록하고, 홍보 메일을 발송하는 업무를 맡겼다. 밤이면 능원은 베개를 끌어안고 아란의 방을 찾아오기 시작했다. 혼자 자는 것이 어렵다고 했다. 능원과 아란은 나란히 베개를 베고 누워 이야기를 나누다 잠들었다. 어쩌다 여기에 오게 되었는지에서부터 시작된 내밀한 대화는 온갖 상처들을 전시회처럼 방 안에 펼쳐놓는 대장정으로 이어졌다. 아무에게도 말한 적 없는 이야기까지 모두 꺼내어 공유했다. 누구나 백 번쯤 들어봤을 법한 호랑이 생일잔치 유머를 아란이 꺼내자, 능원은 배를 잡고 한참을 웃었다. 아란의 방에서는 밤마다 입을 틀어막고 키득대는 두 사람의 웃음소리가 새어나왔다.

아란과 능원은 똑같은 염주를 찼다. 낮에도 밤에도 쌍둥이처럼 붙어 있었다. 아란은 웰컴센터에서 능원의 업무를 돕기 시작했다. 능원이 도량을 돌며 야생화 사진을 찍어오면, 아란이 그것을 포토샵으로 옮겨 포스터를 제작했다. 가을이 되면 같이 밤을 줍기로 약속했지만, 능원은 어느 날 사라졌다. 작별 인사는 없었다. 능원의 연락처조차 모른다는 사실을 아란은 그때야 알았다. 그의 본명도 알지 못했다. 능원은 중학생 때 감자칩 한 박스를 훔친 적이 있었다. 그게 능원의 가장 행복한 기억이었다. 능원이 키우던 개가 자신이 낳은 강아지를 잡아먹은 적이 있었다. 토란국을 좋아했다. 드림캐처를 좋아했다. 유난히 작은 자신의 외꺼풀 눈동자를 좋아했다. 칸나꽃을 싫어했다. 청설모를 무서워했다. 능원에 대해 아란은 알고 있는 것이 많았다. 그냥 그게 다였다.

능원이 떠나자 아란은 말을 하지 않기로 했다. 자신이 느끼고 있는 상실감을 극명하게 드러내려면 이 방법밖에 없다고 느꼈다. 누군가 보다 못해 아란에게 능원에 대한 정보를 알려주게 되기를 기다려보기로 했다. 사람들은 아란이 묵언수행을 시작했다고 믿었다. 아란은 자신이 효정처럼 언제나 미소를 짓고 있다는 걸 나중에야 알았다. 누가 어떤 말을 하든 아란은 부드럽게 웃어 보였다. 누구도 능원에 대한 회고는 하지 않았다. 능원은 원래부터 없었던 사람 같았다.

효정이 사랑채를 향해 걸어갔다. 아란과 신도가 효정을 뒤따랐다. 사랑채의 다도실에 효정이 들어섰다. 신도는 벽면 가득 장식된 찻잔들을 보자 감탄했다. 찻잔의 문양과 재질이 모두 달랐다. 같은 찻잔은 하나도 없었다. 신도는 찻잔 하나를 꺼내 손바닥에 올려보았다. 조심스럽게 찻잔을 구경했다.

"마음에 드십니까."

효정이 신도에게 물었다. 신도는 고개를 끄덕였다.

"어떤 건 천 원짜리 입니다. 어떤 건 천만 원짜리죠."

효정은 부드럽게 미소를 지었다.

"직접 골라보세요. 드릴게요."

효정이 턱을 들어 올렸다. 아란도 미소를 지어 보였다. 신도는 화려한 무늬의 찻잔을 들었다가, 민무늬 찻잔을 들었다가, 찻잔의 바닥을 살펴보았다. 마침내 하나를 들고 효정 앞에 섰다. 자신이 고른 찻잔의 가격을 물었다. 효정은 웃었다. 팔을 뻗어 방석을 가리켰다.

"앉으세요."

효정과 신도가 마주 앉았다. 아란은 청홍보 앞쪽에 자리를 잡았다. 차를 만들기 시작했다. 차가 완성되면 아란은 신도가 고른 찻잔에 차를 따를 것이다. 신도는 찻잔에 입술을 가져다 댈 것이다. 그러고 나면 효정과 신도의 대화가 시작될 것이다. 일주일에 한 번씩 효정은 이 일을 반복했다. 아란이 침묵한 다음부터 이 일에 아란을 동참시켰다. 차를 만드는 것이 아란에게 맡겨진 울력이었다. 다도실에서는 입이 없는 일손이 필요했다.

두 손으로 찻잔을 들었다. 차를 마시며 아란은 신도와 효정의 대화를 들었다. 7년 전에 하은사를 떠나던 날이 떠올랐다. 교육기간이 끝난 것을 그때의 아란은 아쉬워했다. 그날 효정은 아란을 끌어안았다. 언제든 이곳을 다시 찾아오라 말했다. 기다리겠다는 말을 덧붙였다.

"다녀왔습니다."

단영은 주차장에서부터 소리를 지르며 뛰어왔다. 단영의 버릇이었다. 자신의 하교를 모두가 알아야만 한다는 듯한 외침으로 단영은 하은사의 단조로움을 단박에 깨트렸다. 조와 주가 끙 소리를 내며 일어났다.

"벌써 와버렸네."

단영의 귀가는 조와 주에게 알람이었다. 휴식은 끝났다. 공양 준비를 시작할 시간이었다. 조와 주는 밥을 짓고, 설거지를 했다. 해우소를 청소하고, 빨래를 했다. 그런 후 잠깐의 오수 시간을 즐겼다. 두 개의 시곗바늘처럼 머리를 맞대고 곤히 낮잠을 잤다.

신도들은 반찬이 좋을 때는 조와 주를 공양주 보살이라 불렀고, 시원찮을 때에는 조선족이라 불렀다. 조와 주는 서로에게 꼬박꼬박 '보살님'이란 호칭을 썼다. 조와 주는 저녁 설거지를 마치면 샤워를 하고 파스를 붙이고 드라마를 보았다. 그리고 곧장 깊은 잠에 들었다.

단영은 요사채에 책가방을 던져두고 도량으로 뛰어나왔다. 하은사에서는 일출도 노을도 목격이 불가능했다. 사방이 산으로 둘러싸인 탓이었다. 자궁터라고 했다. 어머니의 자궁이 그렇듯이 이런 자리에는 평화가 깃든다는 점 때문에 신도들은 하은사를 더더욱 숭배했다. 일출과 노을을 볼 수 없으니 감정의 기복이 생기지 않아 수행자에겐 더욱 좋은 장소라고 했다.

이 시간이면 단영은 아란을 불러내 도량을 산책했다. 단영은 쉬지 않고 말을 했다. 춤도 췄다. 걸그룹 댄스를 배워 왔는데 봐달라거나. 다람쥐 아파트를 발견했다거나. 곳간에 캔커피가 몇 박스씩 쌓여 있길래 먹어봤더니 유통기한이 지나 있었다거나. 산에서 찬 기운이 내려올 즈음이면 단영은 소매로 코를 닦았다. 코를 훌쩍거리고 몸을 떨면서도 단영은 밖에 있고 싶어 했다. 범종각 난간에 올라앉아 단영은 다리를 흔들었다.

"언니, 쥐 눈 본 적 있어?"

단영의 이야기에 답하지 않아도 단영은 아란이 자신의 이야기를 듣는다 믿었다. 단영은 요사채 천장에서 쥐 가족이 산다고 말했다. 밤마다 레이스를 한다고. 낮에는 쥐 죽은 듯 살다가 밤만 되면 뛰어다닌다고. 엊그제 새벽에는 쥐가 천장에서 떨어졌다고 했다. 효정 스님 방으로 떨어져버렸다고. 스님의 비명소리에 조와 주가 잠옷 바람으로 쥐를 잡겠다고 뛰어다녔다고 했다. 조와 주가 쥐처럼 뛰어다녔다고, 단영이 흉내를 냈다. 어제는 조와 주가 천장에다 쥐 끈끈이를 설치했고, 단영이 아침에 일어나 책상을 밟고 올라가 천장을 들여다보았다고 했다.

"쥐들이 끈끈이에 붙어 있었어. 쥐 눈이 엄청 예쁘다. 새까매. 까만게 엄청 까마면 빛이 난다? 빛이 나는데 울고 있었어."

단영은 주변을 둘러보았다. 귓속말을 하겠다는 단영의 신호였다. 아란은 허리를 굽혀 키를 낮춰주었다. 단영이 아란의 어깨에 손을 얹고 말했다.

"효정 스님이 쥐들을 산 채로 묻었어."

단영이 이제 햄버거에 대해 아란에게 이야기하게 된다는 걸 아란은 알고 있었다.

"내가 햄버거 먹었다고 호통칠 때는 언제고."

단영은 또 코를 닦았다.

"효정 스님이 너를 키워줄 신도를 찾고 있어."

아란이 단영에게 말했다. 단영은 눈을 동그랗게 떴다.

"데려가면 아파트를 준댔어. 너 여기서 쫓겨날 거야."

단영은 아란을 올려다봤다.

"나한테 그거 말해주려고 지금 묵언수행 깬 거야?"

단영은 기쁜 표정이었다.

효정은 신도에게 1년을 제안했다. 1년만 키워보고 어떤 방식으로든 결정을 내리면 된다고 했다. 1년이 지난 후에 단영과 함께 살 수 없다는 판단이 선다면 어떻게 되는 것인지 신도는 물었다. 다른 신도님들이 계시지 않느냐고 효정은 준비된 대답을 했다.

"나중에 말이야."

아란이 단영에게 말했다.

"갈 곳이 없어지면. 나를 찾아와."

아란의 얼굴을 바라보며 단영은 서 있었다. 목어를 치는 소리가 들렸다. 아란과 단영은 목어 소리를 향해 걸었다. 요사채에 거의 도착했을 때, 단영이 아란의 소매를 잡아당겼다.

"응."

단영이 아란에게 답을 했다. 아란은 이제 가야 할 곳이 생겼다. 단영이 찾아올 수 있는 곳에 있으려면 우선 여기를 떠나는 게 마땅했다. 이사를 다니지 않으면서, 한곳에서 잘 살고 있어야 했다. 그날 저녁은 공양 시간에 단영이 재잘대지 않았다.

굵은 비질 소리가 장지문 바깥에서 들려왔다. 아란은 귀를 기울였다. 비질 소리 사이로 희미한 도량석 소리가 들렸다. 효정이 목탁을 치며 걷고 있었다. 아란은 대웅전을 빠져나왔다. 비질 소리가 나는 쪽으로 걸어갔다. 범종 소리가 들려왔다. 효정은 하은사의 입구에 놓인 범종 앞에 서 있었다. 서른세 번을 다 치기 전에 아란은 작별 인사를 해야만 했다. 사방이 산으로 막혀 있어 종소리는 도량 안에서 오래 머물며 울려퍼졌다. 조와 주가 요사채 외벽에 싸리비를 나란히 세워두던 참이었다.

"공양주 보살님."

아란이 조와 주를 불렀다. 어둠 속에서 조와 주는 아란을 돌아보았다.

"저 가요."

밝은 어둠 속에서 조와 주의 눈동자는 어두워졌다. 어두웠으므로 더 빛이 났다. 조가 코를 찡긋거렸다. 눈을 감더니 입을 벌렸다. 재채기가 터져 나왔다. 손등으로 조가 코를 닦아냈다.

"단영이 고것이 옮겼네."

주가 조와 아란을 번갈아 쳐다보았다. 그리고 아란에게 말했다.

"감기 조심해."

범종 소리가 끝났다. 효정은 저만치에서 뒷짐을 진 채 서 있었다. 봉오리를 오므린 꽃들이 스프링클러의 물줄기 속에서 해갈을 하고 있었다. 총 5,000평 부지 곳곳에 스프링클러가 일제히 야생화를 적시고 있었다. 아란 역시 작별 인사 없이 사라진 여자로 기억될 것이다.

"이 꽃을 다 심는 데에 10년이 걸렸다."

색이 화려하고 세간에서는 보기 힘든 꽃을 효정은 골라 심었다. 극단적으로 소박해 보이는 꽃과 극단적으로 화려해 보이는 꽃을 번갈아 심었다. 효정은 소박해서 아름다운 하은사를 화려해서 눈이 부신 절로 변모시키기로 마음먹었다. 소나무에는 빨간 연등을 주렁주렁 달았다. 위엄 있고 중후한 건축 양식은 피했다. 곡선이 많이 들어간 설계를 택했다. 산신각은 너와지붕을 얹어 동화에 나올 법한 오두막을 연상시켰다. 영산전에 모시는 나한들은 볼이 통통하고 귀여운 인상을 선택했다. 확장공사 이후 하은사는 명성을 더 얻어갔다. 곳곳에 아기자기한 핸드메이드 소품들을 배치했다. 비신도들이 무리 지어 찾아와 그 소품 앞에 서서 사진을 찍었다. 한국에서 아름다운 절로 소문이 나기 시작했다. 무향의 차 대신 색깔별로 말린 꽃차를 카페에서 판매했다. 발우공양 대신 꽃밥을 대접했다. 기도가 이상적으로 이루어질 것이라는 판타지를 심어주기 위해 그에 걸맞는 판타지를 시각적으로 구현해나갔다.

효정이 하은사에 온 이후로 처음 얻은 깨달음은 불경 어디에도 적혀 있지 않은 것이었다. 출가를 한 승려는 무성의 존재로 살아가야 한다는 규율은 누구나 다 아는 전제조건이지만, 비구니는 결코 무성으로는 살아남을 수 없다는 것. 신도들은 이상적인 여성성을 하은사에서 만끽하고 싶어 했다. 효정은 그들의 욕망에 부합하는 것이 쉬웠다. 어떤 감정 속에 놓여 있든 부드러운 미소를 지을 수 있게 되었을 때, 하은사는 유명한 비구니 사찰이 되었다. 효정은 은사 스님으로부터 주지 직책을 받았다. 두 명의 제자가 더 있었지만 은사 스님은 세 번째 서열인 효정을 주지로 택했다. 비구니에게 가장 필요한 것은 온화한 미소였다는 사실을 가장 잘 이해한 효정의 승리였다.

다른 관광객처럼 꽃에 대한 소문을 듣고 아란도 하은사의 대안학교를 기대했다. 블로거들이 여행사진으로 올려둔 하은사는 꿈에서나 볼법한 모습이었다. 처음 아란은 이곳에서 언제나 놀라워하며 꽃밭 주변을 걸었다. 멍하니 꽃만 보았다. 꽃을 좋아해본 적은 없었으나 꽃을 좋아하는 사람의 마음은 이해할 수 있게 되었다.

"이제 다들 가셔요."

효정이 두 팔을 휘저으며 비신도와 신도들을 내보냈다. 효정은 아란 옆에 자주 와서 앉아 있었다. 아란이 바라보는 꽃밭을 효정도 내려다봤다.

"꽃이 너무 아름다워요."

열일곱 아란이 효정에게 처음으로 한 말이었다. 효정은 두 손으로 아란의 손을 붙잡았다. 효정의 손톱 밑에 오래 묵은 흙때가 끼어 있었다. 효정의 손은 거칠었지만 따뜻했다. 효정은 부드럽게 미소를 지었다. 신도들은 효정의 미소가 차를 닮았다고 했다. "만약 당신이 춥다면 차는 당신을 덥혀줄 것이고 만약 당신이 덥다면 차는 당신을 식혀줄 것이고 만약 당신이 우울하다면 차는 당신을 위로해줄 것이고 만약 당신이 지치고 피곤하다면 차는 당신을 진정시켜줄 것이다." 해우소 세면대 거울에 적혀 있던 문구였다. 누군가 한심하게 굴거나 누군가를 무시하고 싶거나 누군가에게 화가 날 때에도 효정은 한결같이 이

미소를 사용했다. 아란은 그때까지만 해도 효정의 미소를 미소로 읽었다.

  아란은 하은사 앞 가게에서 맥주 한 캔을 샀다. 그리고 지장전 지붕에 올라갔다. 7년 전에 아란은 자주 지장전 지붕 위에서 밤 시간을 보냈다. 열일곱 살의 아란은 유난히 밝은 어둠과 유난히 어두운 어둠을 구분할 줄 알게 되었다. 그때 그 지붕 위에서 아란이 할 수 있는 놀이는 그것밖에 없었다. 아란은 어둠을 분류했다. 유난히 흔들리는 어둠. 유난히 시끄러운 어둠. 가장 짙고 지나치게 적막해서 오히려 마음이 다 개운해지는 어둠. 아란은 지장전 지붕에서 고양이처럼 웅크리고 앉았다. 열일곱 살에 그랬던 것처럼 한 손에는 캔맥주를, 다른 손에는 담배를 들었다.

  많은 젊은 여성이 하은사를 거쳐갔다. 대안교육 명령을 받은 아란 같은 청소년들. 낙태를 하고 찾아온 10대. 신혼여행을 다녀오자마자 이혼을 한 여자. 10년 동안 임용고시에서 떨어진 채 낙담한 여자. 퇴사를 하고 명상을 하겠다고 나타난 여자. 효정은 그들에게 방을 내주었다. 먹을 것과 입을 것을 제공했다. 삼천배를 올리고 철야기도를 한다는 조건이었다. 여자들은 산나물을 땄다. 밭을 갈았다. 야생화의 이름을 학습했다. 소원초를 만들고 노트에 불경을 필사했다. 뉘우치기 위해 명상했다. 뉘우칠 것이 없다는 사실도 뉘우치기 위해 명상했다. 그러다 밤이 오면, 여자들은 잠들지 못했다. 9시에 잠자리에 드는 생활은 쉽게 익숙해질 수 없었다. 어느 날부터 밤을 걸어 다녔다. 방이 너무 좁아서. 산책을 하면 잠이 올까 봐서. 하늘에 별이 너무 많아서. 가끔 고라니가 울었다. 누군가는 벤치에 앉아 밤새 울었다. 누군가는 조킹하듯 도량을 뛰어다녔다. 누군가는 누군가에게 전화를 걸었다. 누군가는 누군가를 찾아 밖으로 나갔다. 누군가는 누군가를 찾아왔다.

효정은 모른 체했다. 부드럽게 웃으며 눈감아주었다. 여자들은 그 점을 못 견뎌했다. 왜 아무것도 묻지 않는지. 효정의 침묵을 야속해했다. 누군가는 한낮에도 벤치에 앉아 울었다. 누군가는 신도를 붙잡고 자살하고 싶다는 고백을 했다. 쉽게 소문으로 번졌다. 그런 여자들은 곧 하은사에서 사라졌다. 작별 인사는 없었다. 여자가 어디로 갔는지 아무도 궁금해하지 않았다. 여자의 증발을 모두가 안도했다. 이상한 여자, 거짓말하던 여자, 헛소리하던 여자로 취급되었다. 결국 모든 젊은 여자가 차례차례 하은사를 떠났다. 능원은 가장 어린아이 같은 방법으로 베개를 끌어안고 아란의 방에 찾아오는 것으로 이런 밤을 버텼다.

꽃밭 한가운데에 효정이 서 있다. 효정이 화단을 성큼성큼 걸어다녔다. 한 발 한 발 조준하듯 꽃을 짓밟고 다녔다. 한 걸음마다 발을 비틀어 꽃밭을 으깼다. 효정은 밤마다 남몰래 저런 식으로 화단을 망쳐놓았다. 다음 날 아침이면 인부들을 불렀다. 망가진 화단을 정리하고 새 꽃을 사들여 심었다. 3월에 피는 꽃은 3월에 다 시들었다. 4월에 피는 꽃은 4월에 다 시들었다. 5월도 마찬가지였다. 벚꽃처럼 아름답게 지는 꽃은 드물었다. 꽃대는 휘어지고 잎은 갈변했다. 어떤 꽃잎은 시든 채로 축 처져 매달려 있을 뿐 떨어지지도 않았다. 지저분하게 지는 꽃을 보기 위해 사람들이 하은사를 방문할 리 없었다. 그래서 효정은 밤마다 꽃을 짓밟고 다녔다. ■

천희란

카밀라 수녀원의 유산

1984년 경기도 성남 출생.
2015년 『현대문학』 등단.
소설집 『영의 기원』. 경장편소설 『자동 피아노』.

카밀라 수녀원의 유산

그 사람이 엄마를 죽였어요. 라우라가 말을 꺼내기가 무섭게 키티 부인이 두 손으로 입을 틀어막았다. 그녀는 곧장 울고 있는 라우라에게 달려왔다. 그 남자가 엄마를 죽였어요. 엄마가 이곳을 떠나려 하지 않으니까. 엄마가 절 여기에 혼자 남기고 떠날 수 없다고 하니까. 키티 부인은 오열하는 라우라의 머리를 쓰다듬었다. 귓가에 쉬잇-, 쉬잇-, 하는 키티 부인의 목소리가 들려왔다. 레스토랑에 식자재를 배달하러 오는 그 젊은 남자를 말하는 거지. 키티 부인은 물었다. 라우라가 키티 부인의 품 안에서 고개를 끄덕일 때 그녀의 짙은 오렌지빛 스웨터에 어두운 눈물 자국이 남았다. 침착하렴. 자세한 자초지종을 설명해보겠니. 라우라는 눈물을 훔치며 고개를 들었다. 그러고는 어둠을 밝히는 카밀라의 시선과 눈이 마주쳤다. 등허리를 쓸어내리는 키티 부인의 손길에서 느껴지는 온기와 상반되는 차갑고 날카로운 눈빛이었다. 떠는 것 좀 봐. 가엾어라. 아가, 두려워할 필요 없단다. 키티 아줌마가 있어. 아가씨, 어떻게 좀 해보세요. 그 순간, 라우라는 키티 부인의 손끝이 떨리는 것을 느꼈다. 눈물을 거두어야 할 때였다. 쥐어짜낸 거짓 눈물은 아니었지만, 비밀을 감추고 있는 눈물은 카밀라에게 통하지 않는 듯했다. 쩽하고 단호한 카밀라의 목소리가 우렁찬 빗소리를 꿰뚫었다. 라우라, 이제 진실을 말해보렴. 어머니는 어디에 계시지? 널 도우려면 진실을 알아야 해.

진실을 말해야 할까. 정교한 거짓말을 해야 할까. 그 긴 이야기를 어디서부터 어디까지 이야기해야 모든 진실을 말했다고 할 수 있는 걸까. 막무가내로 도와달라고 애원해야 할까. 카밀라의 가슴을 쥐고 흔들어야 할까. 라우라는 생각했다. 내가 애원하면 경찰을 불러 당장 그를 체포할까. 내가 거짓말을 하고 있다고 말하면 나를 경찰에 넘길까. 저택에서의 삶도 끝인 걸까. 세 사람의 숨소리가 교차하는 것을, 라우라는 요란한 천둥소리가 세상을 뒤덮은 중에도 들을 수 있었다. 마치 처형대 앞에 선 것만 같았다고, 라우라는 그 밤을 회상했다. 저택에 도착했던 날부터의 모든 기억이 한순간에 우르르 쏟아져나왔다. 그리고 번개가 번쩍일 때마다 카밀라의 등 뒤에 있는 커다란 전신 거울에 비친 눈물로 얼룩진 얼굴은, 평생 그녀가 거울 앞에 서는 순간이면 한 번도 빠짐없이 떠올랐다.

라우라는 아홉 살에 처음으로 카밀라를 만났다. 그녀는 어머니의 손을 잡고 키티 부인을 따라 저택의 아치형 회랑을 걷던 밤에 대해 자주 이야기했다. 전깃불이 환히 들어와 있음에도 전설이나 동화 속으로 걸어 들어가는 것 같은 기분에 사로잡혔던 라우라는, 자신이 별다른 장식도 없는 허름한 회랑을 그 누구보다 아끼고 사랑하리라는 걸 직감했다. 그들은 회랑 끝 별채에서도 가장 안쪽에 있는 방으로 안내 받았고, 거기에 카밀라가 있었다. 형광등 없이 몇 개의 스탠드만으로 빛을 밝혀 전체적으로 조도가 낮은 방이었다. 저택이 지어졌을 때부터 존재했을 나무 책장에는 기울어진 그림자만이 꽂혀 있었고, 카밀라는 방 한쪽 구석의 1인용 소파에 다른 그림자들처럼 비스듬히 앉아 무언 가를 읽고 있었다. 그녀는 그들을 향해 돌아앉거나 말을 걸지 않았고, 그래서 라우라의 기억 속에 카밀라의 첫인상이랄 것은 남아 있지 않 았다. 그저 그런 카밀라를 향해 키티 부인이 무어라 말을 건넨 것, 어 머니가 먼발치에 앉은 카밀라를 향해 엎드리다시피 하며 눈물을 쏟은 것, 키티 부인이 안내한 아늑한 침실에서 깊은 잠을 잤다는 사실만을 기억했다. 다음 날 정오가 되어서야 잠에서 깨어난 모녀는 그날 오후 에는 저택의 일원이 되어 있었다.

사람들은 저택을 가리켜 카밀라 수녀원이라 불렀다. 하지만 저택에 살고 있는 사람들은 수녀가 아니었고, 그들 중 그 누구도 그곳을 수녀 원이라 부르지 않았다. 오직 저택 바깥에 사는 사람들만이 그곳을 수 녀원이라고 불렀는데, 그것은 여러모로 멸칭에 가까웠다. 수녀원이라 는 별칭은 카밀라가 저택의 주인이 된 이후에 붙여진 것이었다. 여자 들만이 모여 산다는 것, 그것도 출신도 사연도 알 수 없는 여자들이라 는 사실을 사람들은 조금씩 께름칙하게 여겼고, 수녀를 운운하며 우스 갯소리라도 하지 않으면 견딜 수 없는 모양이었다.

저택은 별채를 포함하면 침실로 쓸 수 있는 방만 쉰 개가 넘고, 농 장과 과수원을 운영할 수 있을 만큼 커다란 부지 위에 있었다. 그러나 카밀라가 저택을 사들이기 전까지 건물은 무척 오랜 시간 흉가나 다름없는 상태로 방치되어 있었다. 이전의 소유자는 20세기 초반 인근의 탄광 산업을 주름잡았던 사업가의 자손 중 하나였는데, 그는 자신의 증조부인지 고조부인지가 그 저택을 구입한 것을 집안의 수치로여겼다. 그는 몇 대째 매물로 내놓은 상태로 있는 이 애물단지의 구매자를 만나기 위해 평생에 걸쳐 단 다섯 번만 저택을 찾았다. 그리고 어떻게든 저택을 팔아치우고야 말겠다는 사람치고는 매번 자신의 조상이 귀족 놀음이나 즐기려고 감당할 수 없는 크기의 저택을 구입한 시대착오적인 인간이었다는 비아냥을 참지 못했다. 아마도 그는 그 시대착오적 조상이 남아도는 돈으로 헛짓을 할 수 있을 만한 자산가가 아니었다면 현재의 자신이 최신의 고급 승용차 같은 걸 모는 일은 일어나지 않았으리란 사실을 모르는 듯했다. 여하간 그는 가문에 대물림되는 부의 한 귀퉁이를 이어받은 사업가치고 물색이랄 것이 없었지만, 그의 대책 없는 경박함이 구매자를 변심하게 한 결정적인 원인은 아니었다. 아주 옛날 옛적 지방 귀족의 성이나 별장으로 쓰였을 저택의관리 상태가 엉망인 탓에, 좀처럼 오르지 않는 저택의 가격과 무관하게 누구도 손을 댈 엄두를 내지 못했던 것이다. 그 저택을 고풍스러운호텔로 변신시키려 했던 굴지의 호텔리어조차 차라리 신축 건물을 짓는 편이 합리적일 것이라며 망설임도 없이 발길을 돌릴 정도였다.

커다란 마을과 작은 도시 중간쯤 되는 크기의 지역에 살고 있는 주민들은 저택이나 주변 지역의 개발에는 별 기대나 흥미가 없었다. 폐광 인근에 개발되지 않은 높은 산과 물이 닿는 평야가 함께 있다는 조건을 제외하면 번화했거나 개발 가능성이 있는 도시와의 교통 인프라도 충분하지 않았다. 바깥세상이 변화하는 속도를 생각하면 도시 기반시설이나 첨단 기술의 혜택 밖에 놓여 있었지만, 그것은 그저 그 지역의 숙명 같은 것에 지나지 않았다. 지역 주민들은 수백 년 이상 겪어온 국가 지원으로부터의 배제에도, 오랫동안 고수해온 삶의 방식에도 별다른 불만이 없었다. 그들은 평야를 이용해 적당한 수준의 농사를 짓고, 가축을 키웠으며, 적당히 팔고, 적당히 입고 먹고, 적당히 살았다. 불만이 있는 사람이 없을 수는 없었지만, 그들은 곧 큰 도시로 떠났다. 그러니 남은 사람들의 삶은 대체로 만족스러웠다.

그런 지역 주민들이 아무도 살지 않는 낡은 저택에만 달리 특별한 의미를 부여할 리 만무했다. 사암으로 지어진 저택의 외관은 검게 산화되어 그 존재감이 적지 않았음에도, 사람들은 그 으리으리한 건물을 너무 오래 걸어놓아 누군가 특별히 지적하지 않으면 걸려 있다는 사실마저 잊어버리고 마는 결혼사진처럼 취급했다. 오랫동안 비어 있는 건물이니만큼 청소년들의 비행이나 금지된 사랑의 밀회가 벌어지는 장소로 이용되었을 것 같지만, 저택은 그런 용도로 사용되기에도 별다른 매력이 없는 모양이었다. 더욱이 거칠거나 모험적인 젊은이들은 머리가 굵어지면 이내 지역을 떠나버렸고, 저택에 딸린 비옥한 밭과 과수원 역시 도둑 농사를 지을 만큼의 가치는 없었다.

그렇게 있으나 마나 하다는 생각조차 해본 적 없는 저택의 소유주가 바뀌었다는 소식은 지역사회 전체를 발칵 뒤집어놓는 일대 사건이었다. 이전 소유주는 계약을 성사시킨 날 밤에 그나마 가장 근사한 레스토랑을 찾아가 술을 퍼마시기 시작했는데, 그때 그의 입에서 나온 이름이 바로 카밀라였다. 그는 웬만한 남자보다 키가 크며 성격이 몹시 드세고 취향이 까다로운 늙은 여자 카밀라에 대해 이야기를 늘어놓았다. 물론 사람들은 곧 그녀가 카밀라의 대리인인 먼 친척 아주머니라는 사실을 알게 됐다. 그 또한 사실과는 먼 이야기였다. 키티 부인은 카밀라를 어린 시절부터 돌봐온 보모였을 뿐 카밀라의 가족이나 친척은 아니었다. 라우라는 카밀라가 간혹 키티 부인을 실수로 다른 이름으로 부르는 것을 본 적이 있고, 키티라는 이름이 그녀의 진짜 이름은 아니었을지도 모른다고 말하기도 했으니, 끝내 알려지지 않은 또 다른 진실이 감추어져 있는지도 알 수 없는 일이기는 하다.

저택은 팔려나가기 무섭게 빠르게 보수를 시작했다. 카밀라는 전기와 수도, 하수 시설을, 그다음에는 가구와 집기를, 이어 가축과 과수를 들였다. 그리고 대강의 보수를 마치자마자 느닷없이 수십 명의 여자들이 저택으로 이주해 왔다. 그즈음 마을에 얼굴을 드러내기 시작한 키티 부인은 저택이 여성들만을 위한 복지시설이 될 것이라고 했다. 카밀라의 이름도 그제야 자주 사람들의 입에 오르내리기 시작했다. 그녀가 몇 살이나 먹었는지, 어떻게 생겼는지, 어디에서 왔으며, 그 많은 돈이 어디에서 났는지, 모든 것이 호기심의 대상이었다. 그러나 카밀라는 저택 밖으로 나와 사람들을 만나는 법이 없었고, 저택에 사는 그 누구도 카밀라에 대해 쉬이 답하지 않았다. 사람들은 카밀라가 실제로는 존재하지 않는 사람이라고 말하는가 하면, 저택에 살고 있는 여자 중 말수가 적고 수줍음을 타는 여자들을 카밀라 후보로 거론하기도 했다. 그들은 카밀라에 대해 아는 것이 없었고, 그러니 그들이 새롭게 만난 누구라도 카밀라일 수 있었던 것이다. 하나 라우라에 따르면 카밀라는 그 저택에 들어온 뒤에는 단 한 번도 마을에 나가 사람들과 어울린 적이 없다.

여성만이 거주할 것. 정해진 노동을 공평하게 나누어 성실히 할 것. 가능하면 직업 훈련을 받을 것. 술과 마약을 하지 않을 것. 자립할 능력이 생기면 저택을 떠날 것. 라우라의 어머니는 저택에 살기 위해 이러한 문항들이 가득 적힌 일종의 서약서에 서명을 해야 했다. 그리고 거기에는 다음과 같은 조건 또한 덧붙어 있었다. 저택을 떠난 뒤에도 외부인에게 저택과 카밀라에 대한 정보를 유출하지 말 것. 물론 라우라가 서약서의 내용을 알게 된 것은 한참 뒤의 일이었다. 저택에서 열일곱 번째 생일을 맞은 날, 그녀 역시 그곳에 머무는 모든 여자들과 마찬가지로 서약서에 서명을 했다. 라우라가 서명을 할 때쯤 그녀는 이미 저택의 삶에 익숙해져 있었지만, 저택과 카밀라에 대해 잘 알지 못했던 어머니가 무슨 용기로 그 서약서에 서명을 했는지는 알 수 없었다. 달리 불이익이나 처벌에 관해 덧붙여놓은 것은 아니었지만, 비밀 유지 서약 같은 것은 아무래도 소름끼치는 조항이었을 것이다. 그러나 그 서약서에는 저택이 제공할 혜택 또한 상세히 적혀 있었고, 그것은 저택이 요구하는 것에 비할 수 없이 컸다. 무엇보다 당시 그들에게는 안전하게 거주할 공간과 충분한 식사, 심리적 안정감이 절실했다. 아니, 모든 것이 절박했다. 당시 라우라의 어머니가 가지고 있던 커다란 나일론 보스턴백에 든 것은 두 사람이 갈아입을 여벌의 옷 몇 벌이 전부였고, 지갑 속에는 두 사람이 제대로 된 한 끼의 식사를 할 수도 없는 푼돈만이 남아 있었다. 그러니 별다른 선택지가 없었을 것이다.

라우라는 천국을 믿지 않는다고 입버릇처럼 말했다. 그러나 그 저택에 머문 처음 두 해 동안에는 천국에서의 삶이란 것을 자주 상상했다. 물론 최소한의 위생과 생활의 편의를 위한 시설이 갖추어지기는 했지만, 저택은 도시의 현대적인 주거 공간과는 판이하게 달랐고, 크게 개발이 되지 않은 그 지역의 낡은 건물들과 비교해도 불편한 것투성이였다. 하지만 그가 없었다. 라우라의 어머니가 벌어온 것에 기생해 사는 주제에 그녀를 종처럼 부리고, 모녀를 폭력의 공포에 몰아넣었던 그 남자가 없었다. 그걸로 충분했다. 그는 어머니의 재혼 상대였다. 라우라는 자신의 진짜 아버지가 누구인지 몰랐고, 여러 명의 아버지를 가졌고, 그 모든 아버지들을 싸잡아 그 개자식이라고 불렀다. 물건을 던지거나 주먹질을 하던 그가 한 손에는 멱살을, 다른 손에는 칼을 쥔 채 어머니를 베란다 난간으로 몰아갔던 밤에 모녀는 그들의 집과 그 집에 남아 있는 소중한 추억들을 모두 버리고 그로부터 벗어나기로 결심했던 것이다. 라우라는 저택에 온 뒤에도 여전히 자주 악몽을 꾸었지만, 겁에 질려 잠에서 깨어날 때마다 벅차게 안도했다. 더욱이 그 저택에 머물고 있는 건강한 여자들이 한때 그녀와 비슷한 처지에 놓인 경험이 있었다는 사실로부터 깊은 위로를 받았다. 정확히 같은 이유는 아니었지만, 그들 모두가 모종의 폭력으로부터 보호받지 못했거나 장기간 위협적인 현실에 노출되어 있던 여자들이었다. 그러니까 카밀라 수녀원은 여성들을 보호하고 재활을 돕는 시설이었다.

라우라 모녀가 저택의 식구가 되었을 때, 이미 저택의 거주자는 200명을 넘어서고 있었다. 대부분의 성인들은 여럿이 한방을 기숙사처럼 공유했지만, 그들은 별채의 작은 방을 배정받았다. 라우라가 아직 어머니의 보살핌이 필요한 어린아이이기 때문이었다. 별채에는 또래의 여자아이들이 여덟 명쯤 있었고, 어머니들은 그보다 어린 아이들을 공동으로 육아했다. 라우라와 친구들은 낮이면 일종의 홈스쿨링을 받았는데, 그녀는 그 교실에서야 비로소 카밀라를 제대로 대면했다고 했다. 그녀는 키티 부인 못지않게 키가 크고 기골이 장대했다. 콧등과 광대가 높게 올라와 있는 뚜렷한 이목구비에 눈매가 매서운 데다가 말수가 적고 무표정일 때가 많아 대부분이 어렵게 여겼지만, 실은 그저 수

줍음이 많은 편일 뿐 차가운 사람은 아니었다. 어른들이 각자의 일을 찾아 떠나고 교실문이 닫히면 카밀라는 가슴까지 내려오는 긴 머리를 고무줄 하나로 간단히 올려 묶고, 다정한 미소를 지으며 아이들 곁으로 다가왔다. 그녀는 뛰어난 교사였다. 모든 과목을 혼자 가르칠 수 있을 만큼 지적이었고, 학습 과정이나 수준이 제각각인 아이들에게 같은 것을 몇 번이고 반복해 설명해줄 만큼 인내심이 있었다. 한편으로 텃밭과 과수원 너머 공터에서 아이들과 옷을 더럽히는 신체활동을 하는 것도 서슴지 않았다. 그녀는 누가 봐도 우러러볼 만한 여성이었다. 아이들은 카밀라와 사랑에 빠질 수밖에 없었고, 라우라 역시 다른 아이들과 마찬가지로 그녀를 동경했다.

라우라는 특히 날씨가 궂은 날에 카밀라가 본관 건물에 만들어놓은 작은 도서관으로 아이들을 데리고 가는 것을 좋아했다. 그녀는 아이들이 각자 읽고 싶은 책을 골라 읽는 동안에 우유와 쿠키를 내어주고, 다른 한쪽에서는 아직 글씨를 잘 읽지 못하는 아이들을 모아두고 그림책을 읽어주었다. 라우라는 글씨를 읽을 줄 알면서도, 갓 빤 베갯잇처럼 포근하면서도 상쾌한 그녀의 목소리에 이끌려 그 무리에 섞여 앉고는 했다. 그리고 때때로 정원이라 부르기엔 단출한 화단에서 뿌리째 뽑은 팬지꽃과 직접 만든 카드를 카밀라에게 몰래 전했다.

라우라는 언제까지고 저택에서 살 수 있을 것만 같았다. 그녀뿐 아니라 수많은 여자들이 그럴 수 있다고 믿었고, 또 그렇게 되기를 바랐다. 저택은 하나의 도시, 국가, 혹은 그보다 더 넓은 세계처럼 여겨졌다. 부족한 것은 아무것도 없었다. 안전하고 자유롭고 풍요로웠다. 놀랍게도 누구도 자신이 할 일을 남에게 미루지 않았고, 육체적으로 힘든 노동도 마다하지 않았다. 어른 아이 할 것 없이 간혹 편이 갈리고 사소한 다툼이 일어났지만, 그런 건 그들이 저택에 오기 전 겪은 일들을 생각하면 아무것도 아니었다. 더욱이 저택의 관리인이나 다름없는 키티 부인은 뛰어난 중재자이기도 했다. 그래서인지 바깥출입에 대한 별다른 규정이 없었음에도 한번 저택의 일원이 되고 나면 저택을 떠나는 일이 드물었고, 저택 바깥을 오가며 일을 하는 사람의 수도 많지는 않았다. 그래서 저택은 제한적으로나마 자급자족하는 공동체를 유지해갈 수 있었다.

키티 부인의 뛰어난 능력 때문만은 아니었다. 작은 지역 사회의 주민들은 어제 저녁식사 시간에 어느 집의 누가 어떤 디저트를 먹었는지까지 꿰고 있을 만큼 서로에 대해 속속들이 알았다. 저택 밖으로 나온 여자들은 눈에 띄기 마련이었다. 그들은 저택 밖으로 나온 여자들에게 저택 생활에 대해 묻고, 카밀라라는 여자에 대한 소문을 확인하려 하고, 호시탐탐 저택에 사는 여자들의 과거를 캐묻고 싶어 했다. 저택의 여자들은 전자의 질문보다 후자의 질문들을 두려워했고, 또 그 질문들이 어떤 편견을 전제하고 있는지 잘 알고 있었다. 그들은 저택의 일원이 되기 전 저마다의 사연을 가지고 있었고, 복잡한 사연을 가진 여자들을 세상이 쉽사리 이해하거나 받아주지 않는다는 것 또한 알고 있는 사람들이었다. 자립을 위해 마을에 일자리를 얻었던 여자들이, 더 많은 또래 친구들을 사귀고 싶어 홈스쿨링을 마치고 학교에 다녔던 아이들이 저택 바깥의 생활을 오래 견디지 못하고 저택 안에 틀어박혔다. 그러나 모두가 끝까지 저택에 남기를 바란 것은 아니었다. 몇몇은 저택이라는 공간을 갑갑하게 여겼으며, 간혹 저택에서의 생활을 정리한 후에도 지역을 떠나지 않고 남아 있는 경우도 있었다. 그들은 지역 사회의 일원이 되었다. 직업을 얻어 자립을 하는 경우가 있는

가 하면, 가까이 지내던 여자 몇몇이 함께 집을 구하기도 했고, 그 지역의 남자와 새로운 가정을 꾸리기도 했다. 라우라의 어머니라면, 가장 후자의 삶을 꿈꾸는 사람이었다.

라우라는 자신의 어머니가 저택에 머무는 것을 지루해하기 시작했다는 걸 어렵지 않게 눈치챘다. 그리고 천국에서의 시간이 끝나가는 걸 예감했다. 밤마다 먼지 얼룩으로 불투명해진 창가에 서서 마을의 풍경을 바라보는 눈빛을 보면 알 수 있었다. 그녀는 어머니의 작은 행동이나 몸짓, 말 속에 어제 뿌린 향수 향기처럼 은은하게 섞여 있는 참을 수 없는 호기심과 외로움을 감지했다. 어쩌면 어머니 자신조차 깨닫지 못한 것일 수도 있었다. 라우라가 어머니의 열정과 변덕 속에서 태어났고, 성장했다는 사실을 생각하면 놀라운 일은 아니었다.

어머니는 곧 라우라에게 저택 밖에서 돈벌이가 될 만한 일을 찾아나서겠다고 말했다. 라우라, 다른 사람에게 의지해서 사는 건 옳지 않아. 인간은 결국 혼자 살아남아야 한단다. 그리고 우리가 스스로 살아갈 수 있는 능력이 있다면, 우리는 지금 우리가 받는 혜택을 더 절실하게 필요로 하는 사람들에게 돌려줄 수 있도록 해야 하지. 그게 우리가 카밀라와 저택의 도움에 진정으로 보답하는 길이야. 라우라가 지독한 감기에 시달렸던 어느 여름, 어머니가 종일 그녀 곁에 있기를 바란다고 말했을 때, 그녀가 라우라의 이마를 짚으며 한 말은 단어 하나도 빠짐없이 그럴싸했다. 라우라는 반박할 수 없었다.

그러나 그녀는 어머니의 말이 모두 기만이라는 것을 알고 있었다. 어머니는 절대로 혼자 살아남을 수 있는 그런 종류의 인간이 아니었다. 특히 어머니가 마지막에 덧붙이는 어떤 말은 라우라의 불안을 증폭시켰다. 오, 라우라, 물론 너는 언제나 내게 의지해도 괜찮아. 너는 엄마의 보살핌이 필요한 어린아이이니까. 그리고 엄마와 딸이란 원래 그런 것이란다. 같은 운명을 공유한다는 건 그런 거지. 내가 진정으로 믿고 사랑하는 사람은 오직 너뿐이란다. 내가 너를 버리고 떠날 거란 걱정은 절대로 하지 않아도 된단다. 그녀는 라우라가 가장 두려워하는 게 무엇인지를 영영 눈치채지 못했다. 라우라를 사로잡은 공포는 어머니가 자신을 떠나버리는 것이 아니라, 최후까지 그녀를 포기하지 않으리라는 사실이었다. 성인이 되는 날은 요원하게 느껴졌고, 언제라도 어머니의 불행 속으로 끌려들어갈지 모른다는 생각은 라우라를 정서적으로 불안정하게 만들었다. 그리고 어머니에 관해서라면, 라우라의 예감은 단 한 번도 예감만으로 끝난 적이 없다.

만일 그들이 카밀라의 저택에 오지 않았더라면, 라우라 역시 두 사람이 함께하는 것 이외의 미래를 상상조차 할 수 없었을 것이다. 과거에 어머니의 삶에 벌어진 사건들이 아니었다면, 라우라 자신도 온갖 호기심으로 저택 바깥세상을 누비기를 꿈꾸는 여자로 성장해나갔을지도 모른다. 그녀는 일반적인 교과과정의 학습 능력이 뛰어난 것은 아니었지만, 상황을 직관적으로 파악하고 일을 효율적으로 처리할 줄 알았다. 눈치가 빠르고 명석했다. 그러나 어머니와의 관계는 모든 면에서 라우라의 욕망을 축소시켰다. 그녀의 욕망은 지나치게 단순했다. 어머니로부터 자유로워지는 것. 어머니의 불행의 일부가 되지 않는 것. 어떻게든 저택을 떠나지 않는 것.

비극의 조짐들은 빠르게 누적되어갔다. 라우라의 어머니는 마을의 카페와 레스토랑 몇 군데를 옮겨 다니며 일을 시작했다. 그녀는 언제나 자립에 대해 말했다. 하나 그녀가 바라는 것은 라우라가 기대하는 자립과는 거리가 멀었다. 어머니는 언제나 가족을 원했다. 그녀에게 저택이라는 공동체는 가족이 아니었다. 그녀와 라우라를 지극한 사랑으로 보살펴줄 진짜 가족이 필요했다. 마을로 나서자마자 그녀는 레스토랑의 인기 스타가 됐다. 남자들은 알아보았다. 괴로운 과거가 있는 여자, 과거로부터 달아나기 위해 안간힘을 쓰는 여자, 그로 인해 강한 생활력을 갖게 된 여자, 그러나 겨우 자기 자신을 지탱할 뿐이어서 언제든 흔들릴 준비가 되어 있는 여자, 미풍에도 무너져버리는 허술한 벽과 같은 여자. 남자들은 그런 여자를 알아보았고, 그 벽을 무너뜨리기를 좋아했다. 애당초 무너지기 위해 세워진 벽을 무너뜨리고는, 그걸 모르는 체하고, 자신의 힘에 도취되어버리고는 했다. 그런 남자들이 젊고 생기 넘치는 라우라의 어머니에게 다가왔다. 그녀는 그런 남자들과 어울렸고, 라우라를 뒷전에 두었다.

라우라는 어머니를 부끄럽게 여겼지만, 정작 어머니 그 자신은 전혀 그러하지 않았다. 그녀는 항상 당당했다. 너에게 좋은 아버지가 되어줄지도 모르는 사람이야. 이 사람은 다른 남자들과는 달라. 그의 결혼생활은 엉망진창이야, 그는 그 여자가 차라리 자기를 죽여줬으면 좋겠다고 해. 그러나 이런 말 또한 언제나 따라왔다. 그도 똑같았어. 그 남자는 다를 줄 알았어. 남자들이 원하는 건 죄다 똑같아. 나에게는 너뿐이야. 너밖에 없어. 너만으로 충분해. 라우라는 항상 자신의 몸에서 비린내가 난다고 생각했다. 잠든 라우라를 흔들어 깨우는 어머니의 탄식 같은 목소리와 함께 비릿하게 풍겨오던 술 냄새 때문이었다. 악몽을 꾸거나 새벽에 갑자기 잠에서 깨면, 여지없이 그 목소리가 들리고, 그 냄새가 났다.

어머니가 자신을 데리고 저택을 떠나려 할지도 모른다는 불안은 라우라가 저택과 카밀라로부터 일종의 분리불안에 가까운 감정을 느끼게 만들었다. 한편으로 그녀는 어머니처럼 살지 않겠다는 결심을 거듭했고, 청소년기에 접어든 그녀의 삶은 폭력적이고 위태롭게 변해갔다. 열네 살이 된 그녀는 열여섯까지 저택 바깥에서 학교에 다녔다. 그리고 마치 어머니를 조롱하듯, 어머니를 가지고 논 남자들을 처벌하듯, 수많은 남자아이들을 사랑에 빠뜨리고 매몰차게 걷어차버렸다. 그녀는 남자아이들에게 아무런 설렘을 느끼지 못했다. 당장에는 달콤하고 충성스러운 말로 라우라의 마음을 얻으려 하겠지만, 뒤에 가서는 수녀원에 살고 있으니 수녀를 따먹은 것이나 다름없다고 떠벌리고 다닐 것이 틀림없었다. 그리고 실제로도 그런 아이들이 존재했다.

라우라는 곤두박질쳤다. 남자아이들과 어울리고, 술을 마시고, 담배를 피웠다. 그녀에 대한 나쁜 소문은 작은 지역 전체로 퍼져나갔고, 사람들은 그 에미에 그 딸이라며 라우라 모녀를 향해 손가락질을 했다. 라우라는 차라리 그렇게 모두가 두 사람을 증오하게 되기를 바랐다. 그렇게 된다면 어쩌면 저택 밖으로 한 걸음도 나오지 않고 살 수도 있으리라 생각했다. 그러나 라우라의 바람은 이루어지지 않았다. 라우라의 어머니는 그녀의 행실을 나무라기 바빴고, 급기야 그 비행들이 그녀에게 멀쩡한 가족이 존재하지 않기 때문이라고 역설하고는 했다. 그녀의 어머니는 그 사실을 마음 아파했고, 죄책감을 느꼈다. 그리고 다시 말했다. 걱정하지 마, 라우라. 나는 절대로 너를 버리지 않을 거야.

어느 날부터 지역에 드나들기 시작한 사내는 라우라의 어머니보다 열 살쯤 어렸다. 라우라는 계절이 겨울에서 여름으로 건너가는 내내 어머니가 한 명의 사내를 만나고 있다는 걸 알고 있었다. 일주일에 두 번 마을의 식당과 가게에 식료품을 배달하는 사내가 가끔 자신의 어머니와 저택 앞에서 포옹하거나 입을 맞추었다는 이야기가 라우라의 귀까지 흘러들었다. 저택에도 가공된 식료품을 납품하던 그에 대한 평판에는 달리 흠잡을 구석이 없었다. 잘생겼고, 성실하고, 예의가 발랐으며, 알려진 바에 따르면 아내나 자식도 없었다. 그는 거의 완벽해 보였다. 라우라의 아버지가 되기에는 조금 젊어 보인다는 것을 제외하면 성품으로나 자질에 아무런 하자랄 것이 없었다. 정확히는 지금껏 라우라의 어머니가 만난 그 어떤 남자보다 의젓한 성인 남성이었다.

라우라의 열여섯 번째 생일이 석 달 앞으로 다가와 있었고, 여름이 무성해지고 있었다. 라우라는 여름을 좋아하지 않았다. 작열하는 햇살, 그 무더위 속에 방치되어 있어도 죽거나 시들지 않고 번성하는 초록의 생명력이 조금은 징그럽다고 느꼈다. 그녀는 그늘이 생긴 회랑 한쪽에 낡아빠진 의자를 끌어다놓고, 거기에 앉아 더위를 식히려는 아이들이 화단 옆 수도 호스를 휘두르고 있는 것을 지켜보았다. 그때 저택의 정문 쪽에서 느리게 걸어오는 어머니의 모습이 보였다. 이미 두 해 전부터 또래의 아이들과 방을 나누어 쓰고 있었지만, 라우라는 어머니가 지난밤 저택에 돌아오지 않았다는 사실을 알았다. 그녀는 어머니가 사내가 마을에 와 머무는 날마다 그와 함께 밤을 보낸다는 것을 알고 있었고, 그들의 관계가 다른 남자들과의 그것과는 사뭇 다르게 줄곧 평화롭고 안정적이라는 것도 진즉 눈치채고 있었다.

이 저택이 널 병들게 하고 있는 거야. 우리가 다 갚지 못할 큰 빚을 진 것은 맞지만, 널 영원히 이곳에 머물게 할 수는 없단다. 그 계절을 떠올리면 라우라의 머릿속에는 요한 스트라우스 2세의 폴카가 울려퍼졌다. 그녀의 어머니는 낡은 옷과 불필요한 물건을 저택의 여자들에게 나누어주는 동안 쉴 새 없이 그 곡의 멜로디를 흥얼거리고는 했다. 그러면 어머니의 눈빛은 그의 손을 마주 잡고 달빛 아래 신록을 가로지르며 춤의 스텝을 밟고 있는 듯 보였다. 그이는 술에 취해 유치한 유행가 따위나 흥얼거리는 놈들과는 차원이 다른 남자란다. 라우라의 눈에도 모든 상황이 전과는 달리 보였으나, 오직 하나만은 변치 않은 게 있었다. 행복한 어머니는 라우라를 돌보지 않았다. 그때 라우라는 자신이 저택을 떠나고 싶지 않은 이유가 비단 언제 닥쳐올지 모르는 불행 때문만은 아니라는 걸 비로소 깨달았다. 그녀는 저택을 떠나 어머니가 새로 행복한 가정을 꾸린다한들 그 행복 속에 자신은 속할 수 없으리라고 생각했다. 돌이켜 보면 이전에도 라우라는 어머니의 불행한 삶에만 속해 있었다.

하필이면 드물게 천둥 번개가 치고 폭우가 쏟아지는 밤이었다. 라우라는 자신의 의지와 달리 저택을 떠나야 할 날이 코앞까지 다가와 있는 것을 느꼈다. 어머니는 낡은 보스턴백에 귀중품을 챙기고, 그보다 훨씬 커다란 새 가방을 가득 채워가고 있었다. 그날 저녁 술을 마신 라우라는 어머니의 침대 밑에 보관되어 있던 보스턴백을 들고 달아났다. 달빛이 힘을 쓰지 못할 만큼 어둡고 무거운 먹구름 아래로 어머니가 라우라를 뒤쫓았다. 라우라는 모든 걸 불태워버리겠다고 으름장을 놓았다. 다 불살라버릴 거야. 나를 버리지 않을 거라고? 이미 나를 몇 번이나 버렸잖아. 어차피 또 나를 버릴 거잖아. 나는 여기에 남을 거야. 나를 여기에 남겨두지 않을 거라면 차라리 나를 죽이고 가. 당신은 어머니라고 할 수도 없어. 당신은 당신이 외로울 때만 나를 찾지. 더는 그 삶에 휘말리지 않을 거야. 그즈음 하늘이 비를 뿌려대기 시작했다. 라우라는 가방에 불을 지르려고 했고, 그녀의 어머니는 라우라에게 달려들었다. 애원과 흐느낌이 고성과 격한 몸싸움으로 번졌다. 굉음이 사위를 덮쳐, 누구도 그들의 사나운 목소리와 비명을 듣지 못했다. 그리고 라우라는 그간 마음속에 억눌려 있던 강렬한 충동을 깨달았다. 차라리 당신이 내 어머니가 아니었으면 좋겠어. 차라리 당신이 사라져버리면 좋겠어. 그러나 라우라는 인생이 끝나는 마지막 순간까지도 자신이 그 순간 진정으로 어머니가 죽어버리기를 바랐는지는 확신하지 못했다. 어머니는 라우라에게 말하고는 했다. 천둥은 신이 너를 찾는 목소리야. 우리 라우라가 어디에 있나. 그리고 번개는 널 발견했다는 신호란다. 여기에 있었구나. 비바람이 휘몰아치던 밤에, 그녀는 어머니를 목 졸라 살해했다. 라우라, 여기에 있구나. 라우라는 결코 용서받을 수 없으리라고 생각했다. 그러나 신을 믿지는 않았다. 신이 존재한다 해도 신에게 기도는 하지 않을 작정이었다. 라우라에게 신은 선하지 않았다. 가혹하고, 또한 악랄했다.

키티 부인이 방 안을 돌며 창가의 덧문을 닫기 시작했다. 그러자 세상을 쓸어갈 것만 같던 빗소리가 등 뒤에서부터 차례로 지워졌다. 라우라는 오랜 시간이 지난 뒤에 그 장면을 자신의 일기장에 아주 길고 자세하게 적었다. 빗소리가 멀고 희미해진 반면, 방 안의 소리는 부적 커다랗게 메아리쳤다. 건물의 층고가 높은 탓이었다. 나무 굽이 달린 카밀라의 슬리퍼가 방을 가로지르는 발소리는 무겁고 단단했다. 그녀는 라우라 곁에 놓인 젖은 나일론 백 앞에 옷이 젖는 것도 아랑곳 않은 채 한쪽 무릎을 굽히고 앉았다. 모녀가 저택에 들어올 때 들고 왔던 가방이었다. 안에 든 것은 여전히 많지 않았지만, 그때는 들어 있지 않았던 것들로 채워져 있었다. 뒤축이 조금 낡아버린 외출용 구두, 싸구려 보석, 아름다운 무늬의 스카프, 아넨 폴카가 녹음된 카세트테이프와 그것을 재생할 수 있는 기기 따위가 흠뻑 젖은 채 가방 밖으로 나왔다. 처음에 저택을 찾아올 때와 달리 라우라 모녀의 생존에 관련된 것이라고는 무엇도 들어 있지 않았다. 그리고, 피에르. 그의 이름이 적힌 몇 통의 편지와 카드가 있었다. 피에르. 카밀라는 잉크가 번진 피에르의 편지 몇 통을 천천히 읽었다. 라우라, 진실을 말해야 해. 어깨를 붙든 카밀라의 손톱이 피부를 지그시 파고들었다. 흔들림이라고는 없는 맑은 눈이었다. 나도 아주 오래전에 내 엄마를 죽였단다. 키티 부인이 카밀라의 이름을 크게 외쳤다. 카밀라는 더 이상 말을 잇거나 다가오는 것을 허락하지 않겠다는 듯 커다란 손을 펼쳐 키티 부인을 막아섰다.

저택의 부지는 넓었다. 과수원 너머의 공터를 지나 저택의 가족이나 다름없는 작은 가축들을 키우는 농장 너머로도 개간하지 않은 땅이 넓게 펼쳐져 있었다. 너무 멀어서 굳이 누구도 찾아와 밟지 않는 땅이 천지였다. 카밀라와 키티 부인은 치밀했다. 장신의 체구에서 나오는 힘으로 그들은 시신을 깊게 파묻고, 누구의 의심도 사지 않도록 쓰레기를 소각하는 날이 되어서야 라우라의 어머니가 싸두었던 짐을 불태웠다. 카밀라는 라우라의 어머니가 전염성이 있는 폐렴에 걸렸다며 격리된 방에서 휴식을 취하고 있다고 말했고, 키티 부인은 하루에 한 번 그녀를 돌보는 척하며 별채의 지하로 내려갔다. 라우라 또한 앓아누웠지만, 고작 이틀만 침대에 누워 있었을 뿐, 이내 기력을 회복하고 학교에 갔다.

피에르가 마을에 돌아온 날, 라우라는 레스토랑에서 그를 기다렸다. 그간 매번 어머니의 제안을 거부한 탓에 그와 나란히 마주 보고 앉는 것은 처음 있는 일이었다. 그는 공손하고, 상냥했다. 피부는 붉고 거칠었지만, 순하고 따뜻한 그의 성정을 가릴 수는 없었다. 그가 아버지가 되었다면. 라우라는 떠오르는 생각을 쫓으려 애썼다. 대신에 억지로 이렇게 생각했다. 만약 아버지가 되었다면 그 또한 개자식이 되어버렸을 거라고. 이제 그는 라우라에게만큼은 영원히 개자식 소리를 듣지 않을 것이므로 운이 좋은 것일 뿐이라고.

피에르 앞에서 라우라는 흐느꼈다. 내 어머니를 놓아주세요. 어머니는 당신을 사랑하지만, 나는 이미 씻지 못할 상처를 받았어요. 아무리 설득해도 어머니는 내 말을 듣지 않아요. 당신을 너무나 사랑하기 때문이죠. 다시는 이 마을을 찾지 마세요. 우리가 이곳에서 평화롭게 살 수 있게 해주세요. 당신은 아직 아이가 없죠. 당신이 기구한 삶을 살아온 내 어머니라고, 내가 당신의 아이라고 상상해보세요. 나는 이곳을 떠나 다시 불행에 빠질까 봐 불량한 아이가 되었을 뿐이에요. 그게 내 어머니의 마음을 할퀴고 있죠. 그 몇 마디의 말을 끝마치기 위해 라우라는 반나절이나 레스토랑에 앉아 있어야 했다. 눈물이 쏟아지고 목이 메어 말을 이을 수 없기 때문이었다. 그의 눈가에도 살짝 눈물이 비쳤다. 라우라가 의식적으로 한 일인지는 확인할 길이 없지만, 그녀의 방대한 양의 일기장에 그는 언제나 피에르라고 적혔다. 어머니의 모든 남자가 개자식으로 적혀 있는가 하면, 어머니의 이름조차 적혀 있지 않았던 그 일기장에, 피에르는 언제나 피에르로 등장했다.

몇 번 더 마을을 오간 뒤에 피에르의 발길도 끊겼고, 피에르가 오지 않게 되자 저택 안에는 슬슬 라우라의 어머니가 딸을 버리고 피에르와 저택을 떠났다는 소문이 돌기 시작했다. 키티 부인에 의해 계획된 소문은 곧 사실로 확정되었다. 누군가는 불쌍한 라우라만이 저택에 남겨졌다고 말했고, 다른 누군가는 질 나쁜 아이를 데려갈 수 없었으리라고 했다. 라우라는 차차 말수가 줄었고 친구를 사귀지 않게 되었다. 그녀는 키티 부인에게 저택 관리에 관한 일들을 배워나갔고, 자주 카밀라의 곁에 머물렀다. 누군가는 카밀라가 라우라를 특별히 돌봐줄 만하다고 말했고, 누군가는 라우라가 특별대우를 받고 있다며 질투했다. 라우라는 그런 말들을 조금도 신경쓰지 않았다. 그리고 카밀라와 평생 모녀지간 같은 친밀한 관계를 유지했지만, 그 비극이 일어난 밤 이후로 단 한 번도 서로의 어머니에 대해 말하거나 묻지 않았다.

키티 부인이 지병으로 세상을 떠난 뒤에 라우라는 키티 부인이 했던 역할을 도맡았다. 대학에 다니기 위해 몇 년 저택을 떠나 있었지만, 도시에 정착하지는 않았다. 그녀는 저택으로 돌아와 남아 있는 큰 땅을 개간하고 포도밭을 일구어 작은 와이너리를 만들었다. 라우라는 금세 여성들의 삶을 살피는 여성이자, 수완이 좋은 젊은 사업가로 세간에 알려졌다. 저택이 벌어들인 돈은 모두 저택의 여성들을 위해 쓰였다. 그녀는 법적으로 카밀라의 이름을 딴 복지재단을 만들고 싶어 했으나 카밀라의 반대로 자신의 이름을 붙인 재단을 만들었다. 재단을 설립할 무렵 대학에서 만난 친구였던 베르타가 재단에 합류했다. 소아마비로 어릴 적부터 휠체어를 타야만 했던 베르타는 뛰어난 의학도였고, 자신의 재능을 라우라가 쓰려 하는 곳에 쓰고 싶어 했다. 그들은 함께 일하며 곧 연인이 되었다. 라우라는 저택 앞에 버려져 있던 한 아이를 입양했다. 그리고 카밀라를 대모로 삼아, 그 아이에게 카밀라라는 이름을 붙여주었다.

라우라는 카밀라의 사후에 저택의 모든 것을 물려받았다. 카밀라의 재산뿐 아니라, 그녀가 여성들을 위해 지켜왔던 신념 또한 이어받았다. 거기에는 그녀가 키티 부인이 도맡았던 일을 모두 대신하고, 저택의 재정과 상황을 속속들이 알게 된 이후에도 접근이 허락되지 않았던 지하실의 문을 여는 열쇠도 포함되어 있었다. 저택의 가장 깊고 어두운 곳의 문을 열고 불을 밝히자 저택 어디에서도 본 적 없는 고급스러운 가구와 침구로 꾸며진 거대한 방이 눈앞에 펼쳐졌다. 구석진 곳에는 방 전체의 고풍스러운 분위기와는 사뭇 어울리지 않는 고가의 응급 의료기기가 준비되어 있었다.

라우라는 장례식을 마친 뒤, 모두가 잠든 밤에 그 방을 찾아가 방 안 곳곳을 살폈다. 그리고 곧, 예상과 달리 그 방의 주인이 카밀라가 아니었다는 사실을 알게 됐다. 그곳의 책장에는 카밀라가 성실하게 써온 일기와 어릴 적부터 모아온 사진 앨범들이 가득했다. 거기에는 키티 부인보다 나이가 많고, 키티 부인이 떠난 후에도 그 방에서 생활했던 한 여성의 이야기, 그녀의 사진이 남아 있었다. 그녀는 분명 카밀라의 어머니였다. 두 사람이 나란히 찍힌 사진 속 얼굴은 한 사람의 사진 두 장을 나란히 오려붙인 것처럼 똑같았다. 카밀라가 살해했다고 말한 그녀의 어머니가 내내 그 저택 안에 살아 있었던 것이다. 라우라는 충격에 빠졌고, 대학에 다니기 위해 저택을 떠난 이후 처음으로 저택을 떠나 긴 여행길에 올랐다. 사람들은 카밀라를 잃은 슬픔 때문이라고 생각했다. 물론 라우라는 카밀라의 죽음을 슬퍼했지만, 그것이 전부는 아니었다. 라우라는 카밀라가 왜 자신에게 거짓을 말했는지 혼란스러웠고, 나아가 왜 그녀가 자신의 어머니를 지하에 유폐한 채 누구에게도 알리지 않았는지 궁금했다. 여행을 마치고 저택으로 돌아온 라우라는 한동안 지하에 틀어박혀 카밀라의 자료들을 읽어나가기 시작했고,

어느새 카밀라가 그러했듯이 자신의 인생에 대해 쓰기 시작했다. 내가 알기로 카밀라는 그 방을 베르타에게조차 열어 보인 적이 없다.

내가 이 사건의 전모를 알게 된 것은 내 어머니, 그러니까 라우라가 세상을 떠난 뒤의 일이다. 어머니의 일기에 적혀 있던 가구들은 너무 낡아버렸지만, 방은 계속 누군가의 손을 탄 것이 분명했다. 나는 내 두 어머니가 모두 내 곁을 떠난 상실감에서 오래 헤어나오지 못했고, 그 방의 기록물들을 살펴보아야겠다고 생각하기까지는 더 오랜 시간이 걸렸다. 그러나 결국 나 역시 그것을 읽기 시작했고, 한번 읽기 시작하자 읽기를 멈출 수 없었다. 내 어머니가 그러했듯 나 역시 어머니의 죽음과는 별개인 깊은 충격에 빠졌다. 라우라는 내가 아는 그 어떤 여성보다 온화하고 선량한 사람이었기 때문이다.

만일 이것이 누군가 지어낸 한 편의 이야기라고 한다면 지금까지의 이야기는 프롤로그에 불과하다. 카밀라와 라우라, 피와 마음으로 맺어진 가계의 비극은 아주 오래전으로 거슬러 올라가기 때문이다. 지하실에는 이 저택에 살았고, 이 저택의 안팎에서 살고 죽어간 여자들의 서로 다른 비극의 기록 또한 넘쳐난다. 내 어머니는 카밀라가 이 모든 것을 물려준 이유를 마지막까지 깨닫지 못했다. 그녀는 자신의 이야기를 덧붙여 쓰는 일 외에는 달리 할 수 있는 일이 없다고 느꼈다. 나 역시 아직 내 어머니의 의중을 파악하지 못했다. 본래 상속이란 그런 것이다. 가치가 명확한 유산만을 물려받을 수도, 물려받기를 원하는 것만을 선택적으로 물려받을 수도 없다. 그러나 우리는 우리가 물려받은 것을 어떻게든 책임져야 한다. 금고에 넣고 아무도 훔쳐갈 수 없게 잠가버리거나 이득을 위해 팔아버릴 수도 있지만, 미처 갚지 못한 것이 있다면 그것을 갚는 것 또한 상속자의 몫인 것이다. 모든 것을 불태워

버리고 파산선고를 받을 수도 있을 것이며, 이 빚을 짊어질 다른 누군가에게 떠넘길 수도 있을 것이다. 그 방법이 무엇이든 간에, 선택해야한다. 어떻게든 그것에 대한 책임과 대가를 치러야만 하는 것이다. 이거대한 저택의 유산을 어떻게 책임질 수 있을 것인가. 어쩌면 그 숙제야말로 내가 물려받은 가장 큰 유산이리라고, 나는 생각한다.

내 이름은 카밀라, 내 어머니들의 이름은 라우라와 베르타이다. 친어머니가 누구인지는 모른다. 나는 태어난 지 반년이 되기도 전, 내가아직 갓난아기였을 때 이 검고 거대한 저택 앞에 버려졌다. 수많은 여자들이 모여 사는 이 저택을 사람들은 카밀라 수녀원으로 부른다. 그렇다. 나는 이제야 겨우 그 이야기를 시작하려는 참이다. ▪

심사평

수상소감

마스크를 쓰고 읽는 2020년의 소설들

김성중

도서관 정기간행물실은 원래도 한산하지만 사회적 거리두기로 인해 더욱 비어 있었다. 이따금 신문을 보러 오는 노인 외에 찾는 사람이 없는 곳에서 나는 독특한 시간을 보냈다. 대체로 죽은 작가들의 글 속에 빠져 사는 나에게 1년간 발표된 기성작가의 글을 모아 읽는 일은 전에 없던 경험이었다. 150편에 육박하는 단편들을 언제 읽나 싶었는데, 한 편씩 읽을 때마다 몰랐던 모퉁이를 도는 순간이 존재했다. 도서관이 문 닫는 시간이 되어 나올 때면 우리가 이렇게 치열하게 썼구나 싶어 괜스레 '우리'라는 복수형 속에 나를 일점으로 밀어 넣어 뿌듯함을 누렸다.

우정과 연대의 마음에 이어지는 것은 '그럼에도 불구하고'와 같은 판단력이다. 이 대목부터 나는 독자의 눈으로 돌아갔다. 그러자 전에 미처 인식하지 못한 사실을 깨달았는데, 기성작가 사이에도 필력 차이가 현저하게 난다는 것이다. 문예지에서 한두 편 읽을 때는 각자의 개성으로 보이던 작품들을 냉정하게 톺아보자, 모두 개성 있는 좋은 글로 통칠 수 없는 차이가 존재했다. 등단한 지 오래된 중견작가도 예외는 아니어서 이 발견에 등골이 오싹했다.

작품의 경향을 소재나 구성 면에서 x축과 y축으로 된 함수 형태로 그려본다면 특정 구간이 확연히 붐비는 현상을 발견할 수 있었다. 많이 쓰이고 선호되는 형태의 이야기가 따로 있다는 뜻이다. 가공의 흔적을 최대한 지운 자연스러운 느낌의 재현적 서사가 많았는데, 산뜻하고 흠잡을 데 없는 대신 소재와 주제 면에서 폭이 작고 좁았다. 그 자체가 흠결은 아니겠으나 그러한 이야기가 너무 많다는 것은 아쉬움으로 남았다.

세 명의 예심위원이 만나 스무 편의 본심 후보작을 선택하는 과정은 순조로웠다. 의견이 엇갈리지 않아서가 아니라, 서로의 문학관이 부딪치고 샛길 방향으로 빠지더라도 토론의 진지함이 흐트러지지 않았기 때문이었다. 지면 관계상 특히 깊은 인상을 받은 몇 편에 대해 써보고자 한다.

임솔아의 「단영」은 단단하고 강렬하다. 올해 발표된 소설들이 적잖은 편수였는데 고르게 좋아서, 나는 이 작가가 마음껏 가지를 뻗고 싱싱하게 자라나는 순간을 목도한 기분이었다. 초기 형태를 벗어나 작가로서 '시즌 2'를 맞은 것 같다고 할까? 이렇게 자기 소설을 갱신해버리는 작가의 도약을 발견할 때가 독자로서 가장 즐거운 순간이 아닐까 싶었다.

윤성희의 「네모난 기억」은 사랑스러운 로맨스 소설이다. 나는 「블랙홀」이라는 단편이 더 좋았지만 어느 쪽이 올라가도 지지할 마음이어서 다른 두 분의 의견에 동의했다. 가장자리의 인간을 '내가 잘 알고 있는' '볼수록 매력적인' 인물로 살려내는 작가의 특장점이 근래에 더 선명해졌다. 윤성희 작가의 작은 우주에 총총히 돋아나는 잔별들은 눈부시게 밝지 않아도 오래 사라지지 않는 빛을 지닌다.

송지현의 「여름에 우리가 먹는 것」도 좋았다. 뜨개방을 하는 이모에게 돌아간 나의 여름이 실이 풀리듯 술술 풀려나가는데 심드렁한 서술 속에 뭔가 애틋한 진심 같은 것이 담겨 있다. 앞서 서술한 '작'의 냄새가 나지 않는 재현적 서사 중에 최고였다고 할까. 여담이지만 한 예심위원이 '이모'가 등장하는 소설이 꽤 많았다고 언급했는데 이것도 하나의 현상일까? 한때 '삼촌'들이 이야기에 자주 등장했듯 이제는 이모의 차례일까? 이 소설과 밀접한 의문은 아니지만 뭔가 골똘해지는 대목이었다.

대상을 수상한 최은미의 「여기 우리 마주」는 '마스크 이후'의 소설이다. 코로나 현실을 발 빠르게 포착한 소재가 우선 눈길을 끌지만 이 작품은 세태소설의 한계를 넘어섰다. "수미는 자신의 재난지원금을 나에게 와서 썼다. / 그리고 나는 지금 수미를 만날 수 없다"는 말이 "수미는 기정시 67번 확진자가 되었다"는 마지막 문장으로 완료되기까지 그녀들에게 무슨 일이 일어났는가? 딸의 비대면 수업 도중 화면에서 폭로되는 수미의 목소리는 충격적이다. 가정불화의 상태에서 돈도 벌고 육아도 도맡고 있다가 코로나로 인해 더한 하중을 받았을 그녀가 마침내 터져버리는 순간이 '공적인' 장소에 내리꽂혔기 때문이다.

그러나 수미와 나 사이의 차이는 확진 판정을 받고 / 받지 않고, 가정불화가 드러나고 / 감춰지는 겉보기만큼 크지 않을 것이다. 오히려 일터에 가면 재빨리 지워야 하는 모성의 특수성을 비롯해 '자영업자 엄마'라는 공통점이 더 단단하다. 농축된 정념이 신경질적인 고압선처럼 깔려 있어 긴장하며 보던 소설이 마침내 절정에 달하기까지, 그리고 소설이 끝난 다음에도 웅웅거리며 남아 있는 자기장을 느끼기까지 이야기의 설계와 밀도가 치밀하고 생생하여 독자를 사로잡는다. 최은미 작가는 작년 후보작도 굉장했는데 마침내 수상하게 되어 더욱 기뻤다.

새롭게 발견한 작가들, 팬이 된 작가들, 앞으로 글을 볼 때마다 읽어봐야겠다고 다짐한 작가들의 목록이 생겨난 것이 나에게는 가장 큰 수확이다.『현대문학상 수상소설집』을 읽으시는 독자분들에게도 같은 순간이 발생하기를 기원한다. ▪

소설에 대해 대화하는 즐거움

서희원

　문학비평가로 살고 있지만, 문학에 대해, 특히 다른 장르보다 선호하는 소설에 대해 신뢰하는 사람들과 '자유롭게' 대화하는 시간은 그리 많지 않다. 대학에서 문학에 대한 강의를 하고 있지만, 학생들은 언제나 과묵하고, 함께 읽는 소설은 대부분 문학의 정전이기에 이를 개성적으로 읽으려는 야망을 가진 대화 상대는 지하철에서 책을 읽는 사람보다 찾기 어렵다. 그 대상이 최근에 발표된 소설이라면 대화의 기회는 더욱 희소해진다. 어느 소설의 주인공처럼, 좋은 소설을 읽었을 때는 그 책의 페이지에 손을 대고 문자에 담긴 의미를 가슴으로 가져오는 그런 객쩍은 행동밖에는 할 수 있는 것이 없다. 그렇기에 〈현대문학상〉 예심 같은 일을 청탁받으면, 읽어야 할 방대한 독서 목록에도 불구하고, 즐거운 기대감이 차오른다. 소설을 읽고, 서로의 취향을 확인하고, 존중하는 동시에 서로를 설득하는, 열띤 대화에 대한 기대

말이다.

이번 예심은 즐거웠다. 화기애애했다는 말은 아니다. 오히려 대상 작품을 선정하는 논의는 격렬했다고 하는 편이 맞을 것이다. 그래서 더욱 즐거웠다. 생각하지 못했던 부분에 대한 지적은 텍스트에 대한 새로운 생각과 판단을 하게 했고, 고백하지 못한 마음으로 남아 있던 텍스트에 대한 호감은 같은 마음을 가진 사람들의 공감을 통해 견고해질 수 있었다. 작년부터 〈현대문학상〉의 대상 작품이 기수상작가를 포함시키는 것으로 확장되었기에 대화할 수 있는 텍스트의 폭은 넓었다.

윤성희의 「네모난 기억」은 그동안 이 소설가의 팬을 자처하던 독자들의 자부심을 만족시켜주며, 왜 윤성희가 21세기 한국 문학에서 독자적인 영역을 구축한 작가인지 확인시켜주는 수작이었다. 한국판 「네 번의 결혼식과 한 번의 장례식」이라고 할 수 있는, 윤성희의 표현으로 수정하자면 '네 번의 장례식과 한 번의 결혼식'이라고 지칭할 수 있는, 「네모난 기억」은 쓸쓸한 인생을 살아갈 만한 것으로 만드는 감미로운 순간에 대한 찬미가 아름답게 담겨 있어서 기억에 오래 남았다.

송지현의 「여름에 우리가 먹는 것」과 오한기의 「팽 사부와 거북이 진진」, 임솔아의 「단영」, 천희란의 「카밀라 수녀원의 유산」, 김병운의 「한밤에 두고 온 것」은 그들만의 유니크한 서사적 기법으로 서로 다른 소재를 구현하고 있음에도 불구하고, 그들에 의해 펼쳐질 한국 문학의 새로운 지평을 기대할 만한 것으로 만든다는 공통의 예감을 주었다. 송지현의 여유, 오한기의 능청, 임솔아의 골똘, 천희란의 집착, 김병운의 입담에서는 지금 우리가 읽은 것보다 더 많은 근사한 것들이 나올 것이다.

예심을 마치고 돌아가면서, 수상작이 결정된다면 박형서의 「실뜨기 놀이」나 최은미의 「여기 우리 마주」 중 한 편이 선정되지 않을까, 혼자 예상해보았다. 박형서의 「실뜨기 놀이」는 운명의 실을 가지고 다양한 무늬를 만들어내는 소설가의 기예를 만끽할 수 있는 작품이었다. 달라이라마의 환생과 누구의 자식이라는 인연의 실이 서로 얽히며 펼쳐지는 서사는 때론 배를 잡게 하고, 때론 머리를 만지게 하며, 결국엔 눈가를 훔치게 만들었다. 최은미의 「여기 우리 마주」는 제목 그대로 2020년 여기에서 우리가 마주한 코로나19를 다루고 있는 문제작이다. 마스크를 쓴 일상을 통해 그동안 감추고 있었던 일상의 진면목이 역설적으로 노출되는 서사는 분명 최은미만의 것이었다. 이 글을 쓰기 전 수상작에 대한 통보를 들었다. 둘을 꼽았기에 한편으로는 아쉽고, 한편으로는 기쁘다. 나보다 더 기뻐할 수상자에게 진심 어린 축하를 보낸다. ■

우리의 물음이 여기에

이지은

지난 1년간 발표된 단편소설들을 쫓아 읽으며 매우 값진 시간을 보냈다. 전반적인 경향을 짚어낼 재간은 없으나, '여성 서사' 중에서도 돌봄에 관한 이야기가 다수 눈에 띄었다. 다른 한편으로는 노년 여성 삶의 전반, 혹은 그녀들이 그때 그 시절 선택할 수 없었던 다른 삶의 가능성에 대해 다음 세대의 시선으로 재해석하는 이야기들이 오래 기억에 남았다. 이는 세계와 삶에 대한 우리의 질문이 소설로서 물어진 것일 테다. 최은미의 「여기 우리 마주」와 김병운의 「한밤에 두고 온 것」은 각각 이러한 동시대의 문제의식을 적확하게 포착하여 매력적인 서사로 풀어내고 있다. 특히 최은미의 「여기 우리 마주」는 K-방역의 성과와 그에 대한 믿음, 그리고 그 뒷면에서 가속화되었던 사생활 침해·의심·혐오, 이 빛과 그늘이 은밀하게 공조하고 있는 구체적인 삶의 현장을 배경으로 소위 '코로나19시국'이라는 거대한 진단이 누락한

(일하는) '아내 / 엄마'의 삶을 보여준다. 감염의 공포에 힘입어 성찰의 기회 없이 확산된 '비대면' 라이프스타일이 실은 새로운 삶의 형식이 아니라 단지 (일하는) 사람을 지운 것일지도 모른다는 의심이 뒤늦게 생겨난 지금, 최은미는 여기에서 나아가 실시간 화상회의 프로그램을 통해 전송되는 것이 지식이나 서비스가 아니라, 각자가 사적 공간 속에 애써 감추고 있던 환부일 수 있음을 경고한다. 그리고 이것이 오래 전부터 곪아 있던 상처였음을 직시하면서, 모든 것을 감염병의 탓으로 미루며 불합리한 시스템을 한 치의 개선 없이 되풀이하려는 안이한 논리를 거부하고 있다. 감염병이 바꾼 풍경이 삶의 깊숙한 곳에서 어떻게 작동하는지 예리하게 보여주는 소설이었다.

한편, 지난해 발표된 윤성희의 소설들을 읽으며, 윤성희의 소설과 견줄 수 있는 소설은 윤성희의 소설밖에 없다는 것을 새삼 느꼈다. 윤성희 소설의 인물들은 빈번한 사건과 사고를 통과하면서 우연적인 만남과 헤어짐을 반복한다. 이는 인생을 멀리서 바라보는 작가의 시선에서 비롯되는 것일 텐데, 바로 그렇기 때문에 소설은 웃지 못할 난항을 통과하는 가운데에서도 유머를 잃지 않을 수 있다. 「네모난 기억」 또한 우연한 비극과 만남의 연쇄 끝에 사랑을 확인하는 인물들의 이야기다. 「네모난 기억」은 그 자체로 한 편의 추천작이지만, 동시에 윤성희가 구축해온 소설 문법과 작가적 시선이 여전히 빛을 잃지 않고 있음을 의미하기도 한다. 덧붙여, 송지현의 「여름에 우리가 먹는 것」, 임솔아의 「단영」 또한 예심 과정에서 작가 본인의 다른 작품들과 견주어 오래 논의되었다는 점을 밝혀두고자 한다. 오한기의 「팽 사부와 거북이 진진」, 박형서의 「실뜨기 놀이」 또한 작가의 시그니처가 분명히 드러나는 소설이었다. 이로써 한국 문학에 작법과 스타일이 분명한 작가

들이 다수 존재함을 확인할 수 있었다. 끝으로 천희란의 「카밀라 수녀원의 유산」은 고딕풍의 배경과 분위기를 공들여 쌓아 올린 미학적 성취 위에서, '어머니/아내'의 운명을 끊어낸 여성의 새로운 여성사her-story 쓰기를 예고하고 있다. 이 예고가 한국 문학의 장場에서 더 다채롭게 실현되길 고대한다.

소설은 위로와 공감을 건네기도 하지만, 때론 억지로 감추고 있던 환부를 드러내기도 하며, 지배적 질서가 가리고 있던 질문을 기어이 찾아내 삶의 기반을 흔들기도 한다. 아무래도 지난 한 해 한국 소설은 위로와 공감을 건네기보다 질문을 벼리는 데에 좀 더 기울어져 있었던 듯하다. 질문은 응답에 의해서 완성된다. 미처 언어화되지 못했던 우리의 질문이 소설로서 찾아와 반갑고, 동시대를 살아가는 많은 독자들과 이들 질문에 함께 고민할 수 있어 기쁘다. ■

진화하는 여성 서사—여기, 오늘, 그들

김인숙

한 해를 대표하는 작품들을 모아서 보게 되는 일은 행복한 일이면서 동시에 긴장되는 일이다. 심사를 한다기보다는 질투하고 경외하고 탄식하는 일이기 때문에 그럴 것이다. 어찌 안 그럴 수가 있겠는가. 손끝으로 더듬듯이 읽으려고 애썼으나 어떤 소설은 나도 모르는 사이 그냥 순식간에 읽혀버렸다. 모든 소설은 그 자체로 고유하다. 그러니 그런 소설들 중에 한 편을 고른다는 것은 결국 어느 정도는 읽는 사람의 취향일 수밖에 없다.

여성의 존재에 천착하는 소설들은 여전히 나를 깊이 건드린다. '여전히'라고 말해서 미안하다. 실은 점점 더 이야기가 다양해지고 깊어진다는 느낌이다. 아직도 하지 못한 말이 남아서가 아니라 해야 할 말이 많아서일 것이다. 하지 못한 말과 해야 할 말의 자리는 다를 것인데, 그 말이 문학 안으로 들어오면 더욱 그러할 것이다.

최은미의 「여기 우리 마주」는 여성의 이야기면서 동시에 오늘의 이야기이다. 오늘을 무엇이라 말해야 할까. 역병의 시대, 코로나시대, 전염과 소외와 차별과 격리의 시대. 코로나는 누구도 짐작지 못했던 상황에서 왔지만 그러한 시대의 상실과 상처와 갈등은 너무나 익숙해서 놀랍다. 코로나로 인해 막 개업을 한 공방이 개점휴업 상태가 되고, 밀접 접촉자로 자가 격리가 되기까지 하는 한 여자. 그 여자에게 불행은 경제적인 면이나 코로나 감염에 대한 불안만은 아니다. 사회적 거리라는 말이 가장 빈번하게 사용되는 시대에 그동안 익숙하다고 믿었던, 그래야 하는 것이라고 믿었던 관계의 거리들이 뒤집어진다. 그런 줄 몰랐던 건 아닌데, 이렇게 이상해진 거리 때문에 더욱 끔찍해진다. 코로나가 지나가면 그 적나라해진 거리가 다시 봉합될 수 있을까? 그럴 리가 없을 것 같다. 제목에서 말하는 것처럼 이 소설은 '여기 우리'의 이야기이다. 아직 아무것도 지나가지 않은 여기, 그러나 아주 오래된 우리. 혹시 그 반대일까? 어쩌면 영원히 변하지 않을 것 같은 이 부당하며 고독한 세계로 끌어당기는 최은미의 솜씨가 아찔하다.

윤성희는 과연 윤성희다. 「네모난 기억」은 기수상작가인 그의 관록을 그대로 보여준다. 한때의 인연, 그리고 사고로 인한 이별, 그 후 거듭되는 장례식장에서의 우연한 만남. 언제나 그런 것처럼 스토리의 줄기는 단순하다. 윤성희 소설의 매력은 그 줄기로부터 뻗어나가는 이야기들이 찬란하고 따뜻하다는 것이고, 그 찬란하고 따뜻한 것이 놀랍게도 바로 삶이라는 것이고, 그 삶이 때로는 교활하기도 하다는 것을 숨도 안 쉬고 말해버리는데, 그런 소설이 숨차지도 않다는 사실이다. 기수상작가의 소설을 다시 우수작으로 볼 수 있어 특히 기쁘다.

송지현의 「여름에 우리가 먹는 것」을 나는 순식간에 읽고 다시 천천히 읽었다. '거의' 아무 일도 일어나지 않은 어느 여름날의 풍경. 이 소설은 너무나 심심한데, 읽고 나니 소설 속 모든 장면이 내게 다 남아 있었다. 하긴, 삶은 대체로, 이렇게 흘러가는 게 아닐까. 사건도 없고 이야기도 없는, 그래서 대체로는 별것 아닌. 그리고 소설은 그걸 그렇게 무심한 척 말해도 좋은 게 아닐까. 아무리 그래도 끝내 무심해지지는 않겠으나. 무심해지지 않아서 느닷없이 슬퍼지기도 하겠으나. ▪

화산의 소설들

소영현

문학의 변화와 진전은 문학 나름의 문법을 통과하면서 이루어진다. 당연한 말이지만, 현실 변화의 가파른 일면이 곧바로 문학의 변화로 드러나지는 않는다. 혹시라도 그리 보인다면, 겉으로는 드러나지 않았던 문학 문법의 내적 변화가 이미 이루어지고 있었음을 미처 알아채지 못한 탓이다. 쓰기에 전념했으나 생전에 발표나 출간을 거의 하지 않았던 은둔의 시인 에밀리 디킨슨의 시에는 화산에 대한 것이 많다. 그런 시들 가운데 한 편인 「난 결코 화산을 본 일이 없지만」에는 여행자들에게 전해 들은, 거대한 대포와 불꽃과 연기 그리고 총을 품고 있는, 그러나 여느 땐 한없이 고요한 (화)산과, 그로부터 연상된 '거대하게 끓어오르며' 끝내 고요할 수만은 없는 "고통의 모습들"이 담겨 있다.˙ 들끓는 화산이 자신의 사유의 자리임을 말하고 그곳에서 역설적으로 고독의 깊이를 확인하는 그녀의 시에는, 지금은 너무나 당연하게 인간 보편의 것으로 이해되는 사유와 고독이 남성의 전유물이던 시기를 통과하는 변혁의 의미가 담겨 있다.

폭력의 세계에서 여성은 어떻게 여성을 지켜왔는가, 운명을 거스른 여성들은 어떤 역사적 유산을 남기고 있는가. 빚이자 숙제로 남겨진 유산의 문서고를 열어젖힌 천희란 작가의 「카밀라 수녀원의 유산」이나, 세속의 세계 바깥에 놓인 종교인에게도 떨쳐지지 않는 젠더적 역할 분담이라는 사회적 압력을 직접적으로 가격하는 임솔아 작가의 「단영」은 말할 것도 없이, 떠들썩했던 당사자성 논의를 통과하여 등장한 퀴어 서사인 김병운 작가의 「한밤에 두고 온 것」에서, 귀향하는 지방 여성 청년의 담담한 내면 풍경을 낡은 스웨터를 풀어 새로운 스웨터로 뜨개질하듯 다른 이야기로 만들어낸 송지현 작가의 「여름에 우리가 먹는 것」에 이르기까지, 지금 이곳의 한국 소설이 펼쳐 보이는 다채로운 풍경들은, 문학이 시대적인 요청이나 (혹은 시선을 좁혀) 비평적 요청에 대한 현실의 직접적 기입이 아니며, 그것이 들끓던 화산을 들여다보는 일이자 분출이고 진전이기도 하다는 사실을 새삼 확인하게 한다.

수상작에 대한 합의는 쉬이 이루어졌다. 최은미 작가의 「여기 우리 마주」는 공감과 연대 그리고 안전의 이름으로 배제와 폭력이 버섯처럼 증식하는 지금 이곳의 현실과 일하는 엄마들을 억누르는 근원적인 역설과 중첩되는 곤경을 짜임새 있는 시의성으로 건져 올린다. 감염병 시국을 통과하면서 수미-서하 엄마-'여자 기사님'과 나리-은채 엄마-캔들 '지도사'인 그녀들에게는 무슨 일이 있었나. "대등한 존재들

---

* 에밀리 디킨슨, 『고독은 잴 수 없는 것』, 강은교 옮김, 민음사, 2016.

끼리 친밀감을 나누는" 것을 꿈꾸던 그녀들의 외로움은 어떻게 다시 주부의 그것으로 회수되어버렸나. 일을 시작한 이래로 일과 가사와 육아의 균형을 유지하려던 그녀들의 안간힘은 어떻게 무용한 것이 되어 버렸나. 소설 「여기 우리 마주」는 작가 자신의 그간의 힘겨운 문학적 행보가 코로나 팬데믹이 바꾼 일상과 바꿀 일상을 통과하면서 마련한 새 영토라는 점에서도 의미가 깊다. 그들 아니 우리가 겪은 시국이 같은 것이었을까를 묻는 「여기 우리 마주」가 이후의 한국 문학을 위한 하나의 지표가 되리라 믿어 의심치 않는다. ▪

여기 뜨거운 교차성

이기호

올해 〈현대문학상〉 수상작은 최은미의 단편소설 「여기 우리 마주」이다. 이 작품은 일종의 재난 서사이다. 하지만 재난 서사가 지니고 있는한계, 말하자면 재난이 원인이자 결과로써만 작동하는 플롯을 뛰어넘는 윤리학적 질문을 내장하고 있다. 우리 사회에는 이미 재난을 겪고있던 사람들이 있지 않았는가, 하는 것. 그 재난을 우리는 왜 보지 못했던 것인가? 그 먼저 온 재난이 수면 위로 드러나지 않았던 이유는 아마도 "내가 자기랑 은채를 굶기는 것도 아니잖아"라는 태도처럼 선의를가장한 배제가 완강하게 작동되고 있었기 때문일 터이다. 최은미의 소설이 놀라운 것은 그 배제를 이분법으로 편 가르지 않고, 배제 안에서또 다른 배제와 혐오의 연원을 묻고 집요하게 가시화했다는 점이다. "안간힘을 쓰다가, 어느 날은 그냥 호스를 놓쳐버"리는 마음마저 고백한다는 점이다. 이 교차성의 시선이 우리 내부로 향할 때, 우리는 숙연해지고 부끄러워질 수밖에 없다. 지금 우리에게 꼭 필요한 소설이다.

박형서의 소설은 늘 독자를 놀라게 하지만 이번 「실뜨기 놀이」는 놀라움을 넘어 먹먹하게까지 만든다. 의정부 가능동에 살고 있던 어린 성범수가 환생한 16대 달라이라마라는 설정을, 또 그 설정을 끝까지 밀고 나갈 수 있는 작가가 과연 국내에 박형서 말고 또 누가 있을까? 고만고만한 소설 속에서 「실뜨기 놀이」가 보여주는 서사는 단연 이채롭고 활달했다. 더구나 소설의 후반부 아내가 교통사고로 세상을 뜬 후, 주인공인 '내'가 보여주는 내면은 환생한 달라이라마라는 소설의 설정이 그저 단순히 소재로서 등장한 것이 아님을 알려준다. 유한한 인간이 '한 번뿐인 인생'에서 할 수 있는 그리움과 꿈의 서사. 그것을 보여주는 이야기가 바로 '실뜨기 놀이'이고, 소설이라는 것. 그 진술이 나에겐 눈물겹게 다가왔다.

오한기의 「팽 사부와 거북이 진진」과 김병운의 「한밤에 두고 온 것」 역시 유니크하고 거기에서 한 발 더 나아간 진중함을 보여준다. 오한기의 소설은 한 치 앞도 예상할 수 없는 긴장감에 더해 정치적 메커니즘의 문제를 예리하고 유쾌하게 보여줬고, 김병운의 소설은 당사자성에 대한 속 깊은 서사로 다가왔다. 당사자의 정체성을 "맥거핀이나 스펙터클로 소비해"버리는 현실에서 김병운만의 '빠져나오는' 방식을 보여주었다. 그것을 소설의 윤리라고 불러도 틀리진 않을 터.

힘들고 고된 심사는 이제 끝났다. 그 긴 과정에서 내가 느낀 것은 한국 소설은 여전히 진화 중이라는 것, 그리고 심사는 나의 자리가 아니라는 것. 그 두 가지다. 부러우면 지는 거라던데, 지기 싫은 마음만 남을까 두렵다. 그만큼 내겐 모두 부러운 소설들이었다. 모두의 신작을 다시 기다리며 다시 또 쓰겠다. ▪

소설을 쓰는 시간

최은미

소설이 써지지 않아 일지를 쓰게 될 때가 있다. 2020년 봄도 그런 시기 중 하나였다. 쓰고 있던 소설이 있었지만 진척이 되지 않았고 어떤 서사 장르에도 즐겁게 몰입할 수가 없었다. 2020년 봄의 어느 날부터인가 나는 쓰던 소설을 접고 2019년 12월 31일에서 시작하는 일지를 쓰기 시작했다. 그 일지는 내 동선과 접촉에 대한 일지가 되었다가 봄 내내 이어진 등교 개학 연기 일지가 되었고, 이곳에서 10대 여성을 양육해야 하는 40대 여성의 일지가 되었다. 아무 형식도 맥락도 얻지 못해 어디에도 닿을 수 없을 것 같은, 내 안의 어떤 감정에 대한 일지였다고도 기억한다.

2020년이 배경이 아니었다면 소설 속 나리와 수미와 서하와 은채는 조금은 다르게 서로를 만났을까. '안전'이라는 말을, 못 견딜 것 같을 때가 있다. 그 말이 누군가에겐 그가 서 있을 수 있는 세상을 점점 좁게 만드는 방식으로 가 닿는다는 것이, 2020년 봄을 기록하면서 가장 아팠다. 수미의 제안을 거절할 수 있는 인물, 알지만 아니라고 말할 수 있는 인물, 그래서 내겐 더욱 나리라는 인물의 존재가 중요하고 소중했다.

수상 전화를 받고 12년 전 등단 전화를 받던 때가 떠올랐다. 그때처럼 하나의 전화기로 함께 축하를 보내주신 양숙진 회장님과 윤희영 팀장님께 감사드린다. 쓰는 일에 더 용기를 낼 수 있도록 큰 격려와 지지를 건네주신 심사위원 선생님들께도 깊은 감사를 드린다.

어떤 것을 쓰고 싶은 마음과 그것을 떠나 완전히 다른 것을 쓰고 싶은 마음이 늘 공존하지만 그게 무엇이든, 소설 한 편을 완성하고 났을 때 좋지 않았던 적이 없었다. 소설을 쓰는 동안 그 안에서 일어났던 일들이 어떤 식으로든 다음 소설에 대한 약속이 되어주었던 것을 기억하겠다. 소설을 통해 열리고 연결되던 시간들을 생각하며 계속 쓰겠다. ■

2021 現代文學賞 수상소설집
여기 우리 마주 외

지은이 | 최은미 외
펴낸이 | 김영정

초판 1쇄 펴낸날 | 2020년 12월 4일

펴낸곳 | ㈜현대문학
등록번호 | 제1-452호
주소 | 06532 서울시 서초구 신반포로 321(잠원동, 미래엔)
전화 02-2017-0280
팩스 02-516-5433
홈페이지 | www.hdmh.co.kr

ⓒ2020, 현대문학

ISBN 979-11-90885-46-1 03810